grafit

Chemnitzer Str. 31, 44139 Dortmund
Internet: http://www.grafit.de
E-Mail: info@grafit.de

Umschlagillustration: Johannes Sich
Druck und Bindearbeiten: Fuldaer Verlagsanstalt, Fulda
ISBN 978-3-89425-370-7
1. 2. 3. 4. 5. / 2012 2011 2010

Christoph Güsken

Alles Wurst

Kriminalroman

grafit

Der Autor

Christoph Güsken, geboren und aufgewachsen in Mönchengladbach, studierte in Münster, arbeitete als Buchhändler in Köln und textete für das *Haus der Springmaus* in Bonn. Seit 1995 lebt er in Münster als freier Autor.

Er veröffentlichte einen Science-Fiction-Roman, zahlreiche Kurzgeschichten und Hörspiele. 1996 erschien sein erster Kriminalroman, dem viele weitere folgten.

Mindestens eins seiner Bücher wurde in mindestens eine Sprache übersetzt, unter anderem auch Tschechisch. Nach *Spiel's nicht noch mal, Henk, Niemals stirbt man so ganz, Screamhilds Rache, Der Papst ist tot, Faust auf Faust, Dr. Jekyll und Mr Voss* und *Sensenmann lacht* ist auch *Alles Wurst* ein neuer Fall für das skurril-chaotische Detektivduo Kittel und Voss.

Für Alicia,
der meine Ausführungen über die Wurst als transzendental-dialektisches Prinzip vermutlich nur ein müdes, vegetarisches Kichern entlocken werden.

Wir gehen mit der Welt so um,
als ob sie uns wurst sei;
doch Wurst, das sind wir selber.
Und zur Wurst kehren wir zurück.

R. Zucker

1

Es hatte als großes und buntes Fest des Glaubens begonnen. Fromme Menschen, angelockt durch den untadeligen Ruf der Stadt, waren scharenweise aus ganz Europa herbeigeströmt, in ihrem Herzen zutiefst davon überzeugt, dass das Jüngste Gericht kurz bevorstehe. Gott der Herr, auch das stand für sie fest, würde nur diejenigen verschonen, die sich als Zeichen des Neubeginns sicherheitshalber ein zweites Mal taufen ließen und dem Satan widersagten. Da drängelten sie sich nun auf den Straßen und Plätzen und hörten tagein, tagaus Predigten zur Buße und Abkehr von der Sünde des Fleisches, als könnten sie nicht genug davon bekommen.

Jan Mattys, Knipperdolling und die anderen Vordenker der Bewegung sahen mit Sorge, dass die Zahl der Unbekehrten beachtlich war, und empfahlen jenen Einwohnern, die nicht ihres Glaubens waren, ihn anzunehmen, weil sie nur dann mit dem Leben davonkommen würden.

In diese Zeit der Andacht, der inbrünstigen Lieder und Gebete platzte die Nachricht vom Eintreffen des Fürstbischofs, der in der Tauffrage eine andere Meinung vertrat und deshalb mit seinen Truppen jenseits der Stadtmauern Stellung bezogen hatte. Erste Wolken zogen am blauen Himmel des Glaubensfestes auf. Doch davon unbeeindruckt erklärte man Münster zur heiligen Stadt und Jan van Leiden zu ihrem König.

Wie alle Täufer war sich auch der Holländer bewusst, dass es für den frommen Menschen nichts Wichtigeres gab, als Buße zu tun, doch was sollte man büßen, wenn man zum zweiten Mal frisch getauft und somit unschuldig wie ein neugeborenes Kind war? Wer pinkeln wollte, musste bekanntlich erst trinken. So rief der König seine Untertanen auf, möglichst schwere Fleischessünden mit möglichst vielen Frauen zu begehen und sich nicht um die Bischöflichen, die des Satans seien, zu kümmern.

Strategisch gesehen eine fatale Entscheidung, denn des Bischofs Laune besserte sich kaum dadurch, dass er Ausschweifungen, die ihm schon von Amts wegen versagt blieben, untätig mit ansehen musste. Als der Tag mit der Chance kam, auf die er gewartet hatte, war seine Rache schrecklich. Das legendäre Täuferreich zu Münster versank in Blut und Asche, aber davon abgesehen versicherten später jene wenigen, die das episkopale Gemetzel überlebt hatten, es sei alles in allem eine schöne Zeit gewesen, die sie um nichts in der Welt hätten verpassen wollen.

Rund fünfhundert Jahre waren seit diesen Ereignissen vergangen. Immer noch hatte die Stadt einen makellosen Ruf und vielen schien sie zum Glauben besser geeignet als je zuvor. Trotzdem war vieles anders geworden: Die Truppen des Erzbischofs drängten nicht mehr gegen die Stadtmauern – dafür gab es hin und wieder zähflüssigen Verkehr auf der A 1, der sich bis nach Greven zurückstaute. Aber wie damals im Jahre des Herrn 1534 erwies sich auch im Frühjahr 2010, dass die Sünde des Fleisches nach wie vor in der Lage war, Gemüter zu erhitzen.

Was mich anging, so bekam ich davon zunächst wenig mit. Am Abend jenes Samstags, an dem der Zank um den Neubau der *Allwetterfleisch GmbH* begann, wartete ich im Restaurant *Stuhlmacher* auf meinen ehemaligen Expartner, um mit ihm den historischen Neubeginn unserer Zusammenarbeit zu feiern. Es war Anfang Mai, und draußen gab der Frühling alles, was er zu bieten hatte. Ich nahm an, Kittel hatte diese düstere Gaststätte vorgeschlagen, um mir wieder einmal klarzumachen, wie wenig er sich aus schönem

Wetter machte. Meine Hoffnung, dass der lange Italienaufenthalt positiven Einfluss auf ihn gehabt hatte, war trügerisch gewesen.

Das Lokal war fast leer, bis auf eine Gruppe übergewichtiger älterer Herren, die lautstark die letzte Preußen-Niederlage debattierten, und einen jungen Spund, der in einer Nische bei einem Schnaps vor sich hin dämmerte.

Ich vertrieb mir die Wartezeit mit einigen Bieren, während die Preußenfans markige Sprüche klopften wie ›nach dem Spiel ist vor dem Spiel‹. Nach dem Abstieg ist vor dem Abstieg, dachte ich hämisch und prostete ihnen zu.

Kittel kreuzte nicht auf, er rief nicht einmal an. Irgendwann hatte ich genug von der Warterei, bestellte ein letztes Bier und bemerkte bei dieser Gelegenheit, dass es schon kurz vor Mitternacht war. Die Herrenrunde hatte sich längst verabschiedet.

Der junge Spund hob sein Glas in meine Richtung. »Kummer, Chef?«, fragte er.

»Wie kommen Sie darauf?«

»Mir fällt kein anderer Grund ein, um an einem schönen Samstagabend in einer Spelunke wie dieser zu versacken.«

Da hatte er recht. »Mein Partner steht auf Spelunken. Er wollte sich hier mit mir treffen.«

»Ihr Partner?« Der Mann grinste. »Sind Sie etwa Privatdetektiv oder so was Ähnliches?«

»Finden Sie das vielleicht komisch?«

»Allerdings. Privatdetektive gibt's doch nur im Film.«

»Ach ja?«

»Im wirklichen Leben heißen die ›arme Schlucker‹.«

Ich schnaufte gekränkt. »Darf man dann vielleicht erfahren, was Sie so treiben?«

Der junge Mann kramte einen Geldschein aus der Tasche, klatschte ihn mit der Handfläche auf den Tisch und schüttelte den Kopf.

»Schon klar.« Jetzt war das Grinsen an mir. Ich stand auf, winkte ihm zum Abschied zu und begab mich zum Tresen.

»Das macht sechsundzwanzig Euro neunzig«, meinte die Barfrau.

Ich kramte in meinen Taschen. »So ein Mist«, ärgerte ich mich, »ich könnte schwören, dass ich mein Portemonnaie eingesteckt habe …«

»Der Trick ist echt alt.« Die Barfrau grinste müde. »Versuchen Sie etwas Neues.«

»Nein, wirklich!«

»Hans-Dieter, hier ist einer, der nicht zahlen will!«, rief sie, woraufhin sich im hinteren, schlecht beleuchteten Teil des Lokals ein elefantenähnliches Wesen ächzend in Bewegung setzte.

»Stimmt so.« Neben mir legte jemand einen Zwanziger und einen Zehner auf den Tresen. Der junge Spund war meine Rettung.

»Sie haben was gut bei mir«, sagte ich.

»Schon gut, lassen Sie's stecken.«

»Doch, doch!«

Wir verließen das *Stuhlmacher.*

»Na schön«, meinte er.

»Na schön, was?«

Wir traten auf den nächtlichen Prinzipalmarkt hinaus. »Erstens würden Sie mir doch nicht glauben, was ich mache …«

»Und zweitens?«

»Ist es eine sehr ernste Sache. Ernster, als Sie denken. Überhaupt nicht amüsant. Deswegen habe ich mir heute einen genehmigt, verstehen Sie, weil es so verdammt unamüsant ist …«

Ich stapfte los. An einem der Bögen hatte ich, soweit ich mich erinnerte, mein Fahrrad abgestellt. »Jetzt machen Sie es doch nicht so spannend.«

Der junge Spund rückte mir auf die Pelle. »Messias«, tuschelte er. Speichel traf meine Nasenspitze. »Jedenfalls so eine Art.«

Ich blieb stehen und musste rülpsen. »Quatsch«, meinte ich.

»Sehen Sie? Ich habe doch gesagt, Sie würden mir nicht glauben.«

Ich gluckste amüsiert. »Hören Sie bloß auf, mich zu verarschen.«

»Und dass es nicht amüsant ist, sagte ich auch.«

»Messiasse gibt es nicht.« Genüsslich zahlte ich dem Kerl die schräge Bemerkung über Privatdetektive heim. »Das weiß doch jedes Kind.«

»Eben, und deswegen habe ich den Job auch hingeworfen.«

»Okay, dann erzählen Sie mal. Ich verspreche, auch nicht zu lachen.« Besoffen, wie ich war, brach ich das Versprechen noch im selben Moment.

Er allerdings war zu besoffen, um es zu bemerken. »Das Ganze ist ein übles, abgekartetes Spiel, und ich habe mich nach Strich und Faden verarschen lassen. Genaueres werde ich aber erst morgen herausfinden.«

»Tja, dafür viel Erfolg«, meinte ich. »Aber leider muss ich jetzt los.«

Der Messias fummelte etwas aus seiner Jackentasche und drückte es mir in die Hand. »Falls irgendwas passieren sollte, ich sage nur: *falls* …«

Es war ein gepolsterter Briefumschlag. »Was denn?«

»Irgendwas. Egal. Das da ist so was wie mein Vermächtnis.«

»Egal?«

»Ich meine, Sie werden dann schon wissen, dass es das ist, wovon ich gesprochen habe.«

So sehr ich auch suchte, ich fand keinerlei Sinn in seinen Worten. »Was dann?«

»Dann geben Sie den Brief an ihn weiter. Er weiß schon

Bescheid.« Mein nächtlicher Begleiter blieb stehen und stützte sich an etwas Unsichtbarem ab, was ihn stark aus dem Gleichgewicht brachte. »Ich muss jetzt hier lang«, meinte er und deutete vage in Richtung Aegidiistraße. Wie ein batteriebetriebener Stoffhase stolperte er los.

»Heh, warten Sie! Wem soll ich das weitergeben? Wer weiß Bescheid?«

Der Mann, der sich als Messias bezeichnet hatte, konnte nicht mehr stehen bleiben. »Professor Haberland!«, brabbelte er mir von Weitem zu. »Er ist Theologe ... weiß Bescheid.«

»Das macht Sinn.« Ich kicherte unkontrolliert. »Sie sind Messias und er Theologe. Aber wo zum Teufel finde ich den Mann ...?«

Vorwurfsvoll klingelte ein Radfahrer direkt in mein Ohr, weil ich ihm in den Weg gestolpert war. Als ich mich umsah, war der junge Spund verschwunden.

2

Das restliche Wochenende wartete ich vergeblich darauf, dass Kittel sich meldete. Ich redete mir ein, dass er in einem seiner berühmten Schlamassel steckte, und versuchte, nicht sauer auf ihn zu sein – allerdings auch das vergeblich. Warum beschwerte ich mich überhaupt? Schließlich wusste ich doch, dass er ein wahres Ass war, wenn es darum ging, nachtragend oder übellaunig zu sein. Pünktlichkeit oder Zuverlässigkeit dagegen hatten nie zu seinen Stärken gezählt.

Mir blieb also nichts anderes übrig, als allein unsere gemeinsame Detektei für die Neueröffnung am Montag flottzumachen. Ich räumte die letzten Regale ein, schob die halb vollen Umzugskisten unter die Schreibtische, hängte ein paar Bilder auf und befestigte von außen das Türschild. Von den eigens von mir entworfenen Prospekten *Kittel & Voss* –

ein starkes Team faltete ich noch gut zweihundert Stück und platzierte sie auf dem Empfangstresen. Die Klienten konnten jetzt kommen.

Alles war seine Idee gewesen. Wir müssten das alte Schmuddelimage hinter uns lassen, hatte er gemeint, wenn wir auf dem hart umkämpften Markt der *Private Security* eine Chance haben wollten. Deshalb musste es diese schicke Büroetage direkt am Kreativkai sein, mit vollklimatisierten Räumen und getönten Fenstern, die bis zum Boden reichten. Neben uns residierte die Redaktion einer Frauenzeitschrift für das obere Preissegment und die Etage darunter gehörte einer über alle Zweifel erhabenen Escortagentur. Was meine finanziellen Reserven betraf, so hatte ich mich mit diesem Standort weit aus dem Fenster gelehnt. Während ich aus schwindelerregender Höhe hinunter auf den Kanal schaute, wurde mir mulmig bei dem Verdacht, dass es sich am Ende wieder um einen üblen Scherz meines ehemaligen Expartners handelte: Ich beugte mich aus dem Fenster und er schubste von hinten.

Am Montag stellte sich heraus, dass er genau das vorhatte. Ich war pünktlich im Büro erschienen und goss mir gerade den ersten Kaffee aus dem nagelneuen Kaffeeautomaten ein, als es an der Tür klopfte. Ohne auf ein Herein zu warten, betrat eine ziemlich junge Frau den Raum. Sie war attraktiv, trug einen grünen Anzug und benutzte auberginefarbenen Lippenstift.

»Sind Sie Herr Kittel oder Herr Voss?«, erkundigte sie sich.

»Mein Name ist Voss.« Ich schätzte sie auf kaum älter als zwanzig und ihre Art war mehr als weltgewandt, fast schon abgebrüht. Sie erinnerte an den neuen Typ von TV-Moderatorinnen, die mit neunzehn schon eine Fernsehkarriere hinter sich haben.

»Nebel, Antje Nebel. *Münster Marketing.* Ich habe einen Auftrag für Sie.«

»Dachdecker haben Aufträge«, korrigierte ich. »Detektive haben Fälle. Kann ich Ihnen etwas anbieten? Kaffee vielleicht?«

Sie nickte und ich reichte ihr eine Tasse.

»Die Sache ist etwas kompliziert«, kündigte Frau Nebel an, während sie den Kaffee entgegennahm. »Lassen Sie mich am besten so beginnen: Sie haben sicher schon mal etwas von den Wiedertäufern gehört?«

»Sie sprechen von dem Horrorfilm, nicht wahr? Untote, die aus ihren Gräbern steigen, um den Lebenden allen Saft auszusaugen.« Mein lässiges Grinsen blieb unerwidert, also wurde ich ernst. »Natürlich habe ich davon gehört: Das waren religiöse Spinner, die diese Stadt in einen Sündenpfuhl verwandelt haben. Sie nahmen sich viele Frauen gleichzeitig und sorgten dafür, dass deren Männer als Ketzer hingerichtet wurden.«

»Ja, so ungefähr«, meinte Frau Nebel in der Art von Leuten, die höflich bleiben, aber eigentlich sagen wollen: ›Das ist mit Abstand der größte Schwachsinn, den ich jemals gehört habe.‹ »Zunächst einmal«, erläuterte sie in dozierendem Tonfall, »sind die Täufer *das* Thema dieser Stadt. Niemand sonst auf der Welt hat Wiedertäufer: Köln hat seine Heinzelmännchen, Nürnberg die Lebkuchen und Münster die Täufer.«

»Na ja«, wandte ich ein. »Da sind aber auch noch andere Dinge: der Allwetterzoo zum Beispiel, Mettwurst und die Preußen.«

»Glauben Sie mir«, beharrte sie, »als Mitarbeiterin von *Münster Marketing* weiß ich, wovon ich spreche. Die Täufer sind das kostbarste Pfund, mit dem diese Stadt wuchern kann, und zwar weltweit.«

»Ein Pfund, das man zu Tode folterte und in Käfigen öffentlich verwesen ließ.«

»Ja und nein.«

Ich stutzte. »Und nein?«

»Einerseits haben Sie recht damit«, erklärte Frau Nebel, »andererseits haben wir für dieses Mal aus den alten Fehlern gelernt.«

Obwohl ich ihr aufmerksam zugehört hatte, war mir wohl etwas entgangen.

»Damit bin ich auch schon bei dem Anlass meines Besuchs«, fuhr sie fort, ohne Luft zu holen. »In Kürze werden in dieser Stadt die ersten Reformationsspiele abgehalten. Die Hauptvorstellung wird auf dem Lambertikirchplatz stattfinden, unter Einbeziehung der Täuferkäfige, die eigens zu diesem Zweck mit einer Liftvorrichtung versehen wurden.«

»Faszinierend«, sagte ich, ohne fasziniert zu sein.

»Wir haben in dieser bahnbrechenden Angelegenheit nichts dem Zufall überlassen. Alles war für sein Auftreten vorbereitet und lief so weit perfekt. Aber dann ist er spurlos verschwunden.«

»Wer?«

»Unser Jan van Leiden«, blaffte Frau Nebel, die offenbar nicht zu den Leuten gehörte, die sich gern wiederholten. »Für die Menschen, die seinen Auftritt erwarten, ist er so etwas wie ein Messias.«

»Gerade neulich«, fiel mir ein, »habe ich einen Messias kennengelernt. Der war ganz schön schräg drauf.«

Sie reichte mir ein Foto.

»Ja, das ist der Mann«, sagte ich.

»Wann haben Sie ihn getroffen? Und wo?«

»In der düstersten Kneipe der Stadt. Am Samstagabend. So wie ich ihn verstanden habe, hatte er keine Lust mehr, Messias zu spielen.«

Frau Nebel schüttelte ärgerlich den Kopf. »Was bildet der sich ein? Ich verlasse mich auf ihn. Wenn er nicht zu den Proben erscheint, können wir das Ganze vergessen. Er kann jetzt nicht mehr aussteigen.«

»Offenbar ist er das aber.«

»Wissen Sie, Herr Defries ist nicht gerade ein einfacher Mensch. Er hat seine Launen und Stimmungen und glaubt, dass er eigentlich ein großer Maler ist. Obendrein hält er sich für unwiderstehlich. Aber all das macht ihn zum idealen Täuferdarsteller.«

»Seine Stimmungen?«

»Jan van Leiden, der echte«, wieder dieser belehrende Tonfall, »war ein begnadeter Schauspieler. Charismatisch und grausam zugleich. Schließlich hat er ohne zu zögern eine seiner Frauen geköpft, weil sie ihm das falsche Hemd zum Ausgehen bereitgelegt hat.«

»Und so ist Herr Defries auch?«

»Nur im übertragenen Sinne. Ich bin sicher, dass er seinem großen Auftritt entgegenfiebert. Es ist für ihn die Chance, groß rauszukommen. Außerdem würde er seine Freunde niemals enttäuschen.«

»Seine Freunde?«

»Die Gemeinde. Sie trifft sich jeden Abend um zwanzig Uhr dreißig in der Katholischen Studentengemeinde. Und dann wären da auch noch die Veranstalter der Festspiele, die auf ihn zählen.«

»Sie wollen sagen, diese Leute halten ihn allen Ernstes für den historischen Jan van Leiden? Also lag ich doch nicht so falsch mit den Untoten, was?«

»In den Glauben habe ich mich nicht einzumischen«, antwortete Frau Nebel strikt. »Münster ist eine Stadt, die sich auf ihre weltanschauliche Toleranz und Vielfalt etwas einbildet.«

»Herr Defries erwähnte einen Theologieprofessor, der offenbar ein guter Freund von ihm ist.«

Frau Nebel nickte. »Professor Haberland. Er hat einen Lehrstuhl für empirische Theologie an der WWU.« Der Kaffee war alle. »Werden Sie Herrn Defries also suchen?« Sie überreichte mir eine Visitenkarte.

»Ich bin nicht billig«, sagte ich. »Mein Honorar wird fällig unabhängig davon, ob ich den Mann finde oder nicht.«

»Was das angeht, werden wir uns sicherlich einig.« Antje Nebel lehnte den Briefumschlag mit dem Vorschuss diskret gegen die Tasse und erhob sich.

Okay, dachte ich. Angesichts des prall gefüllten Umschlags war ziemlich klar, dass Messiasse zu suchen meine Spezialität war.

»Ich kann Ihnen aber nichts versprechen«, wollte ich vorsichtshalber ihre Erwartungen dämpfen, aber sie war schon aus der Tür.

Das Telefon klingelte.

Ich nahm ab. »*Kittel & Voss,* Recherchen und Sicherheitsmanagement. Was kann ich für Sie tun?«, meldete ich mich.

»Ich bin's.«

»Wer?«

»Komm schon, Henk, lass den Scheiß.«

»Tut mir leid. Wenn Sie meinen Partner sprechen wollen, der hat sich verspätet. Natürlich kann er nichts dafür. Sein Wecker ist schuld, behauptet er. Ich denke, er wird jeden Moment hier sein.«

»Tja, jeden Moment – das halte ich aber für leicht übertrieben.«

»Was, verdammt noch mal, soll das heißen?«

»Dass ich auf einer Fortbildung bin. Die dauert noch bis zum Wochenende.«

Ich glaubte, mich verhört zu haben. »Auf einer Fortbildung?«

»Veranstalter ist die *Private Eyes Academy.* Das Thema lautet: *Private Recherche im einundzwanzigsten Jahrhundert.* Das darf ich nicht verpassen.«

»Moment mal, Kittel: Du wolltest durchstarten, und jetzt, wo es losgeht, verdrückst du dich zur Fortbildung nach England?«

»Nicht England. Emsdetten. Der Kursleiter, Teddie Ringerman, stammt aus L.A. Ist leider auch nicht ganz billig, aber sein Geld hundertpro wert.«

»Blödsinn.«

»Wo ist denn das Problem?«

»Das Problem? Wie wär's, wenn wir erst mal die Kohle einnehmen würden, mit der wir Fortbildungen finanzieren? Und die Miete für diese Luxusbude.«

»Keine Sorge, Henk, dafür hab ich mir schon was überlegt. Never mind.«

»Verdammt, Kittel, beweg deinen Arsch hierher!«

Ich hörte sein typisches überhebliches Kichern. »Aber deswegen rufe ich doch an. Ich habe schon einen neuen Klienten mit eingebracht. Er ist Besitzer eines Biorestaurants und ein bisschen paranoid, wenn du mich fragst. Du müsstest ihn solange übernehmen.«

»Solange?«

»Bis ich zurück bin.«

Das konnte ihm so passen. »Schmink dir das ab, Kittel. Ich habe auch Klienten, die jeden Moment anrufen werden. Es wird dir nichts anderes übrigbleiben, als dich um deinen Kram selbst zu –« Es tutete. »Kittel?«

Der Scheißkerl hatte aufgelegt.

Expartner waren wie schlechte Angewohnheiten, von denen man wusste, dass sie schädlich waren, die man aber trotzdem nicht lassen konnte. Sie machten nie einen Hehl daraus, dass sie in Urlaub fahren und an Stränden abhängen würden, sobald es eng werden würde, und dass sie, wenn sie jemals die Ärmel aufkrempeln sollten, eine Fortbildung besuchen würden. Wieso fiel man nur jedes Mal wieder auf sie herein?

Ich stieß mich von der Schreibtischplatte ab und fuhr ein paar trotzige Runden mit dem neuen Drehstuhl.

Nur noch dieses eine Mal. Schließlich hatte ich es auch

geschafft, mit dem Rauchen aufzuhören – jedenfalls so lange, bis Kittel aufgekreuzt war, der es sich inzwischen angewöhnt und mich mit seiner Quarzerei dazu gebracht hatte, mit dem Aufhören wieder Schluss zu machen.

Wie um mir zu beweisen, dass ich überreagierte, klingelte das Telefon erneut.

»Was gibt's denn noch?«, fragte ich vorwurfsvoll, aber auch leicht perplex darüber, dass ich ihm unrecht getan haben könnte.

»Das ist doch der Anschluss von *Kittel & Voss,* oder nicht?« erkundigte sich eine krächzende Männerstimme. »Der Detektei.«

»Allerdings.« Ich vergrößerte den Abstand zwischen Telefon und Ohr.

»Und Sie sind Kittels Vertretung?«

»Vertretung?«

»Hier ist Fricke vom *Biotop.* Herr Kittel teilte mir mit, dass er kurzfristig verhindert ist und Sie in der Zwischenzeit meine Angelegenheit übernehmen. Glauben Sie bloß nicht, mein Freund, dass ich das unter kundenfreundlichem Service verstehe.«

»Was denn jetzt?«, fragte ich verwirrt. »Bin ich die Vertretung oder Ihr Freund?«

»Ich rate Ihnen, sich Witzchen zu verkneifen«, kam es sauer zurück. »Auf cooles Gehabe à la Marlowe kann ich verzichten. Das habe ich Ihrem Vorgesetzten auch schon gesagt.«

»Meinem Vorgesetzten?«, prustete ich. »Tja, dem kann man das nicht oft genug sagen.«

»Also, wie gedenken Sie, dem Kerl das Handwerk zu legen?«

»Welchem Kerl? Welches Handwerk?«

»Anonyme Drohungen und Erpressung. Herr Kittel hat Sie doch wohl informiert?«

»Selbstverständlich«, log ich. »Es ist nur so, dass ich mir gern selbst ein Bild mache.«

»Das hätten Sie doch längst tun können. Alles Material habe ich Ihnen zugeschickt. Es müsste Ihnen vorliegen.«

»Sehen Sie, Herr …«

»Fricke.«

»Wir sind gerade in neue Räumlichkeiten umgezogen. Gut möglich, dass der Kram unter die Räder gekommen ist.«

»Unter die Räder? Was meinen Sie damit?«

»In die falsche Ablage«, korrigierte ich mich schnell. »Wie wär's, wenn ich bei Ihnen vorbeischaue und Sie bringen mich auf den neuesten Stand?«

»Hören Sie, Freundchen.« Fricke schnaubte verächtlich. »Ich bin es leid, Zeit und Geld mit einer Detektei zu verschwenden, die ihre Klienten von Azubis betreuen lässt. Sollten Sie hier aufkreuzen, dann nur, um mir den Vorschuss zurückzuerstatten, den ich Herrn Kittel allzu voreilig gezahlt habe. Anderenfalls werden Sie Post von meinem Anwalt erhalten.« Damit legte er auf.

Eigentlich musste ich mich mit ihm nicht weiter abgeben. Dieser Fricke war ein typischer Vertreter der von Kittel bevorzugten Klientel: launisch, anspruchsvoll und zudem mit einer Stimme ausgestattet, die so unangenehm krächzte, dass er gut daran tat, Schmerzensgeldklagen zu vermeiden, indem er sich auf schriftliche Kommunikation beschränkte. Überhaupt hatte ich längst einen Fall.

Jens Defries stand auf der Visitenkarte, darunter eine Telefonnummer. *Ein Studentenwohnheim, da ist er nicht zu erreichen,* hatte Frau Nebel danebengekritzelt. Ich dachte an den Kerl, der vorgestern Nacht großzügig meine Rechnung übernommen und mich damit aus der Klemme gerettet hatte. *Alles ist ein abgekartetes Spiel und ich habe mich nach Strich und Faden verarschen lassen.* Steckte dieser Mann seinerseits in der Klemme und war es jetzt an mir, ihm zu helfen?

Frickes letzte Bemerkung mit dem Vorschuss kam mir in den Sinn. Unwahrscheinlich, dass der Kerl bluffte, dazu fehlte ihm die Fantasie. Fricke war der Typ, den nur interessierte, dass er etwas für sein Geld bekam. Jemand, der gern vom Preis-Leistungs-Verhältnis faselte.

Ich gönnte mir noch einen Kaffee aus dem Automaten. Das noble Gerät war keiner dieser simplen Wasserheißmacher, sondern mahlte die Bohnen portionsweise, um sie dann mit Wasser, das gerade erst gekocht hatte, zu überbrühen. Darüber hinaus konnte man sich per Menütaste für Espresso, Latte macchiato, frische Hühnerbrühe und Minestrone entscheiden.

Hinter dem Kaffeekocher, auf der Fensterbank, stand ein chromblitzender Toaster mit viel unnötigem Schnickschnack im Stil der Fünfziger. Auch der war nicht gerade billig gewesen. Vom Toaster aus hatte man einen weiten Ausblick auf den Kreativkai, die restaurierten Hafenanlagen und die schicken jungen Leute, die aus aller Welt herbeiströmten, um am Dortmund-Ems-Kanal eine Karriere zu starten, die in Hollywood oder an der Wall Street gipfeln sollte. Wenn man hier nicht gewinnen konnte, dann quartierte man sich lieber gleich in einer Dachwohnung an der Wolbecker Straße ein.

Was mich anging, so hatte ich keine Lust auf die Wolbecker Straße. Deshalb musste die Lüftung des Geheimnisses um den seltsamen Kerl im *Stuhlmacher* noch etwas warten.

3

Das *Biotop* war ein Vollwertrestaurant für den schmalen Geldbeutel, etwas für den kleinen Hunger zwischendurch, wenn auch weniger – wie Kittel notiert hatte – für den kleinen Appetit. Am Anfang der Windthorststraße gelegen, direkt gegenüber dem Hauptbahnhof, lauerte es auf Touristen, die diese Stadt mit ihrem Image als umwelt- und energiebewusste Fahrradstadt erkunden wollten, um ihnen quasi als Begrüßung einen fettigen Bioburger in die Hand zu drücken.

Ich stieß auf Kittels Unterlagen über den Fall Fricke in einem der Umzugskartons, die er in aller Eile vollgestopft und ich hergeschleppt hatte. Das meiste waren handschriftliche Notizen, praktisch wertloses Geschreibsel, da Kittel – wie er oft zugegeben hatte – seine Schrift selbst nicht mehr entziffern konnte, wenn sie älter als einen Tag war. Die einzigen lesbaren Schriftstücke bestanden aus Lettern, die jemand aus einer Zeitung ausgeschnitten hatte.

DEIN ESSEN IST SCHLECHT, mahnte der erste Brief. GIB DAS ZU ODER ZAHLE € 20.000,– BUSSE. GEZ.: INTERNATIONALE FLEISCHAUFSICHTSBEHÖRDE – ROBIN FOOD
PS: LASS ES ALS TRINKGELD AUF DEM TISCH LIEGEN.

Im zweiten Schreiben schwang Enttäuschung darüber mit, dass das erste ohne Resonanz geblieben war.

DU BIST SELBST SCHULD, WENN DU AUFFLIEGST. DENKST DU, ES WÜRDE MIR SPASS MACHEN, ALLEN ZU ERZÄHLEN, WO DU DAS ESSEN HERHAST ODER WAS DRIN IST? ALSO WARUM ZAHLST DU NICHT LIEBER DEIN BUSSGELD? GEZ.: ROBIN FOOD (IFAB)

Es war gegen Mittag, als ich das Restaurant betrat. Der Betrieb war mäßig, es roch nach aufgewärmtem Essen, und aus in der Decke eingelassenen Lautsprechern dudelte *1LIVE.* Wie bei anderen Fast-Food-Restaurants schien auch hier der Verzicht auf Gemütlichkeit zum Erfolgsrezept zu gehören. Zum Ausgleich gab es viel Balsam für das ökologische Gewissen: Tische, die per Aufschrift damit prahlten, garantiert nicht aus Tropenholz zu bestehen, was nicht gelogen war, denn auf den zweiten Blick erwiesen sie sich als Pressholzware. Grüne Vorhänge vor den Fenstern, die selbst gehäkelt aussahen, Papiertischdecken, auf denen weise Indianersprüche über die Geldgier des weißen Mannes aufgedruckt waren und die Beteuerung, dass man mit jedem verzehrten Bioburger zur Rettung des Regenwaldes beitrug. Ja, es bestand sogar die Möglichkeit, der globalen Erwärmung kleinschrittig entgegenzuwirken, indem man sich obendrein ein kühles Nachhaltigkeitsbier genehmigte.

Ich nahm an einem der furnierten Tische Platz und amüsierte mich eine Weile selbstgerecht über die anderen Gäste – ein Mischmasch aus wichtigtuerisch schwatzenden Studenten der Politik- und Sozialwissenschaften, Altachtundsechzigern in sündhaft teuren Flickenjeans, Esoterikern und Anthroposophen –, bis ich die Entdeckung machte, dass das Lokal nicht nur mit falschem Nachhaltigkeitsgehabe nervte, sondern darüber hinaus über eine echte Sehenswürdigkeit verfügte.

Ich schätzte sie auf Anfang dreißig. Sie hatte hellbraunes, seidiges Haar, lange, schlanke Beine, die sie unter einem für die allgemeine Wollpullovermentalität dieses Hauses fast unziemlich kurzen Rock präsentierte, und einen Schmollmund von der perfekten Art, dass man ihm einfach verfallen musste.

»Was kann ich Ihnen bringen?«, fragte sie mit einer Stimme, die alle Fasern meines Körpers zum Schwingen brachte.

»Eigentlich wollte ich nur den Chef sprechen«, sagte ich. »Herrn Fricke.«

Ich bildete mir ein, leichte Enttäuschung auf ihrem Gesicht wahrzunehmen, aber ich konnte mich auch irren. Enttäuscht aussehen gehört bei Schmollmündern zum Standardrepertoire.

»Sein Büro ist eine Treppe höher«, antwortete die Engelsgleiche. »Auf der Tür steht *Management*.«

Fricke schien permanent schlechte Laune zu haben. Auf mein Klopfen antwortete er mit einem barschen »Was gibt's denn?«, als hätten wir unser unerfreuliches Telefongespräch gerade erst beendet.

»Henk Voss«, sagte ich. »Wir hatten telefoniert.«

Fricke war ein kleiner, übergewichtiger Mann mit einem runden, ungesund roten Gesicht, aus dem sich mir eine längliche, irgendwie verbogene Nase entgegenreckte. Er hockte hinter einem Schreibtisch und sah auf, als ich das Zimmer betrat. Seine Schweinsäuglein musterten mich angriffslustig. »Ich hab Ihnen doch gesagt, Sie brauchen nicht zu kommen.«

»Unsere Detektei macht keine halben Sachen«, behauptete ich großspurig. »Deshalb werde ich Ihren Fall lösen.«

Das Gesicht hinter dem Schreibtisch verdunkelte sich. Jede Wette, dass der Arzt ihm unnötige Aufregung untersagt hatte. »Wissen Sie, was Privatdetektive sind? Schmarotzer, die andere die Arbeit tun lassen und hinterher die Hand aufhalten. Schlimmer als Bänker und Rechtsanwälte!«

»Haben Sie irgendeinen Verdacht«, fragte ich unbeirrt, »wer sich hinter *Robin Food* verstecken könnte?«

Fricke sah überrascht aus. »Wie ich Ihrem Partner schon gesagt habe«, schimpfte er los, »ist mir scheißegal, wer mich terrorisiert. Sie sollen nur dafür sorgen, dass er damit aufhört, kapiert?«

»Wer ist die internationale Fleischaufsichtsbehörde?«

Meinem Gegenüber entfuhr ein kurzes, wieherndes Lachen. »Die gibt's überhaupt nicht, das ist ja der Witz! Niemand kontrolliert den ganzen Mist, Sie ahnen ja gar nicht, was da alles so abgeht.« Fricke beugte sich vor und sah mitleidig aus. »Sagen Sie mal, Sie haben nicht den geringsten Schimmer von der Materie, oder irre ich mich?«

Ich holte meinen Notizblock hervor und begann, mir Notizen zu machen. Aufzeichnungen dieser Art taugen nicht viel, aber die Geste vermittelt in der Regel einen Eindruck von Sachverstand und Kompetenz. »Sie haben also keinen Verdacht?«

»Wovon rede ich denn die ganze Zeit? Habt ihr Schnüffler etwa nur Nasen und keine Ohren? Hinter all dem steckt niemand anderer als Wallenstein.«

»Wallenstein?«

»Guten Morgen!«, ätzte Fricke, griff hinter sich in ein Regal und schleuderte ein Taschenbuch auf den Schreibtisch. *Der große Bioschwindel,* lautete der Titel. *Von G. Wallenstein, Autor des Bestsellers ›Gutes Essen für Ihr Geld‹.* »Da steht alles drin. Die Drohbriefe können Sie daraus praktisch eins zu eins abschreiben. Dieser Kerl«, Frickes Zeigefinger trommelte wütend auf das Büchlein, »hat alles angezettelt. Aus Angst vor Konkurrenz!«

»Haben Sie Beweise für diese Behauptung? Ich meine, außer dass er das Buch geschrieben hat?«

Er zuckte nur abfällig mit den Schultern.

»Wurden Ihnen die Erpresserbriefe per Post zugestellt?«

»Ich fand sie im Restaurant auf einem der Tische.«

»Ein Gast könnte sie dort deponiert haben.«

»Wie scharfsinnig!«

»Wann war das?«

»Immer montags, kurz bevor ich dichtgemacht habe.«

»Also heute.«

»Das bringt alles nichts.« Fricke seufzte genervt. »Dieser Brief besagt doch nur, dass mir jemand Ärger machen will. Und da müssen wir einhaken.«

»Einhaken?«

»Manchmal genügt ein kleiner Anruf, um die Pferde scheu zu machen. So sehe ich das.«

»Ein Anruf? Bei wem?«

»Glauben Sie mir, ich bin lange im Geschäft. Mit manchen können Sie sich einigen, mit anderen brauchen Sie's erst gar nicht zu versuchen. Da müssen Sie zu anderen Mittel greifen.«

»Bedauere«, sagte ich pikiert. »Ich bin nicht in der Einschüchterungsbranche tätig.«

»Dann her mit der Kohle und stehlen Sie mir nicht weiter meine Zeit. Ich habe schon genug an der Backe. Meine Bedienung hat sich krankgemeldet.«

Sollte ich etwa fantasiert haben? »Aber da war doch eine Bedienung«, widersprach ich.

Achselzucken. »Frau Brück ist für Bölling eingesprungen. Normalerweise arbeitet sie in der Küche.«

Mir kam plötzlich eine Idee. »Warum schlagen Sie nicht zwei Fliegen mit einer Klappe? Lassen Sie mich für Bölling einspringen, und mit etwas Glück serviere ich Ihnen den anonymen Briefeschreiber heute Abend auf dem Tablett.«

Fricke starrte eine Weile mürrisch vor sich hin, dann gab er mir den Job, allerdings unter der Bedingung, dass er mich nur im Erfolgsfall bezahlen musste. So hatte er den Personalengpass behoben, ohne dass ihm Kosten entstanden. Die Lösung des Erpresserproblems traute er mir nicht zu.

Leider kam es anders als geplant. Noch bevor ich mich in das grüne T-Shirt mit dem Aufdruck *Biotop Team* gezwängt hatte, hatte Frau Brück schon wieder in die Küche gewechselt. Inzwischen herrschte reger Betrieb im Lokal. Hungrige Gäste warteten auf ihr Essen – und Gäste hassen nichts mehr als zu warten. Im Sekundentakt balancierte ich voll bepackte Tabletts durch den Raum und servierte *Grünes Allerlei der Saison*, *Schlupfnudeln über Biowurstfantasie*, *Kalbsfilet unter vier Augen mit Wahlbeilage* und *Hühnchenreis süßsauer à la Vietcong*. Zeit zum Atemholen blieb mir nicht, geschweige denn der Frau in der Küche zuzulächeln oder die

Augen nach einem Erpresser offen zu halten. Ich war ein Anfänger im Servieren, aber die Kundschaft verzieh keine Anfängerfehler.

»Ich warte bereits sechseinhalb Minuten«, beschwerte sich eine kurzhaarige Dame um die vierzig, die nach Lavendel roch und in rosaviolette Tücher gehüllt war. »In fünfzehn Minuten beginnt mein Reinkarnations-Workshop.«

Ich vollzog einen Linksschwenk und landete ein Tablett geradewegs auf ihrem Tisch. »Alles schon fertig«, grinste ich. »Einmal freilaufender Hirsch mit Ofenkartoffel.« Damit wollte ich entschwinden.

»Einen Augenblick, junger Mann!«, hielt mich die ungnädige Stimme der Kurzhaarigen zurück. »Ich wollte die Nummer dreiundzwanzig.«

Das zweite Grinsen kostete mich schon etwas Mühe. »Das ist die Nummer dreiundzwanzig – *Hirschragout auf Kräuterbutter mit hausgemachten Pommes de Terre und biologisch geschwenktem Basilikum-Balsamico-Dressing.*«

Die Frau verschränkte die Arme vor ihrer rosavioletten Brust. »Ist es nicht.«

»Ist es doch«, gab ich zurück.

»Sehen Sie nach, junger Mann.«

Was bildete sie sich ein? Ich schnappte mir eine Speisekarte vom Nebentisch, knallte sie ihr vor die Nase und deutete mit dem Finger auf das Hirschragout mit Basilikum-Balsamico-Dressing. »Zufrieden?«, bellte ich mit der Überheblichkeit dessen, der von einer Sache nun einmal mehr versteht, da er schließlich hier arbeitet.

»Aber das ist die Nummer zweiunddreißig.«

Ich sah genauer hin. Sie hatte recht. Nummer dreiundzwanzig war *Putengeschnetzeltes an grünem Biovollkornrahm.*

»Das ist natürlich etwas anderes«, gab ich nach einem kurzen Räuspern zu.

»Allerdings, junger Mann.«

So, das war jetzt ein Mal ›junger Mann‹ zu viel. Ich beugte mich zu ihr hinunter. »Die Tatsache, dass Sie vielleicht älter aussehen als ich«, zischte ich ihr ins Ohr, »gibt Ihnen noch lange nicht das Recht, mich ›junger Mann‹ zu nennen.«

Die Frau versteinerte und ich eilte in die Küche zurück. Mag sein, dass ich ein schlechter Verlierer war, aber so hatte ich wenigstens ein bisschen Genugtuung aus der Blamage gerettet.

Praktisch umgehend, zwei Minuten später, servierte ich das Putengeschnetzelte, genauer gesagt parkte ich das Tablett wortlos auf ihrem Tisch und verdrückte mich wieder.

Und dann hörte ich den Schrei.

Es war ein markerschütternder Schrei, der alle Gäste des Restaurants in der Bewegung erstarren und mich wie angewurzelt stehen bleiben ließ. Im ersten Moment wunderte ich mich, dass sie ihre Wut so herausließ. Ich hatte sie eher für den Typ gehalten, die sich später zusammen mit der Rechnung den Namen des Vorgesetzten geben lässt. Dann schrie die Rosaviolette ein zweites Mal. Es handelte sich eindeutig nicht um einen Wutschrei, sondern um einen des Entsetzens. »Nehmen Sie das weg!«, krähte sie. »Das ist ja … abscheulich!«

Anspruchsvolle Zicke! Gemächlich, so als hätte ich im Moment nichts Besseres zu tun, trottete ich zurück an ihren Tisch. Wäre nicht das *1LIVE*-Gedudel gewesen, hätte man eine Stecknadel fallen hören können. Es war ein wenig wie im Western, nachdem Billy the Kid den Saloon betreten hat und das Klavier verstummt.

»Was stimmt denn jetzt wieder nicht?«, fragte ich, ohne meine Genervtheit zu verhehlen. »Wollen Sie die Nummer dreiundzwanzig etwa auch nicht essen?«

»Da – mitten in der Soße –, da ist ein Finger!«

»Kein Finger, junge Dame, das ist lupenreines Putengeschnetzeltes. Ich wünsche guten Appetit.«

»Das ist ein Finger.« Sie stammelte und rang nach Luft. »Abscheulich! Geschmacklos!«

Sie hatte es doch nicht mal probiert. Trotzdem warf ich einen Blick auf das Geschnetzelte.

Schon wieder. Sie hatte schon wieder recht. Obgleich mit Rahmsoße bedeckt, konnte man es gut erkennen. Es war ein menschlicher Finger.

4

Da es sich nicht um eine Attrappe handelte, dauerte es keine halbe Stunde, bis die Kripo das *Biotop* dichtgemacht hatte. Verpufft war die Hektik der mittäglichen Rushhour – Gäste, denen man während des Essens den Teller weggeschnappt hatte, warteten murrend darauf, endlich ihre Aussage zu machen. Die Teller mit den Gerichten standen, sorgsam bewacht von einer Beamtin, auf dem Tresen aufgereiht und die Küche hatte den Betrieb eingestellt.

1LIVE dudelte immer noch und Hauptkommissarin Sanne Schweikert von der Kripo Münster nahm die Ermittlungen auf. Ihr Alter war schwer zu schätzen. Sie fixierte mich mit einem finsteren, durchdringenden Blick, der dafür sorgte, dass ich mich unbehaglich fühlte. Im Mittelalter hätte ihr dieser Blick möglicherweise den Scheiterhaufen eingebracht.

»Sieh da, ein neues Gesicht bei der Kripo«, begrüßte ich sie.

»Sie sind hier angestellt?«, erkundigte sie sich.

»Nein, das kann man so nicht sagen.«

»Kann man nicht? Haben Sie heute hier bedient oder nicht?«

»Ja, aber nur ausnahmsweise. Als Ersatz für den erkrankten Kellner. Undercover sozusagen.«

»Undercover?« Ihre Stirn runzelte sich bedrohlich.

»Ich bin Privatdetektiv. Mein Name ist Henk Voss. Ich ermittle im Auftrag von Herrn Fricke, dem dieses Restaurant gehört.«

»Sie ermitteln«, wiederholte die Kommissarin und es schwang fast Ekel, auf jeden Fall eine satte Portion Hohn darin.

»Herr Fricke«, erklärte ich geduldig, »hat anonyme Drohbriefe erhalten. Ich nehme stark an, dass dieser Finger die Geldforderung seines Erpressers auf drastische Weise unterstreichen sollte.«

»Das nehmen Sie an.«

»Allerdings. Nur so ergibt es einen Sinn.«

Ihr Blick streifte mich kurz, eiskalt wie der russische Winter. »Aber es trifft doch zu, dass Sie es waren, der dieses Körperteil serviert hat?«

Ich nickte.

»Eine Kundin, Frau Lieselotte Hambüchen, erstattet Anzeige gegen Sie wegen versuchter Körperverletzung. Sie sagt, dass Sie, Herr Voss, ihr absichtlich den Finger zusammen mit dem Putengeschnetzelten servierten.«

»Aber das ist doch absurd!«

»... um sich dafür zu rächen, dass Frau Hambüchen Sie kurz zuvor gemaßregelt hatte.«

»Na schön, na schön.« Ich hob beschwichtigend die Hände. »Lassen Sie es mich bitte erklären. Das war sozusagen mein erster Arbeitstag und ich hatte alle Hände voll zu tun. Sie wissen, wie manche Leute sind, Frau Kommissarin.«

»Nein. Wie sind sie denn?«

»An allem finden sie etwas zu meckern, nur weil sie innerlich vertrocknet und völlig frustriert sind. Im Reklamieren und Beschweren besteht für sie der Sinn ihres Daseins. Und die Esoteriktante ist ein Musterbeispiel dieser Sorte.«

Hauptkommissarin Schweikert spitzte den Mund. »Frau Hambüchen ist meine Reikilehrerin. Darüber hinaus eine gute Bekannte. Letztes Jahr haben wir zwei Wochen gemeinsam auf Formentera verbracht.«

»Nun, eh, das«, räumte ich mit einem weiteren Räuspern ein, »verändert die Lage natürlich ein wenig.«

»Bleibt noch zu klären, woher Sie den Finger haben.«

»Das ist nicht mein Finger.« Wie zum Beweis hob ich beide Hände – schon wieder der falsche Scherz zum falschen Zeitpunkt.

»Erst neulich klaute ein Medizinstudent einen Arm aus der Anatomie, schleppte ihn mit in den Bus und ließ ihn beim Aussteigen an der Haltestange hängen.«

»Ich habe den Finger nicht ins Essen gemischt.«

»Grober Unfug.« Die Kommissarin schüttelte den Kopf. »Auch wenn Sie das für einen coolen Scherz halten. So was kann Sie teuer zu stehen kommen.«

Ich gab es auf. »Fragen Sie doch den Chef, Herrn Fricke. Er bezahlt mich dafür, dass ich den Kerl finde, der den Finger ins Essen geschmuggelt hat.«

»Wo bleibt der überhaupt?«, wandte sich Schweikert an einen ihrer Kollegen.

»Herr Fricke ist immer noch in seinem Büro.«

»Der Mann hat vielleicht Nerven«, ärgerte sie sich. »Während die Kripo sein Lokal dichtmacht, sitzt er seelenruhig an seinem Schreibtisch und erledigt Tagesgeschäfte. Her mit dem Kerl, aber plötzlich!«

»Dann wäre da noch dieser Bölling«, fiel mir ein.

»Was ist mit dem?«

»Er ist die reguläre Bedienung des *Biotops.* Als solche könnte er die anonymen Briefe platziert haben. Und gerade heute fehlt er.«

»Eben«, gab Frau Schweikert zurück. »Gerade heute ist er krank. Für Sie war das eine ideale Gelegenheit.«

Der Beamte, den Schweikert nach Fricke geschickt hatte, erschien in der Tür zum Treppenhaus und gab ihr ein Zeichen. Sein Blick war ernst und die Geste sagte etwas wie ›Sie sollten unbedingt kommen und sich das ansehen‹.

Frau Schweikert reagierte umgehend. »Wir sprechen später weiter«, erklärte sie in meine Richtung und begab sich zu ihrem Kollegen.

Ich war neugierig und folgte den beiden hinauf in Frickes Büro. Oben herrschte schon Gedrängel, das sich respektvoll in einem Halbkreis um den Schreibtisch herum gruppierte.

Der Chef des Restaurants schien sich seit unserem Gespräch vor Stunden nicht von seinem Platz bewegt zu haben. Inzwischen musste er eingeschlafen sein, allem Anschein nach war dies wohl der Grund dafür, dass ihn die Unannehmlichkeiten, die über sein Etablissement hereingebrochen waren, nicht nach unten gelockt hatten. Aber etwas, das einem erst beim Nähertreten auffiel, legte noch einen anderen, endgültigen Schluss nahe. Es war die Tatsache, dass Fricke seinen Kopf nicht auf die verschränkten Arme gelegt hatte, wie es bei Schreibtischschläfern üblich ist. Er hatte ihn auf einen Teller gebettet, und seine weit aufgerissenen Augen starrten einen Klecks Senf an, der auf dem Rand klebte.

Obwohl niemand daran glaubte, sah es auf den ersten Blick nach Selbstmord aus. Schließlich gab es einen gut formulierten Abschiedsbrief, und wie viele Arten des Ablebens gab es wohl noch, bei denen Abschiedsbriefe eine Rolle spielten?

Ich bin ein Lügner. Ein falscher Prophet, der Wein predigt und Wasser trinkt. Vergebt mir.

»Ein schöner Abschiedsbrief«, lobte ich. »Kurz und prägnant, fast aphoristisch. Und dennoch bildreich. Ich frage mich nur, was er damit meint: Wein predigen und Wasser trinken. Lautet die Redewendung nicht umgekehrt?«

»Behindern Sie nicht die polizeilichen Ermittlungen«, pflaumte mich Hauptkommissarin Schweikert an.

»Wo steckt denn Kollege Bondt?«, erkundigte ich mich

hoffnungsvoll. »Ein Fall wie dieser dürfte doch wie geschaffen für ihn sein.«

Sie deutete ein Grinsen an. »Hauptkommissar Bondt besucht eine Fortbildung in Emsdetten.«

»Etwa an der *Private Eyes Academy?*«

»Am *Institute for Criminalistic Leadership.* Während seines Bildungsurlaubs werde ich ihn vertreten.«

»Glauben Sie nicht«, fragte ich, »dass ein Zusammenhang zwischen dem Finger und Frickes Tod besteht?«

»Sie meinen: Er erfuhr das von dem Finger, sah seinen Ruf ruiniert und jagte sich eine Kugel in den Kopf?« Schweikert schüttelte den Kopf. »Vielleicht war er längst tot, als Sie sich da unten als Kellner blamierten.«

»Was denken Sie denn?«, fragte ich zurück. »Erst engagiert er mich, um sich einen Erpresser vom Hals zu schaffen, weil er sich nicht unterkriegen lassen will. Und dann ändert er seine Meinung und begeht Selbstmord?«

»Noch dazu mit einer Waffe, die nicht auf seinen Namen registriert ist.«

»Die Fingerattacke des Erpressers läuft also ins Leere.«

Die Hauptkommissarin trat an den Schreibtisch. Frickes Kopf mit dem Einschussloch lag immer noch auf dem Teller. Die Spurensicherung sammelte Hinweise.

»Auf den ersten Blick würde ich den Tathergang wie folgt rekonstruieren: Gegen vierzehn Uhr bestellte Herr Fricke in der Küche telefonisch einen Ökobratling mit Senf. Er wurde ihm kurz darauf serviert. Zu dieser Zeit hat er vermutlich schon an seinem Abschiedsbrief gefeilt. Er machte Mittagspause, verzehrte seinen Bratling und trank ein Glas Wasser, allerdings nur zur Hälfte. Dann erschoss er sich. Sein Kopf fiel auf den Teller und stieß im Fallen das Glas mit dem Wasser um. Es rollte vom Tisch und fiel auf den Boden, aber da ging es nicht zu Bruch.« Sie deutete mit dem Finger in den Papierkorb. »Und jetzt sehen Sie sich das an.«

»Haushaltskrepp«, sagte ich. »Jemand hat etwas aufgewischt.«

»Und somit wüssten wir auch, was Fricke nach seinem Tod als Erstes tat!« Frau Schweikert durchbohrte mich mit ihrem schwarzen Blick und mir wurde kalt. »Er holte Haushaltstücher und wischte das Malheur auf seinem Schreibtisch auf, das er im Zuge seines Ablebens angerichtet hatte.«

5

Mochte das widersprüchliche Ende des *Biotop*-Besitzers, gekoppelt mit dem mysteriösen Fingerfund, auch eine harte Nuss für die Hauptkommissarin werden, ich brauchte mir darüber nicht den Kopf zu zerbrechen. Ich konnte es mir nicht leisten, meine Zeit auf einen Fall zu verschwenden, dessen Honorierung mein Klient bereits im Anfangsstadium durch plötzliches Versterben vereitelt hatte. Also machte ich mich davon, stahl mich in die Restaurantküche und stopfte mir im Vorbeigehen ein Biowürstchen in den Mund, das dem Zugriff der Kripo entkommen war.

»Sie dürfen hier nichts essen«, sagte jemand hinter mir. »Die Polizei hat alles beschlagnahmt.«

Ich fuhr herum. Da stand sie, die himmlische Schönheit mit dem wundervollen Schmollmund. Ich starrte sie blöde an und vergaß vor Schreck zu kauen.

»Henk«, stellte ich mich mit vollem Mund vor. »Ich meine: Henk Voss.«

»Laura Brück. Sind Sie ein neuer Kollege?«

»Nur zu Ermittlungszwecken. Ich bin Privatdetektiv.«

»Privatdetektiv.« Sie schien beeindruckt zu sein. »Hat man schon einen Verdacht, wer den Mord begangen haben könnte?«

»Warum glauben Sie denn, dass es sich um Mord handelt?«

»Was sollte es sonst sein?«

»Selbstmord. Herr Fricke ist der einzige Verdächtige. Er hat einen Abschiedsbrief hinterlassen.«

Laura schüttelte den Kopf. »Mein Chef hätte niemals Selbstmord begangen«, erklärte sie. »Es sei denn vielleicht, es hätte ihm etwas eingebracht.«

»Fällt Ihnen denn jemand ein, der als Mörder infrage käme?«, erkundigte ich mich.

»Mein Chef wollte hochwertige Bioprodukte für kleine Leute erschwinglich machen. Damit hat er sich nicht nur Freunde gemacht.«

»Wer sollte denn etwas dagegen haben?«

»Mein Vater zum Beispiel. Er fürchtete um die Exklusivität seines eigenen Lokals.«

»Ihr Vater?«

»Götz Wallenstein.«

Ich nickte. »Herr Fricke war davon überzeugt, dass er hinter den Erpressungsaktionen steckt. Das aber macht es eher unwahrscheinlich, dass er der Mörder ist.«

»Wieso denn?«

»Ein Erpresser ermordet sein Opfer gewöhnlich nicht«, dozierte ich. »Das wäre ja so, als wollte man die Kuh schlachten, die einem Milch gibt.«

Sie dachte eine Weile nach. »Aber es kommt doch immer wieder vor, dass Kühe geschlachtet werden.«

»Ihr Vater«, wechselte ich das Thema, »schreibt also nicht nur Bücher, sondern betreibt auch ein Restaurant?«

»Den *Grünen Winkel*. Eine Nobeladresse für den gehobenen Geschmack.«

»Warum arbeiten Sie nicht bei ihm, sondern bei der Konkurrenz?«

Laura zuckte mit den Schultern. »Auch dagegen hat er etwas.«

»Aber deswegen wird man nicht zum Mörder.«

»Vielleicht nicht«, räumte sie ein. »Alle Welt hält ihn für

einen Heiligen, einen Wegbereiter und Vordenker. Aber das ist er nicht. Im Gegenteil. Einem Detektiv sollte das zu denken geben.«

»Ich arbeite aber nicht mehr an dem Fall«, sagte ich. »Kein Auftraggeber, kein Fall.«

»Nur einmal angenommen, Sie täten es doch.« Mit einer Geste voller Anmut griff Laura nach einer Haarsträhne, die vorwitzig in ihr Gesicht baumelte, und strich sie sanft, beinahe zärtlich zu den anderen. »Wie würden Sie dann vorgehen?«

»Nun ja«, sagte ich wichtigtuerisch. »Ohne vorschnell über Ihren Vater zu urteilen, ist doch zu bedenken, dass die Weltgeschichte voll ist von Vordenkern und Wegbereitern, von denen keiner wusste, was die so taten, wenn das Fernsehen mal nicht hinschaute.« Ich setzte das Lächeln auf, das ich für mein bestes hielt. »Warum fragen Sie ihn nicht einfach, ob er es getan hat?«

»Vielleicht werde ich das tun«, meinte Laura.

Ich kramte eine von den frisch gedruckten Visitenkarten hervor und überreichte sie ihr. »Wenn Sie Fragen haben, rufen Sie mich gern jederzeit an.«

Kapitel 1: Die Berufung

Der kleine Junge ist vielleicht vier, höchstens fünf Jahre alt. Er trägt eine grüne Latzhose, die ihm viel zu groß ist, und löchrige Stiefel. Einen Papa hat er nicht, aber seine Mama ist eine wunderschöne Frau mit wallendem, dunkelbraunem Haar, aber so bettelarm, dass sie sich das Geld für ihren Lebensunterhalt in einer Schankwirtschaft im niederländischen Leiden verdienen muss. Sie bereitet die Speisen zu, die die Gäste bestellen.

»Nun mach schon!«, treibt der Wirt sie an, ein fetter Kerl, der nach Schweiß riecht und sich ständig unter dem Hemd

kratzt. »Die Leute warten nicht gern.« Während sie sich, so gut sie kann, abmüht, wirft er ihr begehrliche Blicke zu. Er verfolgt jede ihrer Bewegungen, und die Gier treibt Schweißperlen auf seine Stirn. Schließlich kann er der Versuchung nicht widerstehen und tätschelt mit seiner fleischigen Hand ihren Hintern. Packt sie und versucht sie an sich zu ziehen, doch sie entwindet sich ihm. »Blöde Schlampe!«

Er wirft ihr einen Lappen Fleisch hin. »Da! Zerschnippele das in kleine Stücke, damit wir daraus Gulasch machen können. Beeil dich gefälligst und schlaf nicht dabei ein!«

Der kleine Jan steht dabei und sieht zu. Er mag den dicken Mann nicht und findet, dass er nicht nett zu seiner Mama ist. Wie gern würde er ihr zur Seite stehen und den Fettwanst in seine Schranken weisen! Aber er ist nur ein Kind, was soll er gegen den Riesen schon ausrichten?

Jetzt verliert der Wirt die Geduld. »Ich muss dir wohl alles zeigen«, sagt er und schiebt sich hinter seine Köchin. Jede Gelegenheit, sie zu berühren, kostet er aus. »Kannst du denn überhaupt nichts selbst?«

Er greift nach ihrer Hand, die das Messer hält, und schneidet wütend drauflos.

Jan schreit auf. Er sieht Blut spritzen.

Fleisch, das blutet!

»Schnell!«, ruft der dicke Mann und flucht. »Wir brauchen etwas zum Verbinden! Das ist halb so wild. Stell dich nicht so an, heutzutage kann man alles wieder annähen. Und der Junge soll bloß aufhören zu schreien.«

Jan aber schreit weiter. Aus Leibeskräften. Er denkt nicht daran aufzuhören.

»Seht euch den an.« Der Wirt deutet auf Jan. »Er hat sich in die Hosen gemacht. Scheiße, bringt ihn weg, er versaut mir den teuren Kachelboden!«

Knechte mit muskulösen Armen eilen herbei. Sie schleppen den Jungen weg, da kann er noch so schreien und mit den

Füßen strampeln. Aber Jan wird nie vergessen, was er gesehen hat. Und der Tag wird kommen, da wird er diesem schwitzenden Scheusal gegenüberstehen und es für das, was es seiner Mutter angetan hat, zur Rechenschaft ziehen. An diesem Tag wird er nicht mehr der kleine Junge sein. Und das Messer wird nicht der Dicke halten. Sondern er.

6

Es war schon fast acht, als ich an den Bremer Platz zurückkehrte. Der Abend war warm, und beim Griechen stritten sich Gäste um die wenigen Außentische. Kittel hatte sich nicht gemeldet. Ich holte mir ein Bier aus dem Kühlschrank und schaltete den Fernseher ein.

Das Lokalfernsehen brachte die Abendnachrichten. Ein Reporter hatte sich vor dem Schloss postiert und berichtete von einer neuerlichen Eskalation im sogenannten *Wursthallenstreit.* Dieser hatte sich, soweit ich das in den Medien mitverfolgt hatte, daran entzündet, dass die Stadt Münster einem lokalen Fleischproduzenten die Genehmigung erteilt hatte, auf einem Grundstück in der City ein neues Gebäude zu errichten. Firma und Stadtverwaltung hatten die Proteste als unbegründet zurückgewiesen, denn schließlich sei das Grundstück ordentlich bezahlt worden und es seien auch keine schädlichen Emissionen zu befürchten, da es sich um ein Gebäude handele, das ausschließlich für Verwaltung und Logistik bestimmt sei.

Schön und gut, allerdings handelte es sich nicht um irgendein Grundstück, sondern um jenes auf dem Hindenburgplatz, auf dem Jahre zuvor eine Musikhalle hatte errichtet werden sollen, was damals jedoch ein Bürger-Aktionsbündnis vereitelt hatte. Als sich ausgerechnet an diesem bedeutungsträchtigen Ort eine schnöde Fleischfirma niederlassen wollte, war das alte Bündnis auferstanden und erneut gegen das in seinen Augen skandalöse Vorhaben Sturm gelaufen, dieses Mal jedoch knapp gescheitert.

»In den frühen Morgenstunden«, kommentierte der Mann auf dem Bildschirm, »gelang es einer Gruppe von schätzungsweise zwanzig Personen, das noch im Rohbau befindliche Gebäude der *Allwetterfleisch GmbH* zu besetzen.«

Die Kamera schwenkte zu einem halb fertigen Gebäudekomplex, aus zwei rot geklinkerten Einzelbauwerken bestehend, die einen Halbkreis bildeten. Aus der Luft betrachtet, so konnte man sich schon jetzt vorstellen, mussten sie einer gigantischen Fleischwurst ähneln – einer Fleischwurst, die sich erdreistete, dem altehrwürdigen, vom berühmten Barockbaumeister Johann Conrad Schlaun errichteten Schloss zu Münster den Sehenswert abzukaufen.

»Wer die Besetzer sind, ist zur Stunde nicht geklärt. Die Polizei, die das Terrain zunächst großräumig abgeriegelt hat, geht davon aus, dass es sich um ein breites Bündnis der verschiedensten Gruppierungen wie Musikhallengegner, Kriegsgegner, Fahrradbefürworter, Anti-Raucher, Aaseetunnelgegner und Tierschützer handelt. Glücklicherweise habe ich die Gelegenheit, eine prominente Person zu den Ereignissen zu befragen. Wie keinen anderen kann man diesen Mann als Identifikationsfigur der neu entstandenen Bewegung bezeichnen: Ich begrüße Götz Wallenstein.«

Hatte ich bis zu diesem Augenblick nur mit halbem Ohr zugehört, stellte ich nun das Bier zur Seite und drehte den Kasten lauter. Ich sah in das Gesicht eines Mannes um die sechzig mit hoher, zerfurchter Stirn. Er trug eine grüne Brille, das weiß-graue Haar zu einem Zopf zusammengebunden, und nuckelte anachronistisch an einer Pfeife, die ihm vielleicht Günter Grass persönlich zum Geburtstag geschenkt hatte. Eine Identifikationsfigur, wie sie im Buche stand.

»Herr Wallenstein«, wandte sich der smarte junge Mann

mit dem Mikro an die Identifikationsfigur, »in Kürze wird Ihnen von dieser Stadt, die sich in Sachen Umwelt und Bioethik schon einen Namen gemacht hat, das *Grüne Band für Nachhaltigkeit und umweltverträglichen Lebensstil* verliehen werden. Zu Recht, denn Sie gelten in Ökofragen als eine Institution. Wie kommentiert jemand wie Sie diese Entwicklung?«

Wallenstein ließ von seinem Rotzkocher ab und zeigte ein gnädiges Lächeln. »Wissen Sie, warum es mich freut, dass Sie das *Grüne Band* erwähnen? – Nun, weil ich ein eitler Mensch bin, werden Sie sagen, und da haben Sie sogar recht. Ich bekenne mich schuldig.«

Der Mann mit dem Mikro bekam einen Lachanfall.

»Aber, sehen Sie, da ist noch etwas. Diese Menschen«, Wallenstein deutete vage mit der Pfeife in die Richtung, wo er die Hausbesetzer vermutete, »und nicht nur sie sind es leid, sich von dem zu ernähren, was die großen Fleischfabriken ihnen vorsetzen. Sie sind es leid zu hören, das ließe sich nun mal nicht anders machen, daran sei eben die Globalisierung schuld.«

»Also würden Sie das, was viele als Akt der Piraterie bezeichnen, rechtens nennen?«, hakte der Interviewer nach und wartete geduldig, bis der Gefragte einen Zug aus seiner Pfeife genommen hatte.

»Rechtens – nicht rechtens. Schauen Sie, das ist doch gar nicht die Frage. Diese jungen Menschen, deren Entschlossenheit ich bewundere, machen deutlich, dass es hier nicht um irgendeine Lappalie geht wie zum Beispiel die, ob eine Musikhalle gebaut werden soll oder nicht.«

»Sondern worum?«

»Um die Wurst. Es geht in der Tat um die Wurst. Und die da oben werden begreifen müssen, dass sie nicht ewig so weitermachen können.«

Der Interviewer holte zu einer weiteren Frage aus, aber das Klingeln des Telefons forderte meine Aufmerksamkeit.

Ich drehte den Fernseher leiser, nahm das Telefon von der Ladestation und stellte die Verbindung her. »Voss?«

»Hier ist Laura Brück«, meldete sich die Engelsgleiche. »Ich habe eben mit Antje telefoniert.«

»Antje? Sollte ich die kennen?«

»Antje Nebel, Ihre neue Klientin. Sie sagte mir, Sie habe Sie als Privatdetektiv konsultiert.«

»Haben Sie heute Abend schon etwas vor?«

»Ich? Warum fragen Sie?«

»Frau Nebel hat mir einen Vorschuss gezahlt. Davon würde ich Sie gern zum Essen einladen.«

Ich wartete so lange auf eine Antwort, bis ich unsicher war, ob sie überhaupt noch dran war. »Frau Brück?«

»Ich würde Sie gern auch noch etwas fragen. Etwas Berufliches.«

»Das wäre doch eine ideale Gelegenheit«, drängte ich.

»Also gut. Wir könnten uns in einer halben Stunde im *Handycap* treffen. Da kann man ungestört reden.«

»Wenn Sie mir sagen, wo das ist.«

Besser, ich hätte mich nicht auf ihren Vorschlag eingelassen. Das *Handycap*, das sich stolz als *erstes Mobile Inn Münsters* präsentierte, erwies sich als ehemaliger Waschsalon am Hansaring. Es war rappelvoll und die Gäste des Inns telefonierten, was das Zeug hielt. Klingeltöne piepsten und dudelten aus jedem Winkel und vermischten sich mit dem allgemeinen Gequassel zu einem akustischen Brei, der einen spontan wünschen ließ, ohne Ohren auf diese Welt gekommen zu sein. Einige Leute machten sich während des Telefonats über einen Teller Pommes her, andere starrten mit glasigem Blick auf die Videoclips, die auf den an der Decke angebrachten Bildschirmen flimmerten.

Ich wollte kehrtmachen, aber dann entdeckte ich Laura. Sie trug ein enges rotes Top mit Spaghettiträgern, ihre Jacke, ebenfalls rot, doch etwas dunkler, hatte sie abgelegt und über ihre Stuhllehne gehängt. Mir fielen ihre weißen Schultern auf, die in einem aufregenden Kontrast zum sinnlichen Rot ihrer Kleidung standen. Und ich fragte mich, wie ich die schier endlos lange Zeit meines bisherigen Lebens hatte verbringen können, ohne auch nur die geringste Ahnung von der Existenz solch ebenmäßig weißer Schultern zu haben. Eine Erkenntnis, die mich mit Ehrfurcht erfüllte und das Ambiente des Raums schlagartig veränderte: Lauras Erscheinung machte dieses Fresslokal, das weniger Flair als ein drittklassiger Discounter hatte, zu einer Kathedrale erlesenen Geschmacks.

Ein Lächeln verriet, dass sie mich auch entdeckt hatte, aber sie winkte mir nicht zu, sondern zog ihr Handy hervor und tippte eine Nummer auf der Tastatur. In meiner Hosentasche klingelte es. Ich stellte die Verbindung her.

»Hi«, sagte sie. »Ich habe doch gesagt, wir können ungestört reden.«

»Was soll das? Warum telefonieren wir?«

»Das ist doch der Sinn der Sache.«

»Der Sinn welcher Sache?«

»Wir telefonieren, weil dies das *Handycap* ist.«

Ich sah mich um. Tatsächlich, da war wirklich niemand, der es nicht tat. Ob die Gäste an der Bar hockten, an Einzeltischen vor sich hin dösten oder zu zweit oder viert einander gegenübersaßen – da war keiner, der nicht eins dieser Dinger an sein Ohr presste. »Sie wollen sagen, hier herrscht Telefonpflicht?«

»Rauchverbot und Telefonpflicht.« Laura sah mich ungläubig an. »Sie kannten das wirklich noch nicht?«

»Doch, doch«, grinste ich. »Gerade letzte Woche war ich hier mit meinem Anrufbeantworter verabredet.«

»In den USA gibt es schon Hunderte *Mobile Inns.* Heh, seien Sie locker und lassen Sie sich drauf ein.«

Ich hatte nicht die geringste Lust, locker zu sein. Aber so wie es aussah, konnte ich meine Chancen bei dieser Frau vergessen, wenn ich es nicht war. Also setzte ich mich zu ihr und telefonierte.

»Manche Paartherapeuten«, plapperte Laura begeistert, »empfehlen ihren Patienten, ins *Handycap* zu gehen und sich dort auszusprechen.« Mit der linken Hand angelte sie sich eine Pommes von ihrem Teller, wälzte sie in Ketchup und steckte sie in den Mund.

»Um hier satt zu werden«, scherzte ich, »genügen wohl auch Attrappen, was?« Ich winkte der Bedienung, einem Typ mit Pferdeschwanz, Kinnbart und Jeans, die um die Oberschenkel baumelte. Doch der Typ telefonierte und hatte offenbar seine Augenfunktion deaktiviert. »Also, was wollten Sie mit mir besprechen?«

»Mein Vater. Gestern habe ich versucht, ihn festzunageln, so wie Sie mir geraten haben. Du hast Fricke, meinen Chef, umgebracht, habe ich gesagt. Nur weil es dir nicht passt, dass ich für ihn arbeite. Und das stimmte ja wohl auch.«

»Wie hat er reagiert?«

»Auf seine typische Art und Weise.« Laura warf eine der rot besudelten Pommes auf ihren Teller zurück und zerquetschte sie mit ihrer Gabel auf eine brutale und gleichzeitig genüssliche Weise. »Ich solle nicht von Dingen reden, von denen ich nichts verstehe, meinte er. Als wäre ich ein kleines Kind! Ich bin es satt, mich von ihm wie ein Kind behandeln zu lassen, wird er das denn niemals begreifen?«

»Eines Tages wird er es tun«, beschwichtigte ich sie. »Was wollten Sie denn von mir wissen?«

»Wie ich ihn als Mörder festnageln kann.«

»Ganz einfach: Sie brauchen etwas, das man in Fachkreisen als Beweis bezeichnet.«

»Er hat mich auf mein Zimmer geschickt, aber ich habe ihm gesagt, dass die Zeiten vorbei sind, da er mich auf mein

Zimmer schicken konnte. Also habe ich Hauptkommissarin Schweikert angerufen.«

»Gute Idee.«

»Aber die ist noch schlimmer. Wie ich denn darauf kommen würde, dass Herr Wallenstein der Mörder sei. Nur weil er immer für seine Karriere gelebt und sich nie um mich gekümmert habe, sei er noch lange kein Mörder.«

»Damit hat sie recht«, gab ich zu.

Ein tödlicher Blick zuckte aus ihren Augen in meine Richtung, ich konnte mich im letzten Moment ducken. Ihre Unterlippe schob sich nach vorn.

»Na schön«, ruderte ich zurück. »Andererseits kann man sagen, dass diese beiden Dinge nicht zwangsläufig dafür sprechen, dass er unschuldig ist. Und außerdem ...«

»Außerdem was?«

»Außerdem stinkt die Sache gewaltig, wenn Sie mich fragen.«

»Sie stinkt? Wonach denn?«

»Niemand weiß, woher die Waffe stammt, mit der Herr Fricke sich angeblich selbst erschossen hat. Und keiner kann erklären, wie er das Wasser aufwischen konnte.«

»Das Wasser?«

»Er hat sein Glas umgestoßen, als sein Kopf nach dem tödlichen Schuss auf den Teller fiel. Das Wasser war weg und nasse Haushaltstücher lagen im Papierkorb. Seltsam, nicht wahr?«

»Stimmt«, meinte Laura, nachdem sie ein paar Sekunden überlegt hatte. »Das klingt nicht nach ihm. Er hätte verschüttetes Wasser niemals selbst weggewischt.«

»Außerdem«, fiel mir noch ein, »sprach Fricke davon, dass er die Pferde scheu machen wollte.«

»Auch das ist seltsam«, meinte die Engelsgleiche. »Herr Fricke besaß nämlich gar keine Pferde.«

»Erzählen Sie mir von Ihrem Vater. Was ist er für ein Mensch?«

»Das habe ich doch schon getan. Was soll ich noch erzählen? Er ist wie ein Fremder für mich. Ein Mensch voller Geheimnisse.«

»Davon wüsste ich gern ein paar.«

Laura lutschte an ihrer Pommes. »Es gibt ein Foto von früher, das auf seinem Schreibtisch stand. Das zeigt ihn, als er noch viel jünger war, und drei andere Männer. Ich habe ihn gefragt, wer diese Leute seien. Er sagte, dass mich das nichts angehe. Als ich beharrte, wurde er wütend und schickte mich auf mein Zimmer.«

»Und weiter?«

»Nichts weiter. Als ich mir das Bild später noch einmal anschauen wollte, war es weg.«

»Also gut«, sagte ich. »Wenn Sie wollen, rede ich morgen mal mit ihm.«

»Das würden Sie tun?« Laura strahlte mich an, dass es mir durch und durch ging. »Von Ihnen kann er dann ja nicht mehr behaupten, dass Sie von solchen Dingen nichts verstehen, nicht wahr?«

In ihrer Handtasche piepste es. »Einen Moment«, meinte sie und zog ein zweites Handy hervor. »Ach, du bist es«, sagte sie. Ihre Stimme klang plötzlich anders. Sie hatte etwas Seidiges, Zärtliches. »Nein, ich kann jetzt nicht, wir haben noch zu arbeiten. Seminartreffen. – Wieso denn nicht? Das ist doch immer abends. – Später vielleicht, so in einer halben Stunde? – Ja, ich dich auch.«

Sie legte auf. »Ein Kollege«, erklärte sie.

Ein Kollege. Auf einen Schlag war die Kathedrale verschwunden und ich befand mich wieder in einem stickigen, lärmverpesteten Raum, in dem es hektischer zuging als während eines Charterflugs auf die Balearen. Was hatte ich hier überhaupt verloren?

Laura kritzelte etwas auf einen Bierdeckel und reichte ihn mir. »Das ist die Adresse.«

»Welche Adresse?«

»Von meinem Vater. Das ist draußen auf dem Land, in der Nähe von Hiltrup. Sie wollten ihn doch besuchen.«

»Mal sehen, ob ich dazu komme«, sagte ich zugeknöpft. »Morgen wartet jede Menge Arbeit auf mich.« Ich warf einen letzten Blick auf die ebenmäßigen weißen Schultern. »Und jetzt lasse ich Sie allein, dann können Sie ungestört mit Ihrem Kollegen telefonieren.«

»Heh, Alter.« Die Bedienung hatte sich endlich an unseren Tisch verirrt. »Willst du auch was essen?«

»Ja, gern«, sagte ich und stand vom Tisch auf. »Aber nicht hier.«

Kapitel 2: Der Plan

Jan wächst in Leiden zu einem Mann heran. Von Fleisch hat er ein für alle Mal genug. Er kann es kaum ertragen, wenn es zum Abendessen auf dem Tisch steht.

»Was willst du denn später einmal werden, wenn du groß bist?«, erkundigt sich sein Onkel, ein pummliger Geselle mit einer unangenehm langen Nase, die Ähnlichkeiten mit einem Rüssel hat. Bei jedem Wort sondert er Wolken von Mundgeruch ab.

»Ein Rächer«, antwortet Jan.

Amüsiert entblößt der Onkel seine gelben Zähne. »Ein Rächer? Ist das dein Ernst?«

»Einer, der die Schwachen verteidigt und diejenigen, die schreiendes Unrecht begangen haben, nicht davonkommen lässt.«

»Schreiendes Unrecht?«

»Genau das.«

»So, so«, meint der Onkel und gönnt sich ein überhebliches Schmunzeln. »Da hast du dir ja allerhand vorgenommen, was?«

Er schiebt Jan die Wurstplatte hinüber. »Da, nimm nur. Hab ich extra für dich gemacht.«

Der Mann mit dem Mundgeruch hat ein Restaurant. Jan hasst ihn und überlegt, ob er nicht einer derjenigen ist, die er nicht davonkommen lassen wird.

»Ich esse Rotkohl und Kartoffelbrei. Das mag ich.«

Aber Jans Onkel will unbedingt, dass er von der Wurst isst. »Greif zu, habe ich gesagt.«

»Das werde ich nicht«, beharrt Jan. »Ich verstehe überhaupt nicht, wie man tote Tiere essen kann. Menschen, die das tun, widern mich an.«

»Ich also auch?«, fragt der Onkel pikiert. »Widere ich dich auch an? Na los, sag schon.«

Jan schweigt verbissen.

»Vor etwas, das dein Onkel dir zum Geburtstag geschenkt hat, ekelt man sich nicht. Abgesehen davon ist Fleisch gesund. Iss deinen Teller leer, du Hosenscheißer.«

Er legt eine fette Wurst auf Jans Teller und besteht darauf, dass Jan aufisst. Aber der Junge weigert sich.

Schließlich wird er auf sein Zimmer geschickt und muss drei Tage dort bleiben, bei Wasser und Brot.

Doch dem Onkel wird sein überhebliches Grinsen noch vergehen …

Und viele Jahre später ist es so weit: Der hässliche Mann mit der Rüsselnase will sich gerade über eine seiner Würste hermachen, als er unerwarteten Besuch bekommt. Der Rächer steht mitten in seinem Zimmer, ein aufrechter Mann, stark und kampfbereit, strahlend wie ein Held. In der Hand schwingt er das Sendschwert. Der Onkel erbleicht, er sabbert und stottert und bettelt um sein Leben, der feige Lump.

»War ich nicht immer wie ein Onkel zu dir?«, stammelt er. »Sag mir, womit ich deinen Zorn heraufbeschworen habe!«

Doch er bettelt umsonst. »Nimm das hier«, verkündet der

Rächer. »Büße nun für die Sünden des Fleisches, denen du so lange ungestört gefrönt hast!«

Und das Schwert fährt auf ihn hernieder wie die Rache Gottes.

7

Am Rande Hiltrups, eines zwar nicht sehenswerten, doch immerhin südlichen Stadtteils von Münster, jenseits der beiden Kanalarme, die als einzige Wasseradern das karge Land durchzogen, lag ein betagter Bauernhof, der noch aus jener rauen Zeit stammen mochte, als münsterländische Siedler dem wilden Land jeden Zollbreit Erde abtrotzen mussten. Damals hatte man es wohl eher eine Ranch genannt, mit weitläufigen Koppeln für die Pferde, Weiden für Horn- und Federvieh und großzügig angelegten Unterkünften für Knechte und Tagelöhner.

Heutzutage war die *Casa Verde* ein Musterbetrieb für ökologische Lebensführung, ein Muss für den Nachhaltigkeitstourismus aus aller Welt, der sogar in Individualreiseführern Erwähnung fand. Man konnte hier biologische Produkte direkt vom Erzeuger erwerben, frei laufendem Geflügel beim Laufen zusehen, eine hauseigene Schlachterei, in der *sanftes Töten nach der Kensington-Faithful-Methode* praktiziert wurde, bewundern oder bei einem Spaziergang über das malerische Gelände dem berühmten Götz Wallenstein begegnen, jenem visionären Vordenker, der über diese grüne Idylle herrschte und dessen sämtliche Veröffentlichungen über die Notwendigkeit einer Neubesinnung sowie die Utopie einer Welt ohne Massentierhaltung im Hofshop zum Kauf auslagen.

Leider hatte ich nicht das Glück, dem Guru zufällig zu begegnen. Der sonnige Nachmittag hatte viele Besucher angelockt, und um zum Haus zu gelangen, musste ich mich durch eine Rotte Hängebauchschweine hindurchkämpfen.

Jedes hatte mindestens vier Kinder im Schlepptau, die es mit Ökofutter vollstopften, während die Eltern das Schauspiel mit Digitalkameras festhielten.

Die kleine Eifersuchtsszene von gestern Abend hatte für mich immer noch einen üblen Nachgeschmack. Je öfter ich sie vor meinen Augen ablaufen ließ, desto peinlicher erschien sie mir. Laura hatte mich in ihr Lieblingsrestaurant eingeladen, um mir zu zeigen, dass sie mich für alles andere als einen alten Knacker hielt. Und ich hatte nichts Besseres zu tun gehabt, als mich wie ein weltfremder Opa aufzuführen, der von digitalen Lebenswelten keinen Schimmer hatte. Damit nicht genug, hatte ich auch noch schmollend das Lokal verlassen, nur weil sie mit jemand anderem telefoniert hatte. Vielleicht konnte ich die Schlappe ausbügeln, wenn ich ihrem Vater meine Aufwartung machte.

Auf mein Läuten öffnete ein kleiner, spindeldürrer Mann mit Bürstenhaarschnitt und randloser Brille die Tür.

»Ich hätte gern Herrn Wallenstein gesprochen«, sagte ich. »Mein Name ist Voss. Ich bin Privatdetektiv.«

»Nun, ich müsste gerade nachsehen, ob er zu sprechen ist …«

»Tun Sie das.« Ich machte Anstalten einzutreten, aber der Mann blieb in der Tür stehen.

»Würde es Ihnen etwas ausmachen, draußen zu warten? Drinnen ist alles frisch gewischt. Mit diesen Schuhen«, er deutete angewidert auf meine Treter, an denen Ökofutter klebte, »tragen Sie mir ja den Dreck ins Haus.«

Damit schloss sich die Tür und sie öffnete sich erst wieder nach etwa einer Minute. »Herr Wallenstein«, erklärte der Dürre, »hat vor etwa zehn Minuten das Haus verlassen.«

»Wo kann ich ihn erreichen?«

»Im *Grünen Winkel*. Das ist sein Restaurant.« Der Mann warf einen Blick auf seine Uhr. »In zwanzig Minuten werde auch ich ihn dort treffen.«

»Fabelhaft«, meinte ich. »Dann können Sie mich doch mitnehmen.«

Ein weiterer Blick auf meine Schuhe. »Verfügen Sie denn über kein eigenes Fahrzeug?«

Wenigstens hatte er nichts dagegen, dass ich ihm mit dem Wagen folgte. Aber leider wurde auch daraus nichts. Vom Fahrersitz meines Autos aus verfolgte ich, wie Wallensteins Angestellter in einen alten Cinquecento stieg. Ich wartete ein paar Minuten darauf, dass er losfuhr. Schließlich stieg ich wieder aus und ging zu ihm hinüber.

»Er will einfach nicht anspringen«, ärgerte sich der Mann am Steuer. »Vielleicht ist etwas mit der Zündung.«

»Tja, das ist Pech«, meinte ich. »Wenn Sie wollen, kann ich Sie zum Restaurant fahren.« Ich grinste. »Aber kotzen Sie mir bloß nicht auf die Sitze.«

Den *Grünen Winkel* gab es gleich dreimal in Münster. Laut und geschäftig an der Moltkestraße, gediegen und romantisch in einer der besten Kreuzviertellagen und schließlich weit außerhalb in Handorf, direkt am traditionsreichen Pilgerweg gelegen, der von Münster nach Telgte führte.

Hier an der Werse, so hieß es, hatte man in früheren Zeiten frommen Wanderern aufgelauert, die sich für ihr Seelenheil aufgemacht hatten, um die berühmte Madonna in Telgte anzubeten. Man hatte sie windelweich geprügelt, bis auf die Unterwäsche ausgezogen und ihrer Ersparnisse beraubt. Eine brutale und effektive Methode der Kapitalbeschaffung, die Handorf hatte erblühen und von einem gottverlassenen Kuhdorf zum wohlhabenden Ortsteil anwachsen lassen, zu dem man selbst vom fernen Roxel aus neidisch herüberblickte. Schon bald interessierte sich niemand mehr dafür, wovon seine Einwohner lebten und welcher dunklen Kunst sie ihren Wohlstand verdankten, und sollte es dennoch jemand tun, musste er sich gut überlegen, wem er von dieser

Stunde an den Rücken zukehrte. Daran, so hieß es weiter, habe sich bis heute nichts geändert.

Mittlerweile war es halb fünf. Mein Beifahrer hatte Kurs auf Handorf genommen und dirigierte mich von der Umgehungsstraße auf die Warendorfer Straße, während er seine Kleidung aufmerksam nach Flusen absuchte. Sobald er eine aufgespürt hatte, schlich sich seine rechte Hand an, spannte den Mittelfinger über dem Daumen zu einem Katapult und schnipste das böse Fitzelchen in die Atmosphäre.

»Sind Sie Wallensteins Butler?«, fragte ich.

»Schadewaldt«, stellte sich mein Beifahrer mit einem dünnen Lächeln vor. »Ich würde mich eher als guten Geist des Hauses bezeichnen.«

»Wo ist denn da der Unterschied?«

Schadewaldt ließ sich Zeit mit der Antwort. Er schnipste wieder und strich die von der Fluse befreite Hosenbeinstelle mit der Handfläche glatt. »Ich habe Herrn Wallenstein viel zu verdanken«, verkündete er mit feierlicher Stimme. »Als ich im Begriff war unterzugehen, hat er mir die Hand gereicht. So konnte ich überleben.«

»Herr Wallenstein ist also Rettungsschwimmer?«

Die Feierlichkeit verflog. »Es ist bildlich gemeint. Ein halbes Jahr nachdem ich mir ein Haus gekauft hatte, wurde ich arbeitslos. Keine Chance, die Raten abzuzahlen oder meine Familie zu ernähren. Wäre Herr Wallenstein nicht gewesen, hätte ich nicht weitergewusst. Er bot mir großzügig die Möglichkeit, für ihn zu arbeiten.«

»Dann haben wir also streng genommen zwei gute Geister.«

»Zwei?«

»Sie und Herrn Wallenstein.« Ich grinste. »Einer, der Gutes tut, und einer, der den Haushalt macht.«

Schadewaldt fand das nicht komisch. »Biegen Sie an der Ampel links ab.«

8

Der *Grüne Winkel* war in jeder Hinsicht eine bessere Adresse als Frickes *Biotop.* Eine gepflegte Gartenanlage umgab das erlauchte Etablissement, ein breiter Kiesweg führte zum Haus und drei breite Marmortreppenstufen hinein. Der Innenraum erinnerte mich im ersten Moment an eine römische Villa, wie ich sie aus Sandalenfilmen wie *Quo Vadis* kannte: hohe Säulengänge, Nischen, in denen Kerzen brannten, steinerne Statuen, bunte, an den Wänden wallende Tücher. In der Mitte plätscherte ein Wasserspiel, eine bronzene nackte Schönheit reckte eine Schale mit Obst gen Himmel, umgeben von einem seerosenbewachsenen Teich, in dem Kois aus dem fernen Asien ruhig ihre Bahnen zogen. Man hätte sich in Pompeji wähnen können, wäre nicht das Personal gewesen, das mit seinen grünen Hosen und biederen weißen Hemden eher den Eindruck machte, man habe es von einer Billig-Airline ausgeliehen.

Schadewaldt verschwand in der Küche, nachdem er mich, mit einem Blick auf meine Schuhe, gebeten hatte, draußen zu warten.

Kurz darauf erschien Wallenstein höchstpersönlich, in Jeans und T-Shirt und einem legeren violetten Jackett. Er grinste und näherte sich mir mit ausgestrecktem Arm. »Tut mir leid, Herr eh …«

»Voss.«

»Aber im Moment häufen sich die Pressetermine, da weiß man nicht, wo einem der Kopf steht.«

»Ich bin kein Pressetermin.«

Er sah mich fragend an.

»Henk Voss«, stellte ich mich vor. »Privatdetektiv. Ich würde Ihnen gern ein paar Fragen stellen, was Ihr Verhältnis zur Konkurrenz angeht.«

»Meiner Konkurrenz?« Wallensteins Stirn runzelte sich ungläubig, als hätte ich mich nach dem Wohlergehen seines dritten Fußes erkundigt. »Welcher Konkurrenz?«

»Das *Biotop* von Herrn Fricke.«

»Herr Fricke.« Der Chef des *Winkels* nickte und warf einen Blick auf die Uhr. »Wie viel Zeit bleibt uns?«

»Eine knappe halbe Stunde«, antwortete eine junge Frau in grüner Hose, die gerade auf dem Weg in die Küche war.

»Na schön.« Wallenstein wies mit der Hand auf eine der Nischen. »Setzen Sie sich doch, Herr ...«

»Voss.«

»Was kann ich Ihnen anbieten? Kaffee? Saft?«

»Bier, wenn Sie haben«, sagte ich.

Auf eine knappe Geste von ihm setzte sich ein weiterer Kellner in Bewegung. »Sehen Sie, mein Freund ...«

»Voss.«

»Bitte glauben Sie mir, dass ich Herrn Frickes Ableben bedauere wie kaum ein anderer, aber von Konkurrenz würde ich in diesem Zusammenhang dennoch nicht sprechen.« Er machte eine kleine Pause, und wir lauschten dem Plätschern des Wasserspiels. »Was seinen Betrieb angeht, nicht einmal von Gastronomie im weiteren Sinne.«

»Wovon denn sonst?«

»Na, sehen Sie sich doch um, Herr eh ...« Wallenstein machte es mir vor. »Was Sie hier sehen, das nenne ich Speisekultur. Herr Frickes Geschäft dagegen ist die Massenverpflegung. Was die Leute dort tun, würde ich nur ungern essen nennen. Es grenzt an Fressen, verstehen Sie? Und daran ändern Sie auch nichts, wenn Sie sich aus der Zeitung ein Bioetikett ausschneiden und auf Ihre Tür kleben.«

Mein Bier wurde gebracht, es war ökologisch einwandfrei und hatte einen stark erdigen Geschmack. »Ihre Tochter«, ließ ich beiläufig einfließen, »denkt anders über Herrn Fricke als Sie. Sie hält ihn für einen Vorreiter, dem diejenigen viel zu verdanken haben, die sich einen Tempel wie diesen hier nicht leisten können.«

»Höre ich da etwa Neid heraus, Herr Forst?«

»Voss«, sagte ich.

»Gutes Essen hat seinen Preis, so ist das nun einmal. Gewisse Dinge können sich nicht alle leisten. Es kann nicht jeder auf den Malediven Urlaub machen, und wenn doch, worin sollte dann noch der Reiz liegen?«

»So habe ich das noch nie gesehen«, meinte ich.

»Ein Schnäppchenjäger kann sich meinetwegen auf eine der Holzbänke im *Biotop* zwängen und ein grünes Grillhähnchen in sich hineinstopfen, bis ihm schlecht wird. Aber von Bio kann da keine Rede sein.«

»Sie meinen, wenn sich alle Bio leisten können, worin sollte denn der Reiz noch liegen?«

»Und was meine Tochter betrifft, so ist sie leider schon seit Jahren in jenem Alter, da man alles zum Kotzen findet, was man den Eltern verdankt.«

»Haben Sie Herrn Fricke ermordet?«

Wallensteins Augen blitzten auf. »Das sollten Sie besser umgekehrt fragen.«

»Sie meinen, ob Herr Fricke Sie ermordet hat?«

»Sie spielen doch auf den Finger an, den man in seinem Essen gefunden hat.« Wallensteins smarte Freundlichkeit war dahin. »Ich weiß, dass man über Verstorbene nicht übel reden sollte, aber so manches Mal hat dieser Kerl öffentlich ausposaunt, dass ich ihn mit unfairen Tricks zu ruinieren versuche. Dabei waren es seine Tricks, nicht meine. Nicht einmal vor Diebstahl schreckte er zurück.«

Die Kellnerin näherte sich unserem Tisch und informierte Wallenstein, dass das Kamerateam eingetroffen sei.

»Ich konnte es nie beweisen, Herr eh ..., aber es kam wiederholt zu Plünderungen meiner Speisevorräte. Und einmal wurden billige Nahrungsmittel à la *Biotop* in meiner

Küche gefunden. Das Haltbarkeitsdatum seit Monaten überschritten. Und das Gesundheitsamt vor der Tür. Alles Zufall natürlich, und Fricke wusste von nichts.«

»Sie meinen also, nicht Sie, sondern er –«

»Wie auch immer.« Wallenstein erhob sich und schenkte mir ein letztes geschäftsmäßiges Lächeln. »Ich habe jetzt zu tun. Das Fernsehen wartet nicht gern. Machen Sie's gut und bestellen Sie sich noch was auf Kosten des Hauses.« Das Lächeln rutschte vom Geschäftsmäßigen ins Höhnische. »Sie sehen nicht so aus, als ob sich für Sie eine solche Gelegenheit oft ergäbe.«

In diesem Augenblick durchzuckte mich die Erkenntnis, dass Frickes Verdächtigungen alles andere als haltlos gewesen waren. Nachträglich pflichtete ich ihm bei und entschuldigte mich für meine Häme.

Es war wie eine Offenbarung, die einen aus heiterem Himmel ereilt, einer dieser lichten, hellen Momente. Ganze Religionen verdanken ihnen ihre Existenz. Mit einem Mal besaß ich den Weitblick, den Mordfall Fricke bis zu seiner Auflösung zu durchdenken und wusste: Wenn der Job des Privatdetektivs jemals einen Sinn auf Erden gehabt hatte, dann bestand er darin, diesem arroganten Menschen mit der albernen Günter-Grass-Pfeife eine Schuld nachzuweisen. Es gab gar keine andere Möglichkeit. Was er getan hatte und warum, würde ich noch herausfinden. Aber meine Schnüfflernase sagte mir, dass dieser Kerl es nicht verdiente, ungeschoren davonzukommen.

»Heh, guter Mann!« Jemand, der in der Nische auf der anderen Seite des Teiches saß, prostete mir zu. »Wenn der Chef Ihnen ein Essen ausgibt, sollten Sie es nicht ausschlagen. Ich kann das Schneckenomelett empfehlen.« Ohne mein Einverständnis einzuholen, packte er sein Weinglas und seinen Teller, kam herüber und setzte sich zu mir. »Nehmen Sie es ihm nicht übel, wenn er unwirsch ist. Er hat viel um die Ohren. Heute dreht der Westdeutsche Rundfunk eine Folge der Serie *Gourmet-Oasen in NRW.*«

»In diesem Lokal?«, vermutete ich.

»Zucker mein Name«, stellte sich mein Gegenüber vor. Ein schlanker Typ, schätzungsweise Mitte vierzig mit rotbraunem, lockigem Haar, bleichem Teint und stark abstehenden Ohren. Eine Fledermaus.

»Sie sind Stammkunde hier?«, fragte ich.

»Laufkundschaft.« Die Fledermaus hob eine Gabel, deren Zinken in einer Kartoffel steckten, und richtete sie auf mich. »Sie sind also Privatdetektiv?«

»Woher wissen Sie das denn?«

»Diese Räume sind hellhörig. Ohne es zu wollen, bekommen Sie Dinge mit, die nicht für Ihre Ohren bestimmt sind.«

Ich konnte mir vorstellen, dass Lauschlappen wie die seinen alle Räumlichkeiten hellhörig fanden.

»Arbeiten Sie an einem Fall?«, wollte der Mann wissen. »Versuchen Sie am Ende herauszufinden, ob Wallenstein selbst hinter dem Ableben Frickes steckt?«

»Warum sollte Sie das interessieren?«

Die Hand, die die Gabel hielt, winkte ab und verlor dabei die Kartoffel. »Ich bin nur ein gewöhnlicher Bewohner dieser Stadt, der den Herrn dieses Hauses an der Spitze einer Bewegung erlebt. Und der sich wie alle natürlich besorgt fragte, ob die Affäre Fricke sein Watergate werden wird.«

»Watergate«, meinte ich. »Das scheint mir etwas hoch gehängt.«

Er grinste spitzbübisch. »Mit seinen Erwartungen sollte man nie zu bescheiden umgehen.«

»Wenn Sie Wallenstein nicht mögen«, wunderte ich mich, »warum speisen Sie dann in seinem Restaurant?«

»Erstens, weil Sie dieses traumhafte Schneckenomelett sonst nirgends bekommen. Und zweitens aus rein beruflichem Interesse.«

»Sie betreiben auch ein Restaurant?«

Kopfschütteln. »Aber ich habe auch mit Ernährung zu tun, allerdings eher auf wissenschaftlicher Ebene. Weltbevölkerung, Nachhaltigkeit und so weiter.«

»Und daher kennen Sie Wallenstein?«

»In gewisser Weise«, erklärte mein Gegenüber kauend. »Es ist viele Jahre her, ich war noch ein junger Kerl und kam gerade von der Uni. Der große Wallenstein war damals auch noch nicht groß, sondern schlichter Inhaber eines Bioladens. Ich bewarb mich bei ihm um einen Job. Er wollte mich aber nicht einstellen. Was glauben Sie, warum?«

»Woher soll ich das wissen?«

»Wegen meines Namens. Rainer Zucker.« Das Gesicht zwischen den großen Ohren verzog sich zu einer Grimasse. »Niemand, der so heißt, arbeitet in einer Firma, die sich auf ihr Biosiegel etwas einbildet.«

»Hat er das gesagt?«

»Natürlich nicht. Er erfand eine billige Ausrede, und ich verklagte ihn wegen Diskriminierung. Ohne Erfolg.«

»Kannten Sie auch Herrn Fricke?«, erkundigte ich mich.

»Fricke hatte die Zeichen der Zeit erkannt«, nickte Zucker. »Und deshalb empfahl es sich nicht gerade, bei ihm zu essen.«

»Es empfahl sich nicht?«

»Ein altes Gesetz in der Ernährungsbranche: Je weniger jemand die Zeichen der Zeit erkennt, desto eher lohnt es sich, bei ihm einen Tisch zu bestellen. Nehmen Sie zum Beispiel dieses Lokal. Gutes Essen, Topqualität. Den betuchten Herrschaften mag es schmecken, aber es ist keine Lösung.«

»Keine Lösung wofür?«

Der Mann mit den Riesenohren beugte sich vor und ich zuckte unwillkürlich zurück. »Denken Sie doch an die Weltbevölkerung. Das Problem des Wassermangels lösen Sie ja auch nicht, indem Sie jedermann empfehlen, einen Swimmingpool anzulegen. Im Gegenteil. Fricke hatte das begriffen.«

»Verstehe«, log ich. »Fricke verzichtete auf den Pool. Weil er die Zeichen der Zeit erkannt hatte.«

Zucker schnaubte überheblich. »Die Ressourcen auf diesem Planeten sind begrenzt, Herr Voss. Wenn wir weiter so hochwertig und gesund essen, dann, so prophezeie ich Ihnen, hat die Küche schon bald geschlossen. Und das lange bevor die Polkappen abgeschmolzen sind.«

»Was wäre denn Ihr Vorschlag?«

»Müll.«

»Müll?«

Die Fledermaus nickte. »Der Mensch kann nur überleben, wenn er eine ganz neue Form der Ernährung lernt.«

»Er soll Müll essen?«

»Sehen Sie, zweifellos unterscheidet sich der Mensch nicht allein dadurch vom Tier, dass er Abfälle produziert. Er unterscheidet sich aber vom Menschen früherer Jahrhunderte dadurch, dass der von ihm produzierte Abfall planetarische Ausmaße annimmt. Sein Dilemma ist, nicht existieren zu können, ohne seine Umwelt in einen Abfallhaufen zu verwandeln. Der Tag, da er sich nicht mehr schönreden kann, dass er mitten auf einer Müllhalde lebt, wird unvermeidlich kommen.« Zucker bleckte die Zähne und sah aus wie ein grinsendes Pferd mit Segelohren. »Dann wird ihm nur eines bleiben: den Abfall als Chance zu begreifen. Denn Müll ist die einzige Ressource auf diesem Planeten, die stetig wächst, anstatt zu versiegen.«

Aus heiterem Himmel senkte sich ein Teller auf unseren Tisch herab und fand seinen Landeplatz direkt vor meiner Nase.

»Einmal *Hasengulasch unter Preiselbeerschaum*«, rezitierte die Stimme des Kellners. »Salat mit einem Dressing Ihrer

Wahl wollen Sie sich bitte drüben am Büfett selbst zusammenstellen.«

»Einen Moment«, erhob ich Einspruch. »Ich habe keinen Schaum bestellt.«

»Bedaure, den Hasen gibt es nur mit Schaum.«

»Auch keinen Hasen. Ich habe gar nichts bestellt.« Ich bemühte mich um einen lässigen Tonfall. »Wenn Sie so was jeden Tag haben, dann können Sie das Zeug irgendwann nicht mehr sehen – heh! Warten Sie …«

Der Kellner war schon auf und davon.

»Ich glaube, das war wohl für mich bestimmt!«, meldete sich eine gut aussehende Blondine, die uns von einem anderen Tisch aus zuwinkte. »Wenn Sie so nett wären …«

»Aber gern.« Ich erhob mich, schnappte den Teller und balancierte ihn elegant auf den Fingerspitzen wie ein richtiger Kellner. »Einmal den Hasenschaum. Salat gibt's drüben in der Ecke.«

Die Blondine schenkte mir ein bezauberndes Lächeln und ich nutzte die Gelegenheit zu einem Blick in ihren Ausschnitt. Während sie nach Messer und Gabel griff, um sich über ihr Essen herzumachen, kehrte ich zu meinem Gesprächspartner zurück, genauer gesagt: Ich machte mich auf den Weg.

Nach wenigen Sekunden brachte mich ein spitzer Schrei zum Stehen. »Igitt! Was steckt denn da in dem Schaum? Da ist ja ein Finger! Scheiße – ich glaube, mir wird schlecht!«

Es gab zwei Möglichkeiten: Entweder sie spielte Theater, dann stellte sich allerdings die Frage, was sie damit bezweckte. Oder aber es handelte sich um einen dieser Zufälle, die in diesem Universum allerhöchstens einmal in zehn hoch zweiundzwanzig Milliarden Lichtjahren vorkommen. Ich brauchte nur eine Sekunde, um zu entscheiden, dass es keine Rolle spielte, welche der Möglichkeiten zutraf. »Bedaure«, sagte ich, ohne mich umzudrehen, und setzte meinen Weg fort. »Aber den Hasen gibt es nur mit Finger.«

9

Hauptkommissarin Sanne Schweikert war eine Verfechterin jenes juristischen Prinzips, demzufolge jeder so lange als schuldig gilt, bis seine Unschuld erwiesen ist. Infolgedessen interessierte sie sich nicht für die näheren Umstände, die zur Auffindung des zweiten Fingers geführt hatten, und der Zufall von intergalaktischen Ausmaßen hatte für sie keinerlei Bedeutung. Es zählte lediglich, dass sie mich zum zweiten Mal dabei erwischt hatte, wie ich das Körperteil eines Menschen einem anderen Menschen zum Essen aufgetischt hatte.

»Die Dame sagt aus, Sie, Herr Voss, hätten sich Ihres Tellers bemächtigt, nur um sich die Gelegenheit zu verschaffen, ihren Busen anzustarren.«

»Reines Wunschdenken«, antwortete ich so arrogant wie möglich. »Wenn die Zimtzicke sich sexuell unausgelastet fühlt, sollte sie in Lokalen verkehren, die ihren Bedürfnissen eher entgegenkommen.«

»Die« – vorwurfsvolle Pause – »Zimtzicke studiert im zehnten Semester Theologie«, informierte mich die Kommissarin frostig. »Sie schließt nicht aus, später in ein Kloster einzutreten.«

»Wenn das so ist«, giftete ich frauenfeindlich, »sollte sie ihrem Busen lieber die Chance gönnen, angestarrt zu werden, solange sie sich noch ergibt.«

»Davon abgesehen ist sie meine Nichte«, fügte Schweikert eisig hinzu.

»Na schön«, lenkte ich ein. »Aber selbst wenn sie recht hätte, wozu hätte ich denn den Finger in die Soße schmuggeln sollen? Das macht doch keinen Sinn.«

»Warum Sie das hätten tun sollen?«, meldete sich in diesem Augenblick Götz Wallenstein zu Wort. Er war neben mich getreten und berührte meinen Arm wie jemand, der um Aufmerksamkeit bittet. »Das will ich Ihnen gern sagen, mein Freund: Weil Sie mit dem seligen Herrn Fricke der Meinung sind, dass man dem Verbraucher minderwertiges Essen vorsetzen und ihm weismachen kann, es handele sich um biologisch hochwertige Kost, nur weil es minderwertig schmeckt. Natürlich und – ich möchte sagen – glücklicherweise ist der Verbraucher nicht so simpel gestrickt. Deshalb sind Sie und Herr Fricke dazu übergegangen, Stätten anspruchsvoller Gastronomie wie diese aufzusuchen und unappetitliche Skandale zu entfachen, nicht wahr?«

»Ist es nicht eine Verschwendung«, gab ich zurück, »solche Wahlreden im kleinen Kreis zu halten, wo doch hier kein kritischer Geist anwesend ist, dem Sie damit imponieren können?«

Anstelle einer Antwort breitete sich ein Grinsen auf Wallensteins Antlitz aus. Mitten in das Grinsen steckte er das Mundstück seiner Pfeife und vollführte einen Linksschwenk.

Ich folgte ihm und sah in die Kameras des Westdeutschen Rundfunks, die direkt auf uns gerichtet waren.

»Solche Dinge«, meinte der Restaurantchef, der jetzt gar nicht mehr zu mir sprach, sondern zu den Kameras, »sind unerfreulich. Nicht nur für die Gäste, die sich auf einen harmonischen und kulinarisch hochwertigen Abend gefreut hatten. Auch für die Gourmets und Liebhaber kreativer Küche draußen vor den Bildschirmen, die einen informativen Beitrag erwarten.«

Na schön, dachte ich. Wallenstein mochte sich siegessicher fühlen, weil wir auf seinem Platz spielten. Aber zu große Überheblichkeit hatte schon oft zu einer Heimniederlage geführt.

»Vielleicht würde es die Leute da draußen, die Sie für einen ehrenwerten und untadeligen Bürger dieser Stadt halten, aber auch interessieren, wie Sie Ihre Tochter behandeln«, sagte ich.

»Meine Tochter?« Die Mimik des Hausherren sagte: ›Das ist ja wohl nicht Ihr Ernst‹, aber es war ihm anzusehen, dass ihn der Themawechsel irritierte.

»Sie halten sich wohl für unfehlbar!«, schleuderte ich Wallenstein ins Gesicht. »Für den Guru aller Gurus, was? Sie denken, Sie können den Leuten erzählen, was Sie wollen, weil die so blöd sind, Sie für den großen Zampano der Gutesser zu halten, der zum finalen Kreuzzug gegen die Wurstvertilger dieser Erde bläst. Und schämen sich nicht, die Weltfremdheit dieser Leute auszunutzen.«

Ich konnte sie förmlich vor mir sehen: Laura, wie sie, während sie ziellos durch die Stadt streifte, zufällig an einem Elektroladen vorbeikam, dessen Schaufenster voller Fernseher war, und abrupt stehen blieb, als sie mich erkannte. Und wie sie jedes einzelne Wort förmlich in sich aufsog und ihr fast die Tränen kamen, als sie mich all das aussprechen hörte, was sie ihrem Vater schon seit Langem ins Gesicht hatte sagen wollen. Tränen der Wut und der Erleichterung. Und der Dankbarkeit.

»Dabei sind Sie doch nicht besser als alle diese Väter, denen ihr eigenes Ego über alles geht«, fuhr ich fort und spürte, wie das Pathos mich hinwegtrug. »Die nur für ihre Karriere leben. Bioladenbesitzer, Sachbuchautor, Ökoguru und Anführer einer Allianz der Rechtschaffenen. Für die eigene Tochter hat man da wenig Zeit, stimmt's? Schließlich will sie ja Aufmerksamkeit und Zuwendung, aber die kann man als große Persönlichkeit wohl am wenigsten erübrigen! Und wenn man dann als permanenter Hausgeist aller Talkshows eines Tages zur Kenntnis nehmen muss, dass die eigene Tochter gegen einen arbeitet, all das mit Füßen tritt, für das man steht, nämlich Biokultur als elitäre Nische der Reichen und Schönen, dann macht einen das wütend. So wütend, dass man den Menschen, der einem das eingebrockt hat, gerne umbringen will, nicht wahr?«

Es war mucksmäuschenstill. Die Kameraleute vergaßen, ihre Kameras auszuschalten. Sie schienen nicht so recht begriffen zu haben, wovon ich gesprochen hatte, und waren sich nicht sicher, ob einer von uns noch etwas sagen würde. Und richtig: Wallenstein, der eitel grinsend dagestanden hatte, stemmte seine Hände in die Hüften und schüttelte den Kopf, als halte er es für unter seiner Würde, einen solchen hirnverbrannten Blödsinn zu kommentieren. Dabei holte er zum Gegenschlag aus.

»Herr Wallenstein, ich danke Ihnen für das Gespräch«, kam ich ihm zuvor und machte mich daran, den Raum zu verlassen. Gäste, Angestellte und Journalisten bildeten eine respektvolle Gasse.

Leider versperrte jemand die Tür.

»Sie sind vorläufig festgenommen«, erklärte Frau Schweikert und packte mich am Arm.

»Ach ja?« Ich kicherte aufmüpfig. »Mit welcher Begründung, wenn ich fragen darf? Oder hat der Hausherr sogar die Kripo gekauft, damit sie in diesem Laden für Ordnung sorgt?«

»Das werden wir noch sehen«, meinte sie, ohne ihren Griff zu lockern. »Vielleicht nur wegen groben Unfugs mit menschlichen Körperteilen. Aber wehe, wir finden die Leiche, die zu den Fingern gehört. Dann lautet die Anklage auf Serienmord.«

10

Noch während man mich abführte, durchströmte mich die berauschende Gewissheit, das Richtige getan zu haben. Ich war bester Dinge und fühlte mich Frau Schweikert haushoch überlegen, ebenso den Presseleuten, die sich sensationsgeil auf die Szene stürzten und mir mit offenem Mund nachstarrten. Nichts als Mitleid hatte ich für all jene übrig, die vor der Glotze saßen, das WDR-Fernsehen eingeschaltet hatten und sich entrüstet fragten: ›Wer ist denn dieser fette Kerl und wovon zum Teufel redet er überhaupt?‹ Viele zu Unrecht Festgenommenen mussten sich so gefühlt haben wie ich jetzt – Revolutionäre, die den Mächtigen in die Quere kamen, glorreiche Rebellen, Volkshelden, die man auf einsame Inseln verbannt hatte. Sollten sie mich, in Eisen gekettet, in ein dunkles Verlies werfen oder meine schwielenübersäten Hände an das Ruder einer Galeere nageln. Hauptsache Laura, die Engelsgleiche, hatte da draußen alles mit angesehen, auf den Fernsehern im Schaufenster jenes Ladens, an dem sie rein zufällig vorbeigeschlendert war.

Anders ausgedrückt: Die infantilen Hochgefühle, die mich neuerdings anfallsweise heimsuchten wie eine rätselhafte Krankheit, beherrschten meine Gedanken, Worte und Stimmungen, ohne dass ich in der Lage war, mich dagegen zu wehren.

Sanne Schweikert schien dieses Mal fest entschlossen zu sein, mich als Serientäter zu überführen. Einen geschlagenen verregneten Nachmittag lang hielt sie mich im Vernehmungsraum der Kripo Münster gefangen und ließ mich die Geschichte von der Entdeckung des zweiten Fingers wieder und wieder aufsagen.

»Erzählen Sie mir, woher Sie das Körperteil haben«, verlangte Frau Schweikert.

»Zum hundertsten Mal«, sagte ich zum hundertsten Mal, »ich habe den Finger nicht ins Essen geschmuggelt.«

»Dann sagen Sie mir, warum Sie es getan haben.« Die Kommissarin sah erschöpft aus – ein lebender Beweis, dass nicht nur schikaniert zu werden, sondern auch zu schikanieren anstrengend war.

»Sie meinen, warum ich es getan hätte, wenn ich es getan hätte, was ich aber nicht habe?«

Sie gähnte, ohne die Hand vor den Mund zu halten. »Sie haben selbst gesagt, dass Sie für Fricke arbeiten. Er hat Sie beauftragt, im *Grünen Winkel* für einen Skandal zu sorgen.«

»Herr Fricke wurde aber doch ermordet.«

»Na und? Ein beflissener Schnüffler wie Sie führt einen Auftrag eben gern zu Ende aus.«

»Dachdecker haben Aufträge«, stellte ich richtig. »Schnüffler haben Fälle. Und ich habe längst einen anderen Fall. Fragen Sie doch Frau Nebel, meine Klientin.«

»Frau Nebel?« Hauptkommissarin Schweikert, die während der letzten Stunde immer wieder dem Sekundenschlaf zum Opfer gefallen war, richtete sich plötzlich auf. Ihre grauen Augen, kalt und emotionslos wie die eines großen weißen Hais, fixierten mich. »Antje Nebel vom *Münster Marketing*?«

»Kennen Sie sie etwa?«

»Flüchtig. Wir spielen in derselben Volleyballmannschaft.« Frau Schweikert starrte mich noch eine Weile an, dann stand sie urplötzlich auf. »Wir werden das überprüfen, verlassen Sie sich drauf«, brummte sie, schlürfte den letzten Schluck aus ihrer Tasse und machte sich auf, um frischen Kaffee zu holen.

Es erwies sich dieses Mal, dass die privaten Verbindungen der Hauptkommissarin sich für mich nicht nur peinlich auswirken mussten: Sie ließ mich gehen, nicht ohne mich vorher schwören zu lassen, meine Schnüfflernase ab sofort aus dem Fall Fricke herauszuhalten. Ich versprach es ihr gern und machte mich, sowie ich nach Hause zurückgekehrt war, daran, ein anderes Versprechen einzulösen. Es bestand darin, einen Briefumschlag an einen Theologieprofessor weiterzuleiten, da inzwischen ja wohl die Umstände eingetreten sein durften, die der Kerl im *Stuhlmacher* angedeutet hatte. Natürlich würde ich vorher aus beruflichem Interesse selbst einen Blick hineinwerfen.

Haberland hatte Zeit, morgen um elf Uhr. Wo aber steckte der Umschlag? Ich konnte mich genau daran erinnern, dass er vor dem Umzug auf meinem Schreibtisch gelegen hatte, direkt neben dem Stapel unbezahlter Rechnungen. Danach verlor sich jede Spur, so wie die des Mannes, der ihn mir anvertraut hatte. Ich verbrachte den Rest des Dienstags damit, das gesamte Büro auf den Kopf zu stellen und anschließend meine Wohnung. Am Mittwochmorgen wiederholte ich die ganze Prozedur, bis es zehn vor elf war. Dann musste ich los.

Theologen waren für mich ältliche Herren mit Goldrandbrille und Mundgeruch, die in einem Studierzimmer voller verstaubter Bücherregale hausten, mit einem Teller Kekse auf dem Tisch, die noch vom letzten Weihnachtsfest stammten. Was Siegbert Haberland anging, musste ich diese Vorstellung korrigieren.

Es war ein sonniger Vormittag, die Temperaturen hatten die Zwanzig-Grad-Marke überschritten und lockten Touristenbusse in die Stadt. Drüben an der Rückseite des Bahnhofs entlud einer von ihnen Japaner, die, kaum dass sie ausgestiegen waren, mit ihren Kameras Jagd auf die weltberühmten Radfahrer der Stadt machten.

Der Professor wohnte nicht weit entfernt in der Papenburger Straße. Kein rauchfreies Haus, wie eine beachtliche Dunstwolke im Treppenhaus eindrucksvoll belegte. Eine Frau in Jeans und einem schwarzen BH öffnete die Wohnungstür, deutete mit einer Kopfbewegung zum Ende des Flurs und verzog sich in die Küche zu *taz* und Kaffeetasse. Der Flur war unbeleuchtet, zudem verdichtete sich der Zigarettendunst, sodass ich um ein Haar mit einer anderen

Frau zusammengestoßen wäre, die mir im Morgenmantel aus dem Zwielicht entgegenkam. Ich tastete mich weiter und klopfte an eine Tür mit einem vergilbten Aufkleber: *Amis raus aus USA*.

Das Arbeitszimmer war von beachtlicher Größe. Die Wände verschwanden komplett hinter Regalen, die vollgestopft waren mit Büchern und Tinnef aus Dritte-Welt-Läden, geschnitzten Holzmasken, Götterfiguren aus Ton, kleinen Handtrommeln aus Büffelleder, bunt bemalten Vasen und figurenförmigen Krügen. Eine breite Wand aus Schilfpflanzen, die in Blumentöpfen wuchsen, trennte das Bett vom Rest des Zimmers. Auf dem Schreibtisch neben der Balkontür, die auf einen Dachgarten hinausführte, stand ein Computer, umzingelt von benutzten Teetassen. Ein vertrauter Anblick – Kittels Schreibtisch hatte auch so ausgesehen. An der Wand über einem Diwan hing ein Poster, das Ernesto Cardenal zeigte, einen in die Jahre gekommenen Revoluzzer, langhaarig, mit Stirnband und weißem Bart. Darunter stand *venceremos*.

Der Bewohner des Zimmers, der sich auf dem Diwan lümmelte und in einer Zeitschrift blätterte, trug weder Stirnband noch sein Haar lang. Er war kaum jünger als der Mann auf dem Bild, aber deutlich fülliger, und mit seinem legeren schwarzen Jackett schien er eher jener Klasse anzugehören, der sein Idol den Kampf angesagt hatte. Sowie er mich bemerkte, sprang er auf und kam auf mich zu. »Henk Voss, nicht wahr?« Er machte ein enttäuschtes Gesicht. »Wo haben Sie denn Ihren Trenchcoat gelassen? Ich dachte immer, Ihr Privatschnüffler tragt diese Dinger als Berufskleidung.«

»Und ich hielt Theologen immer für alte Männer in schwarzen Talaren, die Frauen nur aus den Heftchen in ihrer Schreibtischschublade kennen.«

»Mit Thea und Malin haben Sie also schon Bekanntschaft geschlossen«, grinste er. »So viel zum kleinbürgerlichen

Klischee des Theologen, nicht wahr?« Er schüttelte mir die Hand. »Was kann ich für Sie tun?«

»Ich bin auf der Suche nach Herrn Defries und wäre froh, wenn Sie mir sagen können, wo ich ihn finde.«

»Leider muss ich Sie enttäuschen. Sicher, Jens ist wie ein Sohn für mich und das meine ich nicht nur im geistigen Sinne. Davon abgesehen ist er ein erwachsener Mensch, der seine eigenen Wege geht. Auch wenn es nicht die breiten, ausgetretenen sind.«

»Die ausgetretenen?«

»Jens ist ein besonderer Mensch. Ebenso charismatisch wie schwierig. Seine Sicht der Realität ist in vielerlei Hinsicht eine andere als unsere.«

»Sie meinen, er bildet sich Dinge ein, die gar nicht da sind? So in der Art?«

Der Theologe schüttelte missbilligend den Kopf. »Sagen wir, er geht sie auf eine ursprünglichere Art und Weise an als wir. Auf eine unverfälschte.«

»Können Sie sich etwas vorstellen, das er Ihnen mitteilen wollte? Etwas, das er möglicherweise herausgefunden hat?«

»Herausgefunden? Nein, da klingelt es nicht bei mir. Wie kommen Sie darauf?«

»Weil er mir ein Päckchen anvertraute, das ich gegebenenfalls an Sie weiterleiten sollte.«

»Dann tun Sie das doch und wir werden sehen, was er herausgefunden hat.«

»Das Problem ist leider: Der Umschlag ist spurlos verschwunden.«

Haberland runzelte ungläubig die Stirn. »Verschwunden?«

»Sie wissen doch, wie das ist.« Ich deutete auf die Unordnung im Raum. »Im Umzugschaos verschwinden Dinge eben.«

»Umzug? Wovon reden Sie überhaupt? Was befand sich denn in diesem Päckchen?«

»Das würde ich gern von Ihnen wissen.«

»Gratuliere, Herr Detektiv«, ärgerte sich der Theologe. »Wenn ich das wüsste, dann hätte Jens es mir ja wohl nicht zukommen lassen müssen.«

»Defries wirkte durcheinander. Er hatte getrunken und faselte etwas von seinem Messiasjob.«

Haberland wirkte pikiert. »Von seinem Job?«

»Frau Nebel vom *Münster Marketing* scheint sich darauf zu verlassen, dass Herr Defries zum Wohle der Stadtwerbung den Jan van Leiden spielt. Ich hatte den Eindruck, dass ihm das Stress bereitet.«

»Jens befasst sich seit Langem mit diesem Kapitel unserer Stadtgeschichte. Jede Veröffentlichung zu dem Thema kennt er auswendig. Soviel ich weiß, hat er vor, irgendwann einen Roman darüber zu schreiben.«

»Er ist Schriftsteller?«

»Nun, das nicht gerade. Er hat in Utrecht vier Semester Grafik und Design studiert. Aber wenn Sie mich fragen, da ist leider nicht viel bei herausgekommen, bis auf einen Haufen Kritzeleien.«

»Kritzeleien?«

»Strichmännchen und Sprechblasen. Sie wissen schon.«

Haberland begann auf und ab zu schreiten und verfiel in den Vortragston des routinierten Dozenten. »Die meisten denken, dass van Leiden ein Extremist war, der sich in wilden Orgien ausgetobt hat. Aber ich sage Ihnen, Herr Voss: Das ist Propaganda. Was wir über die Täufer wissen, stammt von ihren Feinden, den Mächtigen jener Zeit. So war es doch immer: Die herrschenden Gedanken sind immer die Gedanken der Herrschenden.« Der Theologe trat zu dem Poster und fixierte Ernesto Cardenal, von dem er Beifall für seine Bemerkung erwarten konnte. »In Wirklichkeit war er ein Freund der kleinen Leute, ein Rebell, der dem Fürstbischof und dem gesamten religiösen und weltlichen Establishment im Weg war.«

»Sie wollten also auch, dass er den Jan van Leiden spielt?«

Haberland schüttelte ärgerlich den Kopf. »Jens ist jung und hasst es, Kompromisse einzugehen. Ich kann ihn verstehen, früher war ich schließlich genauso.« Er ging zu einem der Regale, schob eine Topfpflanze beiseite, und da war er dann doch: der Teller mit Keksen. Er steckte sich einen Keks in den Mund. »Experimentaltheologie«, fuhr er fort, während es zwischen seinen Zähnen krachte, »ist der kühne Versuch, Undenkbares nicht nur zu denken, sondern auch in die Praxis umzusetzen. Sie definiert Glauben nicht als innere Einstellung, sondern auf moderne, empirische Weise: was er bewirkt. Auf den Stein des Anstoßes kommt es an. Unabhängig davon, was der Junge unter seiner Rolle versteht: Er wird so ein Stein sein.«

Während er redete, trat ich ans Fenster und ließ meinen Blick über eine studentische Altbauidylle schweifen: Dachgärten, auf denen sich leere Bierkästen stapelten, alte Holzkohlegrills, die vor sich hin gammelten, und ganz unten, auf dem briefmarkengroßen Fleckchen Rasen, eine verrostete Kinderschaukel. Obendrein konnte ich einen Blick ins Badezimmer werfen, wo Thea – oder war es Malin? – gerade ihre Dusche beendet hatte und sich mit einem Badetuch abtrocknete. Haberland nutzte seinen Stein-des-Anstoßes-Vergleich, um zu langatmigen Attacken gegen das theologische Establishment überzugehen, gegen die reaktionären Gipskragen, die sich von nichts anderem als Weihrauch ernährten, und den Muff von mehr als zweitausend Jahren. Ich hörte ihm nicht zu.

»Die würden Sie am liebsten rauswerfen, stimmt's?«, mutmaßte ich schließlich aufs Geratewohl, weil er einfach kein Ende fand.

Der Redefluss stoppte. »Rauswerfen? Wen?«

»Ihre Theologenkollegen in der Uni. Weil sie lieber am kleinbürgerlichen Klischee hängen und sich mit Ihren linken Ideen nicht anfreunden können.«

Haberland atmete aus. Einen Moment lang hatte er ausgesehen, als wollte er sich auf mich stürzen. Jetzt begriff er, dass ich mich nicht auf seine Kosten amüsierte, sondern ihn verstand.

»Wollen Sie einen Keks?« Er hielt mir den Teller hin. »Die sind von Malin. Einfach gnadenlos gut.«

»Nein, danke«, sagte ich.

»Dann nehmen Sie wenigstens einen Tee.« Ohne meine Antwort abzuwarten, verließ Haberland den Raum.

Während ich auf ihn wartete, sah ich mich ein wenig im Zimmer um. Mir fiel ein Bilderrahmen mit einem Foto auf, der auf dem Schreibtisch stand. Vier Männer grinsten in die Kamera, einer hielt eine Flasche Bier in der Hand. Im Hintergrund konnte ich einen Strand erkennen. Der in der Mitte war unverkennbar Haberland, wie er vielleicht vor zehn Jahren ausgesehen hatte. Links von ihm Fricke, damals noch ohne Brille. Auch der mit der Bierflasche kam mir bekannt vor, ich brauchte aber eine ganze Weile, bis der Groschen fiel: Das war Götz Wallenstein.

So lief man sich also wieder über den Weg. Vielleicht würde es gar nicht so leicht sein, das zu halten, was ich Hauptkommissarin Schweikert versprochen hatte.

»Eine Erinnerung an die guten alten Zeiten«, kommentierte Haberland, der mit zwei dampfenden Tonbechern in der Hand hinter mir stand.

»Das da ist Götz Wallenstein, nicht wahr?«

»Allerdings. Wir drei waren früher mal eine eingeschworene Clique. *Die Taufkumpane.* Einer für alle und umgekehrt. Aber das ist lang her.«

»Taufkumpane?«

Er deutete auf einen Schriftzug, der, gerade eben lesbar, auf Wallensteins T-Shirt stand. *DWWF.* »Das Wort wird Fleisch«, erklärte er. »Im sechzehnten Jahrhundert erkannten sich die Täufer daran untereinander.«

»Wallenstein war auch einer von denen?«, wunderte ich mich.

»Ich sagte doch, dass ich früher genauso war wie Jens heute. Wir hatten uns in den Kopf gesetzt, die Verhältnisse aufzumischen. Wollten an die reformatorisch-radikale Täufertradition anknüpfen. Gleichzeitig sollten sie politisch aufgeladen werden. Radikal basisdemokratisch und außerparlamentarisch.« Ein abgeklärtes Lächeln breitete sich auf seinem Gesicht aus. »Tja, wir hatten uns damals eine Menge vorgenommen.«

Ich deutete auf den Riesen mit dem viereckigen Schädel. »Und wer ist der Vierte im Bunde?«

»Er ist nie im Bunde gewesen, obwohl er es allzu gern gewollt hätte. Ulf Castrop, er ist der Halbbruder von Heiner Fricke. Heute einer der ganz Großen bei *Allwetterfleisch.*«

»Dann hat er wohl mit Wallenstein nicht viel gemeinsam?«

Haberland nickte. »Die beiden waren wie Hund und Katze. Aber beide haben ihren Weg gemacht, nicht wahr? Götz hat seine *Casa Verde,* und Ulf gilt als einer der Wohlhabendsten dieser Stadt, mit einem Luxusanwesen in Handorf und einer Luxusjacht in Mauritz.«

Im Schilf hinter uns raschelte es. Wir drehten uns um. Da stand die Frau, die ich unter der Dusche gesehen hatte, in rosafarbenen Joggingklamotten. »Kommst du?«, fragte sie. »Wir sind spät dran.«

Haberland sah auf die Uhr. »Tut mir leid«, meinte er zu mir, »aber die körperliche Ertüchtigung fordert nun einmal ihren Tribut.«

»Ich wollte sowieso gerade gehen«, meinte ich.

Wir folgten der Frau, die Haberland mir als Malin vorstellte, zurück in den blauen Dunst des Flurs. Als ich die Wohnungstür hinter mir schließen wollte, hätte ich beinahe Haberlands Finger eingeklemmt. Er war mir gefolgt.

»Übrigens habe ich erst gestern mit Jens telefoniert«,

raunte er mir zu. »Sie könnten recht haben, dass er etwas herausgefunden hat.«

»Was denn?«

»Ich weiß es nicht. Er machte vage Andeutungen, die Götz Wallenstein betrafen.«

»Andeutungen?«

Haberland lächelte geheimnisvoll. »Falls sich in der Sache etwas Neues ergibt, würden Sie so nett sein und mich davon unterrichten?«

11

Als ich gegen eins nach Hause zurückkehrte, um meinen Kühlschrank für einen kurzen Mittagsimbiss zu plündern, hörte ich Geräusche aus der Küche. Es knurpste, als ob sich jemand über einen Teller Cornflakes hermachte. Auf Zehenspitzen schlich ich mich zur Küchentür und öffnete sie lautlos. Dann spürte ich den Lauf eines Revolvers an meiner Schläfe.

»Umdrehen!«, kommandierte eine weibliche Stimme mit amerikanischem Akzent. »Hände an die Wand, Beine auseinander.«

Ich gehorchte. Hinter mir ging jemand in die Hocke. Hände beklatschten meine Waden.

Mir wurde es zu bunt. »Hören Sie auf mit dem Theater«, sagte ich und drehte mich langsam um. »Glauben Sie, Sie könnten mich mit diesem FBI-Getue beeindrucken? Das ist immer noch meine Wohnung und ich –«

Ein Schlag auf den Kopf setzte mich außer Gefecht.

Mein erster Blick, als ich wieder zu mir gekommen war, fiel auf die Küchenuhr. 13:10. Nur ein paar Minuten war ich weg gewesen.

»Tut mir leid wegen der Beule«, sagte eine vertraute Stimme. »Aber keine Sorge, das wird schon wieder.« Kittel. Er trat aus der Küche zu mir in den Flur. Irgendwie sah er fremd aus und war dabei, meine Toastvorräte in sich hineinzustopfen.

»Was willst du denn hier, Kittel?« Ich tastete meinen Hinterkopf ab. »Und wer war diese Wahnsinnige?«

»Sie heißt Kim und ist keineswegs wahnsinnig. Sie glaubte, du wolltest eine Waffe ziehen.«

»Kim? Wer zum Teufel ist das?«

»Eine Bekannte aus Emsdetten. Kim Armbruster. Sie wohnt im *Village*.«

»Im *Village* in Emsdetten?«

»Blödsinn. Die Fortbildung findet in Emsdetten statt. Kim stammt aus New York City.«

Mein Partner in spe beugte sich zu mir herunter, damit ich das *NYC* auf seiner neuen Baseballkappe lesen konnte.

»Du machst dir keine Vorstellung, wie albern das Ding wirkt.« Ächzend rappelte ich mich vom Fußboden hoch. »Wie kommt diese Frau dazu, in meine Wohnung einzubrechen und mich zu filzen?«

Kittel verschlang seinen Toast. »Sie ist doch nicht eingebrochen.«

»Was denn sonst?«

»Als du kamst, Henk, war ich gerade auf dem Klo und konnte nicht eingreifen.«

»Verstehe. Und du hattest vergessen, sie anzuleinen.«

»Kim hat nichts gegen dich. Sie ist nur umsichtig. Weißt du, was sie drüben in den Staaten sagen: Wenn du jemanden zum Freund haben willst, durchsuche ihn erst auf Waffen.«

Im Kühlschrank gab es keine Vorräte mehr. Sie waren einem üppigen Frühstück für zwei Personen zum Opfer gefallen, dessen Reste den Küchentisch bedeckten. »Du hattest nicht erwähnt, dass auch Auftragskiller an dieser Fortbildungsmaßnahme teilnehmen.«

Kittel schien das als Kompliment zu nehmen. »Kim wollte zur Army«, sagte er stolz, »aber Armbruster senior, der in Idaho lebt, war dagegen. Also wurde sie Privatschnüfflerin und hat sich auf Terrorbekämpfung spezialisiert.«

»Was haben denn Privatdetektive im Antiterrorkampf verloren?«, spottete ich.

»In den Staaten gibt es immer mehr Privatdetektive, die sich damit beschäftigen.«

»Und ich hatte gedacht, seit dem Abgang von George W. sei dieser Terrorspuk endlich Geschichte.«

»Schön wär's. Aber *Gotcha* hat neulich Querverbindungen zwischen Zigaretten- und Ölindustrie aufgedeckt. Und die Ölindustriebosse haben einen guten Draht zu Osama bin Laden. Man kann also sagen, dass –«

»*Gotcha*? Wer ist denn das jetzt wieder?«

»Die Zukunft«, schwärmte Kittel. »Ein neues Computerprogramm, das das gesamte Internet nach Netzwerken durchsucht. Terrornetzwerken. Und nach Personen, die Teile von Terrornetzwerken sind, ihnen beitreten wollen oder sich aus irgendeinem Grund für diese Personen interessieren beziehungsweise zufällig mit ihnen zusammenkommen, scheinbar nur um Kaffee zu trinken.«

»Na und?«, gab ich zurück. »Auf meinem Computer ist ein Programm, damit kann man jederzeit neue Netzwerke einrichten, sogar drahtlos. Also lass diese Spielchen sein. Seit ein paar Tagen sind wir wieder Partner, und hier gibt es Arbeit.«

»Deswegen bin ich hergekommen, Henk. Ich brauche meinen Fall zurück.«

»Deinen Fall?«

»Der Inhaber vom *Biotop*, der sich bedroht fühlt. Ich brauche die Sache für das Seminar in Emsdetten. Wir haben Arbeitsgruppen gebildet.«

»Da muss ich dich leider enttäuschen. Fricke ist jetzt ein

Mordfall und ich habe damit nichts mehr zu tun. Am besten, du wendest dich an Hauptkommissarin Schweikert.«

»Gibt es denn eine Spur?«

»Menschliche Finger, die irgendein Spinner ins Essen geschmuggelt hat, sonst nichts.«

»Na gut, ein Mordfall.« Kittel nickte zufrieden. »Noch keine Spur – umso besser. Dann finden wir eben heraus, wer es getan hat.«

»Das werden wir nicht tun, Kittel. Diese Detektei arbeitet gewinnorientiert. Wir recherchieren nur, wenn jemand bezahlt.«

»Die Ermittlung ist aber eine Seminararbeit. Also ist es doch ein Glück, dass wir uns um lächerliche Nebensächlichkeiten wie Miete und Heizkosten von nun an nicht mehr scheren müssen.«

»Müssen wir nicht?«

»Deswegen ist sie ja dabei.«

»Wer?«

»Kim.«

»Du meinst, diese Kampfmaschine will für Miete und Heizung aufkommen?«

»Kims Daddy, Theodore H. Armbruster, ist schwerreich. Er macht in Hundefutter und sponsert eine Detektei wie diese aus der Portokasse.« Kittel setzte ein unsympathisches, geschäftsmäßiges Grinsen auf, das er sich irgendwo abgeschaut haben musste. »Natürlich nur, wenn seine Kim mit von der Partie ist, ist doch klar.«

»Was soll sie denn tun? Leute verhören, foltern oder Geiseln befreien? Ich bin mir nicht sicher, ob unsere Firma für sie der richtige Arbeitsplatz ist.«

»Sei nicht so kleinkariert, Henk. Seine einzige Bedingung ist, dass wir Kim mit ins Boot holen. Na schön, vielleicht sollten wir außerdem noch ein bisschen Werbung für Hundefutter machen. Alles im angemessenen Rahmen.«

»Du tickst doch nicht richtig, Kittel!«, ärgerte ich mich. »Geh zurück nach Italien und lass dir Betonfüße verpassen. Sonst werde ich es tun.«

»Tja dann, good luck. Ich halte dich nicht auf.« Er schien amüsiert. »Gibt's noch Toast?«

»Gern.« Ich griff in den Vorratsschrank und förderte eine Packung älteren Datums zutage. Zur Hälfte enthielt sie eine hässliche grüne Masse, aber die beiden oberen Scheiben sahen noch passabel aus. Ich versenkte sie im Toaster. »Wo steckt die Tussi überhaupt?«

»Wovon rede ich denn die ganze Zeit? Sie ist drüben in unserem Büro. Installiert das Programm.«

»Welches Programm?«

»*Gotcha.* Ich hab's dir doch gerade eben erklärt, Henk: Ab heute spielen wir im einundzwanzigsten Jahrhundert mit. *Armbruster, Kittel & Voss.*«

»Du hast mit ihr schon alles besprochen?«, schäumte ich. »Ohne mich vorher zu fragen?«

»Erstens warst du nicht zu erreichen und zweitens haben wir keine Alternative. Ohne Geldgeber ist dieser Laden tot.«

Es klingelte. Ich ging öffnen, draußen stand eine schlanke und dennoch kräftige junge Frau mit einer silber gerahmten Sonnenbrille. »Hi«, grinste sie und knuffte mich in die Seite. »Sorry wegen der Sache eben. Ist Bernie da?«

Kittel stand schon neben mir. Der Blick, mit dem er sie ansah, ließ mich sofort begreifen, was seine plötzliche Bewunderung für den amerikanischen Traum und Baseballkappen mit *NYC* entfacht hatte.

»Hast du die Unterlagen?«, erkundigte sie sich.

»Fricke wurde umgebracht«, berichtete Kittel. »Tragische Sache, aber für unser Seminar geradezu ein Geschenk.«

»Wer hat ihn denn umgebracht?«

»Ohne die Sache zu überstürzen, würde ich auf das organisierte Verbrechen tippen. So was wie Fleischmafia.«

Kittel tauschte einen vielsagenden Blick mit Kim. »Wir werden das überprüfen.«

»Blödsinn«, kicherte ich.

»Du hast doch keine Ahnung!«, blaffte Kittel. »Weißt du, wie viel Fleisch in der EU kursiert, das den Namen nicht verdient? Da sind internationale Konzerne im Spiel, die kaufen Abfälle im großen Stil auf und deklarieren sie als Ökofleisch.«

»Und wem kommen die Gewinne zugute?«, spottete ich. »Lasst mich raten: dem internationalen Terrorismus.«

»Nicht in jedem Fall«, erklärte Kim, meine Bemerkung ernst nehmend. »Manchmal geht es auch nur darum, den Westen durch falsche Ernährung zu schwächen. Eine ausgeklügelte Form moralischer Kriegsführung.«

»Zigarettenmafia, Ölmafia, Fleischmafia«, lästerte ich. »Seit wann machst du in Verschwörungstheorien, Kittel? Denkt ihr denn wirklich, die Welt sei so simpel gestrickt? Das hier ist die Wirklichkeit und keine TV-Serie.«

»TV-Serien«, widersprach Kittel, »sind lange nicht so simpel, wie immer behauptet wird.«

»Der Glaube an Verschwörungstheorien steht dem an den Weihnachtsmann an Naivität in nichts nach«, sagte ich. »Ich an eurer Stelle würde meine Zeit nicht mit so etwas verschwenden.«

»Mit was verbringen Sie sie denn so, Partner?«, fragte Kim.

»Mit klassischer Detektivarbeit. Ich suche einen Mann, der verschwunden ist.«

»Welchen Mann?«

»Jan van Leiden«, sagte ich. »Einer aus dem Mittelalter.«

Sie nickte, als wäre sie auf dem Laufenden. Dabei gab es ja wohl kaum etwas, wovon sie und ihre Landsleute weniger Ahnung hatten als vom Mittelalter.

»Das ist alles sehr lange her«, erklärte ich so herablassend wie möglich. »Damals war die Kavallerie der Südstaaten noch gar nicht erfunden, und es sollte noch geschlagene Jahrhunderte dauern, bis man sich bei euch für so etwas wie Zivilisation überhaupt interessierte.«

»Johann Bockelson aus Leiden«, leierte Kim herunter. »Männlich, weiß, niederländischer Herkunft. Ließ sich im September 1534 zum König von Münster ausrufen. 1535 angeklagt wegen Mitgliedschaft in einer terroristischen Vereinigung. Wurde auf das Rad geflochten und zur Abschreckung des Pöbels in einem Käfig zur Schau gestellt.« Sie kaute selbstgefällig auf ihrem Kaugummi herum. »Warum wollen Sie den denn suchen? Dass der tot ist, weiß man sogar in den Staaten.«

Auch während des penetranten Grinsens hörte sie nicht mit dem Kauen auf. Kittel konnte mir leidtun, wenn er sich in die absolut irrsinnige Idee verrannt hatte, wir drei würden jemals ein Team werden. Dann bemerkte ich mit Widerwillen, dass Kittel sich bemühte, das gleiche Grinsen aufzusetzen. Sein Kiefer nahm sogar Kaubewegungen auf. Da tat er mir nicht mehr leid.

»Sehr komisch«, giftete ich und wandte mich zur Tür. »Wenn ich wiederkomme, ist die Küche aufgeräumt.«

»Was wird aus den neuen Firmenschildern?«, rief Kittel mir nach. »Ich finde, wir sollten sie gemeinsam entwerfen, meinst du nicht auch?«

12

Ich verließ das Haus und schwang mich auf mein Fahrrad. Raste die Wolbecker Straße stadteinwärts und rempelte Fußgänger an, die auf den Radweg auswichen, weil der Bürgersteig von geparkten Zweirädern versperrt wurde. »Heh, ihr blöden Penner!«, brüllte ich in ihre entrüsteten Gesichter. »Das ist eine Fahrradstadt, schon vergessen? Also schwingt gefälligst euren Hintern aus dem Weg!«

Mir war klar, dass ich es nicht so meinte. Diese Leute konnten schließlich nichts dafür, dass mein Expartner sich anschickte, mich mithilfe eines weiblichen US-Marshalls aus meiner eigenen Firma zu drängen. Sie kannten mich ja nicht und hatten auch nichts damit zu tun, dass ich in einem seltenen Anfall naiver Dämlichkeit der Idee verfallen war, das zerrüttete Verhältnis zu Kittel wiederzubeleben. Dass ich mir eingebildet hatte, wenn genug Gras darüber gewachsen sei, würde es schon klappen, so als wäre es eine allgemein bekannte Tatsache, dass mit Gras überwucherte Verhältnisse nicht zerrüttet sein könnten.

Es war gegen halb vier nachmittags und die Sonne ließ die Promenade im besten Licht erstrahlen.

Nicht ganz zufällig schlug ich die Richtung zum Kuhviertel ein. Laura Brück, so hatte ich in Erfahrung gebracht, wohnte in der Hollenbeckerstraße, einem schiefen Gässchen mit mittelalterlichem Flair, in einem toprenovierten uralten Haus, in dessen Erdgeschoss sich ein uriges Piratenrestaurant befand. Mein Rad rappelte über das antike Kopfsteinpflaster, die Frontlampe lockerte sich und baumelte kurz darauf am Kabel.

Früher hatten sich in diesem Viertel allabendlich die meisten Studenten der Stadt eingefunden und waren fröhlich von Kneipe zu Kneipe gezogen. Sie hatten mit ihren Bierkrügen auf die Tische geknallt und Studentenlieder angestimmt. Nachts waren die Gassen erfüllt gewesen von besoffen umhertorkelnden Studenten, die auf der Suche nach Nischen waren, in denen sie sich übergeben konnten. Prügeleien waren sozusagen Pflicht gewesen. Man konnte sich lebhaft vorstellen, wie Jan van Leiden einer von ihnen gewesen war, wie ihm eines Nachts nach einer solchen Prügelei die Idee gekommen war, dass man besser viele Frauen hatte anstatt nur eine, weil sich für nur eine das Kämpfen nicht lohnte.

Doch diese Zeiten waren lange vorbei. Heutzutage kamen Studierende nicht mehr dazu, sich zu prügeln. Sie büffelten für ihren Bachelorabschluss, tranken Orangensaft und joggten telefonierend auf der Promenade.

Das Glück des spontanen Besuchs war mir leider nicht hold: Auf mein Klingeln öffnete ein Schönling, schätzungsweise Anfang dreißig, mit gegeltem Haar, Ohrringen und einem Muskelshirt. Mit seinem lauernden Blick und dem leicht vorgeschobenen Oberkiefer erinnerte er an ein Nagetier.

»Wohnt hier nicht Laura Brück?«, fragte ich.

Sein Blick wurde misstrauisch. »Wer will denn das wissen?«

»Ich würde sie gern sprechen.«

»Tut mir leid.« Der Mann wollte die Tür schließen. Mein Fuß hinderte ihn daran.

»Was jetzt?«, fragte ich. »Ist sie nicht da oder passt es Ihnen nur nicht, dass ich zu ihr will?«

»Kein Kommentar.«

Ich trat vor und schob mich an ihm vorbei in die Wohnung. »Von einem Wachhund hat sie nichts gesagt.«

»Sie sind Voss, stimmt's?«

»Wer will das wissen?«, zitierte ich ihn.

»Wir haben Sie im Fernsehen gesehen.«

»Wir?«

»Laura und ich.«

»Was hat sie denn gesagt?«, fragte ich, unfähig, meine Neugier im Zaum zu halten.

»Was sollte sie dazu schon sagen?« Der Kerl zuckte mit den Schultern. »Sie hat umgeschaltet. Zu *DSDS*.«

»DSDS?«

»Deutschland sucht den Superstar.«

Ich glaubte ihm kein Wort. »Wer sind Sie denn überhaupt?«

»Mirko Bölling.«

»Verstehe. Lauras Arbeitskollege.«

Ich trat in das Wohnzimmer. Indische Tücher, die als

Vorhänge für die Fenster dienten, dämpften das Licht. Der Fernseher lief und aus der Küche roch es nach starkem Kaffee. Auf dem Boden im Flur lagen Klamotten herum, nicht nur Frauenklamotten, wie mir sofort auffiel. Vieles deutete darauf hin, dass sich der Kerl hier häuslich eingerichtet hatte.

»Nicht nur Kollegen«, meinte Bölling. »Wir kämpfen auch für die gleiche Sache.«

»Und die wäre?«

Er deutete auf ein Poster an der Wand, das eine bunte Dose Tomaten zeigte, die, von einem Pfeil durchbohrt, langsam verblutete.

»Robin Food«, erklärte er. »Das ist eine Organisation, die für nachhaltige Ernährung kämpft. Sie nimmt hochwertiges Bioessen von den Reichen und verteilt es an die Armen.«

Ich nickte. »Dieser Mr Food hat an Fricke geschrieben. Einen Drohbrief.«

»Das war eine unserer Aktionen. Fricke sollte ruhig wissen, dass jemand von seinen dunklen Geschäften weiß.«

»Schneidet ihr den Reichen auch Finger ab, um sie an die Armen zu verteilen?«

»Mit dieser Schweinerei haben wir nichts zu tun.« Auf Böllings Gesicht zeichnete sich gepflegte Entrüstung ab. »Wir arbeiten streng gewaltfrei.«

»Leute mit Drohbriefen unter Druck setzen, nennen Sie das etwa gewaltfrei?«

»Und was ist mit Fricke und Castrop? Die setzen den Leuten Fleisch jenseits des Verfallsdatums vor und belassen sie in dem Glauben, der eigentümliche Geschmack sei ein Zeichen besonderer Qualität. Das ist Körperverletzung. Ja, mehr noch: Ernährungsterrorismus.«

»Castrop also auch? Haben Sie dem auch Drohbriefe geschrieben?«

»Die sind doch ein Team. Alles ist eine einzige Mafia.«

»Wo hatte Fricke denn das Zeug her?«

Mein Gegenüber lachte in sich hinein wie jemand, der so viel Durchblick hat, dass es bei Weitem zu viel verlangt wäre, den Gesprächspartner aufzuklären. »Davon gibt es doch Tausende von Tonnen auf dem Markt«, orakelte er. »An jeder Ecke. Sie werden damit regelrecht beworfen. Alles Fleisch wird irgendwann schlecht, ganz einfach. Und schon haben Sie Gammelfleisch.«

»Und was ist mit den Lebensmittelkontrollen?«

»Lebensmittelkontrollen?« Bölling kicherte nur. »Was soll denn mit denen sein?«

»Haben Sie Beweise für Ihre Anschuldigungen?«

Das gleiche Kichern. »Beweise …«

»Sie haben Herrn Fricke also bloß haltlos verdächtigt?«

Kopfschütteln. »Die Art und Weise, wie er auf die Briefe reagierte, war ja wohl Beweis genug.«

Der Kerl nervte mit seiner Großspurigkeit. »Kann es sein«, fragte ich, »dass Sie den Öko-Racheengel nur spielen, um bei Laura zu landen?«

»Ich bin gerade dabei, ein Buch über die Machenschaften der kommerziellen Fleischproduktion zu schreiben«, prahlte er. »Das wird für Wirbel sorgen, weil es einer Menge Leute nicht gefallen wird.«

»Bücher, die einer Menge Leute nicht gefallen«, widersprach ich, »sorgen im Allgemeinen für keinerlei Wirbel.«

Mein Handy klingelte. Ich ging dran.

»Hier ist Antje Nebel«, meldete sich meine Auftraggeberin, wie immer atemlos. »Ich wüsste gern, ob Sie in dem Fall schon weitergekommen sind.«

»Bisher noch nicht«, sagte ich.

»Ich werde Sie morgen in Ihrem Büro aufsuchen. Dann können Sie mir ausführlich Bericht erstatten.«

Ich beendete das Gespräch und wandte mich zum Gehen.

»Übrigens«, rief der Prahlhans mir nach, »nur damit Sie keiner falschen Hoffnung aufsitzen: Laura ist in festen Händen.«

Ich setzte ein mitleidiges Grinsen auf. »Das tut mir leid für Sie.«

Kapitel 3: Die Versuchung

Das ist Laura, die Gute. Eine bildschöne, schlanke Frau mit ebenmäßigen Gesichtszügen. Adrett gekleidet, aber sorgfältig darauf bedacht, ihre Weiblichkeit zu verbergen. Sie sieht aus wie eine Nonne. Und sie lebt auch so.

Tiere liebt sie über alles und deshalb liebt sie auch Jan, nicht weil er ein Tier ist, sondern weil sie weiß, wie gut er zu ihnen ist. Niemand kann so gut mit Vierbeinern umgehen wie er.

»Dafür werde ich dich immer lieben, mein Jan aus Leiden«, schwärmt sie. Sicher wird sie das tun, davon ist auch er überzeugt, doch meint sie damit leider nicht jene Art Liebe, die sich ein Mann vom Format des Täufers der Enterbten vorstellt, wenn er von ihr spricht. Jene innige Liebe, die ein Mann nur mit einer Frau erleben kann, die mit ihren Reizen nicht so geizig umgeht wie Laura.

Jan ist klar, dass er eine weitere Frau braucht, damit er einerseits nicht auf Lauras Fürsorglichkeit verzichten muss und trotzdem jene letztere Form der Liebe genießen kann.

Da kommt ihm Antje, die Verwegene, gerade recht. Antje ist ein Vollweib in einem ultrakurzen, knallengen Rock und perfekten Gazellenbeinen. Ihre vollen Brüste zwängen sich nur widerwillig in ein abgrundtiefes Dekolleté.

»Nach einem wie dir«, haucht sie, »habe ich immer gesucht. Und jetzt habe ich dich endlich gefunden. Du bist der ideale Mann für mich. Ich werde ein großes Fest zu deinen Ehren ausrichten. Du bist die Hauptperson. Meine Hauptperson.«

Jan lässt sich das nicht zweimal sagen. »Ich will dich auch«, sagt er. Er umarmt sie und knabbert an ihrem Ohr.

Sie seufzt und keucht unter seiner Berührung. Dass ihr gefällt, was er mit ihr anstellt, spornt ihn an, immer weiterzugehen. Plötzlich aber, aus heiterem Himmel, verwandelt sie sich in eine Zicke und stößt seine Hand, die sich gerade unter ihren Rock schiebt, einfach weg. »Für wen hältst du mich, du schleimiger Wüstling!«, geniert sie sich plötzlich. »Denkst du, du könntest so leicht bei mir landen?«

»So leicht war das gar nicht«, wendet er ein.

»Große Klappe und nichts dahinter, was?«, spottet sie.

Große Klappe? Jan ist fassungslos. Gerade noch glaubte er, am Ziel seiner Wünsche zu sein. Er stand an der Pforte des Paradieses. Und nun ist die Tür verrammelt. Obendrein ist die Tussi noch darauf aus, ihn zu demütigen.

»Na was ist jetzt, großer Held?«, fordert sie ihn heraus. »Ist das alles, was du zu bieten hast? Ich hätte es mir denken können. Nach außen hin der große Macker, aber eigentlich nur ein kleiner Hosenscheißer.«

Das Letzte hätte sie nicht sagen sollen. Das mit dem Hosenscheißer. Sie weiß nicht, mit wem sie spricht. Und sie hat keine Ahnung, dass ihre freche Rede sie den Kopf kosten kann.

13

Die *Katholische Studentengemeinde* – politisch korrekt: *Katholische Studierendengemeinde* –, deren Räume sich in direkter Nähe zum Priesterseminar befanden, war Anlaufstation für alle auf jede erdenkliche Weise katholisch gesinnten Menschen der Stadt. Hier traf sich die Kirche von unten und ein Stockwerk darüber die von oben, *Schwule und Lesben in der Kirche* und die Anonyme Liga pädophiler Geistlicher *ALpGeist.* Aber auch Antipapisten fanden sich hier, Benedettisten, die *Westfälischen Freunde der Inquisition* und der Geheimbund katholischer Hexen. Laut Schwarzem Brett wurden nicht nur Beichtkurse für Frauen angeboten, sondern auch Praktisches wie *Prozessionswege im eigenen Garten selbst anlegen.* Die Piusbruderschaft, Sektion Münster, warb für einen Kurs zum Thema: *Kein Sex vor der Ehe und wie man ihn auch danach vermeiden kann.* Und ganz am Ende eines Ganges, auf einer geschlossenen Tür, klebte ein selbst gemaltes Pappschild mit der Aufschrift: *Erste WIEDERerstandene Zelle des Münsteraner TÄUFERtums.*

Ich trat ein und fand den Raum fast leer vor. Ein Geräusch lenkte meine Aufmerksamkeit in eine Ecke am Fenster, wo ein Häuflein Studenten, nicht mehr als zehn, um einen Tisch herum saß. Jeder hatte ein aufgeschlagenes Buch vor sich liegen. Das Licht war spärlich, die Luft verbraucht.

»Hi«, sagte ich. »Bin ich hier richtig bei den Wiedertäufern?«

»Was wollen Sie denn von uns?«, fragte einer aus der Runde.

»Ich bin auf der Suche nach Herrn Defries und dachte, dass Sie mir mit dem einen oder anderen wertvollen Tipp weiterhelfen könnten.«

Ich erntete skeptische Blicke. Skeptisch war vielleicht nicht der passende Ausdruck. Die Art, wie diese Leute mich musterten, konnte man auch als feindselig bezeichnen.

»Wir alle sind auf der Suche nach ihm«, stellte eine Frau klar.

»Wertvolle Tipps wollen Sie?« Ein Typ mit Glatze und einem Ziegenbärtchen griff nach dem Buch vor sich auf dem Tisch. »Hier drin stehen diese Tipps. Jan van Leiden findet nur der, der sein Herz von der Sünde reinigt. Von der Sünde des Fleisches. Nur der, der aufsteht gegen die, die ihn peinigen. Die ihm vorschreiben wollen, was er zu tun und zu lassen hat. Nur der, der –«

»Schon gut«, lenkte ich freundlich ein. »Vielleicht war meine Frage etwas unklar formuliert. Könnten Sie mir eventuell sagen, wo Herr Defries sich aufhält?«

»Er hält sich nicht auf.« Wieder meldete sich die Frau mit ihrer etwas zu schrillen Stimme. »Jan van Leiden ist der, der kommen wird. Der für uns gekämpft hat und gefoltert wurde, hingerichtet und in einem Käfig zur Schau gestellt. Aber er wird wiederkommen am Tag des Gerichts.«

»Das mag man sehen, wie man will«, sagte ich ungeduldig. »Aber ich würde ihn gern sprechen und, wenn es geht, noch vor dem Tag des Gerichts. Ich bin Privatdetektiv, und meine Auftraggeberin macht sich Sorgen, dass er seinen großen Auftritt verpassen könnte.«

»Ihre Auftraggeberin?«

»Welche Auftraggeberin?«

»Die Frau, die mich dafür bezahlt, dass ich Herrn Defries finde.«

Die Stimmung wurde noch skeptischer. »Er macht es für Geld«, zischte eine Frau mit kurzem, grellrot gefärbtem Haar.

»Weil es mein Job ist«, erklärte ich gereizt.

»Er ist einer von denen«, krächzte eine Stimme. »Sie haben ihn geschickt.«

»Einer von denen? Wovon reden Sie überhaupt?«

»Katholiken!«, brüllte einer. »Das sind die Schlimmsten von allen. Hexenverfolger! Inquisitoren!«

»Mit denen sollte man das tun, was sie mit uns getan haben.«

»Was meinst du denn damit?«, wollte die Grellrote wissen.

»Na, in Käfige stecken und so weiter, was sonst?«

So hoch die Stimmung auch kochte, aller Unmut fiel in sich zusammen, als es klopfte. Eine Studentin trat ein. Sie hielt eine dampfende Tasse in der Hand. »Hatte hier jemand den Nicaragua-Tee bestellt?«

»Das war ich«, meldete sich die Schrille und zeigte auf.

Ich nutzte die Gelegenheit, um mich davonzumachen.

Draußen nahm ich einen tiefen Luftzug und dankte Gott für die große Gnade, mich nicht zu einem von jenen dort drinnen gemacht zu haben. Als ich mich kopfschüttelnd in Richtung Ausgang aufmachte, berührte mich jemand an der Schulter. »Warten Sie doch, Herr Voss!«

Es war Laura, die Engelsgleiche.

»Jetzt sagen Sie bloß nicht, Sie wollen auch zu diesem Psychopathentreffen«, argwöhnte ich.

Sie machte ein schockiertes Gesicht. »Wie kommen Sie denn darauf? Wissen Sie, was Jens über die gesagt hat? Wenn das die Gerechten sein sollen, die ins Paradies eingehen, dann werden mich keine zehn Pferde dort hinbringen.« Sie grinste. »Und zehn sind ja wohl eine ganze Menge.«

»Ausgerechnet er muss so etwas sagen. Woher kennen Sie eigentlich diesen Defries?«

Wir verzogen uns ins Dritte-Welt-Café der *KSG* und tranken einen Nicaragua-Tee, der wie aufgewärmtes *Pinkus*-Bier schmeckte. Laura schwärmte von Defries und schilderte in allen Einzelheiten, wie sie ihn im Laufe eines Schulpraktikums in einer Kleintierpraxis kennengelernt habe, wo er einen Golden Retriever, den die Ärztin praktisch schon aufgegeben hatte, auf spektakuläre Weise durch Handauflegen geheilt habe.

»Jens ist so begabt!«, schwärmte sie. »Er ist ein richtiger Künstler, der kann zeichnen – einfach genial. Außerdem ist er eine Seele von Mensch. Das bedeutet aber nicht, dass er nicht auch zum Tier werden kann.«

»Zum Tier werden?« Ich grinste. »Ist er etwa ein Werwolf oder so etwas?«

Laura blieb ernst. »Damit meine ich, dass er wütend werden kann, so richtig wütend, wenn jemand Tiere quält oder sogar aufisst. Mit diesen Leuten, hat er einmal gesagt, sollte man genau das Gleiche tun, was sie diesen armen Wesen antun.«

»Haben Sie ihn in der letzten Zeit gesehen?«

Laura nickte. »Erst neulich, als Schwarzenegger verschwand, war er da, um mir Mut zu machen.«

»Meinen Sie den Gouverneur?«

Sie verdrehte die Augen. »Meine Katze. Viele meinen vielleicht, er ist doch nur ein Tier, hat er gesagt. Warum sollte man sich eines Katers wegen Kopfschmerzen machen? Aber selbst wenn Katzen nur halb so viel wert sind wie Menschen, dann zählen zwei von ihnen ja wohl genau so viel wie einer von uns.«

»Kopfschmerzen wegen eines Katers«, kicherte ich anerkennend. »Das hat er schön gesagt.«

»Mögen Sie Katzen?«

»Klar«, grinste ich. »Wenn es dazu Rotkohl und Kartoffelbrei gibt.«

Ein schlechter Witz. Lauras untere Schmolllippe schnellte vor. »Ich hätte mir so gewünscht, dass Sie Jens für mich finden«, sagte sie beleidigt. »Aber jetzt bin ich mir nicht sicher, ob Sie der Richtige dafür sind.«

Na, klasse! Endlich konnte ich aufstehen und mich vom Acker machen. Das war das Beste für alle Beteiligten. Warum klebte mein Hintern nur schwer wie Blei auf dem ungemütlichen Cafeteriastuhl?

»Es war nur ein Scherz«, versicherte ich.

Ihre Unterlippe rührte sich aber nicht von der Stelle.

»Glauben Sie mir, ich finde diese Bemerkung ebenso geschmacklos wie Sie«, kroch ich eilig zu Kreuze. »Neulich erst, es war auf einem *Robin-Food*-Treffen, kam jemand damit um die Ecke. Statt zu lachen, habe ich ihm gesagt, dass ich nicht über die Qualität seiner Pointe urteilen werde, da meine Überzeugung mir verbiete, über Scherze auf Kosten von Minderheiten zu lachen.«

Wir schwiegen eine Weile, während die hauseigene Anlage einen uralten Titel der Gipsy Kings zum Besten gab.

»Sie sind Mitglied von *Robin Food?*«, erkundigte sich Laura schließlich, sichtlich beeindruckt, wie ich gehofft hatte.

»Nun ja, für eine Weile war ich es jedenfalls«, antwortete ich so beiläufig wie möglich. »Jetzt sagen Sie bloß, Sie auch.«

Laura Brück strahlte wieder. »Natürlich! Erinnern Sie sich noch an das Gericht für Frau Hambüchen, in dem der Finger gefunden wurde? Das hatten wir direkt aus dem Restaurant meines Vaters akquiriert.«

»Verstehe: den Reichen nehmen, um es den Armen zu geben, was?« Ich prostete ihr mit meiner Teetasse zu. »Venceremos!«

»Und warum sind Sie nicht mehr dabei?«

Ich gab mir Mühe, nachdenklich dreinzuschauen. »Mir fehlt der vegetarische Aspekt. Tiere zu essen, das ist doch wohl noch viel schlimmer als Witze auf ihre Kosten zu reißen, meinen Sie nicht?«

Darüber hatte Laura bisher wohl noch nicht nachgedacht. »Sie haben recht«, gab sie zu und lächelte anerkennend. Anscheinend war ich jetzt doch wieder der Richtige.

»Was würden Sie davon halten, wenn wir uns gelegentlich in einem anderen Rahmen träfen?«, nutzte ich die Gunst des Augenblicks. »Bei Ihnen zum Beispiel. Oder bei mir …«

Sie antwortete nicht, sondern richtete ihren Blick stattdessen in eine undefinierbare, sorgenvolle Ferne. War die Engelsgleiche etwa eine der Frauen, deren Umgang mit Männern sich im Engagement für eine bessere Welt erschöpfte? Ich wagte nicht, sie danach zu fragen, denn ich fürchtete ihre Unterlippe. Ein falsches Wort und ich kam selbst für die Weltverbesserung nicht mehr infrage. Also begnügte ich mich damit, ihr blöde grinsend gegenüberzusitzen.

»Ich mache mir solche Sorgen wegen Jens«, sagte Laura. »Am Ende ist ihm noch etwas zugestoßen.«

»Was soll ihm denn schon zugestoßen sein?«, fragte ich leichthin.

Ein tiefschwarzer Blick war die Folge. Wie kannst du so

etwas fragen?, tadelte er. Schwarzenegger ist doch auch verschwunden, das war schon schlimm genug. Und jetzt noch Jens Defries. Der schwarze Blick beantwortete meine Frage: Sei so für mich da, wie Jens für mich da war, als der blöde Kater verschwunden ist, erklärte er. Dann könnte ich mir durchaus vorstellen, dass zwischen uns etwas läuft.

»Ich wollte damit sagen, dass wir ihn nur finden werden, wenn wir unseren kühlen Verstand gebrauchen«, berichtigte ich. »Zuallererst die Ungereimtheiten aufklären.«

»Ungereimtheiten?«

»Ich habe mit Professor Haberland gesprochen, der für Jens wie ein geistiger Vater ist. Und ich werde das Gefühl nicht los, dass er mir ein paar wichtige Dinge verschweigt. Außerdem ist er ein alter Freund Ihres Vaters.«

Endlich erhellte sich ihre Miene, und Lauras Augen sahen direkt in meine. »Was Sie neulich im Fernsehen zu ihm gesagt haben ...«

Zum ersten Mal fiel mir auf, dass sie große Ähnlichkeit mit Ingrid Bergman hatte. Bisher hatte ich das übersehen, vielleicht weil es keine äußerliche Ähnlichkeit war, sondern eher eine innere, wesenhafte. Also gab ich mir alle Mühe, innerlich Humphrey Bogart zu sein.

»Schon gut«, sagte ich. »Es gibt nun einmal Dinge, die gesagt werden müssen, und es kommt nicht darauf an, wer sie sagt. Ich war nur jemand, der zur Stelle war.«

»Was haben Sie denn gesagt?« Ingrid Bergman lächelte neugierig. »Entschuldigen Sie, aber Lars bestand darauf umzuschalten ...«

»Zu *Deutschland sucht den Superstar.* Verstehe.« Immerhin hatte sie es nicht selbst getan.

»Sie glauben also, dass mein Vater auch mit dem Verschwinden von Jens zu tun hat?«

Ich legte die Hand auf Lauras Arm. »Ich werde das herausfinden. Vertrauen Sie mir.«

Sie zog den Arm nicht weg. »Sollen wir nicht Du sagen?«, schlug sie vor. »Ich bin Laura.«

»Gern.« Meine freie Hand griff nach meinem Teepott. »Henk.«

Die hauseigene Anlage wechselte von Gipsy Kings zu BAP.

»Wann hast du Jens Defries das letzte Mal gesehen?«, erkundigte ich mich.

»Es war ungefähr vor zwei Wochen, da kam er gerade von Malin und wirkte regelrecht elektrisiert. Er sagte, dass er jetzt einen Plan hätte.«

»Einen Plan? Für was?«

»Das hat er nicht gesagt.« Laura zuckte mit den Schultern. »Aber vorher hatte er offenbar keinen gehabt und dann passierte etwas, und er hatte einen.«

»Malin? Ist das seine Freundin?«

»Sie ist seine Therapeutin. Eine Bekannte von Professor Haberland. Jens konsultiert sie immer, wenn es schlimm wird.«

»Wenn was schlimm wird?«

»Die Stimmen, die er hört. Die Träume. Und die Gesichter, die ihn heimsuchen.« Laura nickte bedächtig. »Er hat mir davon erzählt. Eine solche Gabe kann eine Last sein.«

»Nicht nur für ihn«, nickte ich zustimmend.

Ihre Lippe zuckte verdächtig.

»Ich meine damit, die Weltgeschichte wimmelt von großen Persönlichkeiten, die Gaben hatten und sie auch als Last empfanden«, präzisierte ich. »Denk doch an Kaiser Nero, Elvis oder Die Toten Hosen.« BAP war zu Ende, Grönemeyer folgte auf dem Fuße. Es wurde Zeit zu gehen.

»Sollten wir nicht noch woanders einen Happen essen?«, schlug ich vor. »Was meinst du?«

»Danke für den Tee.« Laura erhob sich. »Ich rufe dich an.«

»Gruß an Mirko!«, rief ich ihr nach, aber sie war schon zu weit weg.

14

In der folgenden Nacht träumte ich allerhand wirres Zeug. Zum Beispiel, dass ich mit dem Wagen im Stau stand. Hinter mir begann ein Hupkonzert, und es dauerte lange, bis ich endlich begriff: Alles wartete nur darauf, dass ich weiterfuhr. Ich startete, aber das nervtötende Gehupe hörte nicht auf, es verstärkte sich nur noch und entpuppte sich als Grönemeyers aufdringliches Organ, das mir in den Ohren trötete, jammernd und klagend wie der Geist eines nach langem Siechtum verschiedenen Hochlandschafs.

Ich wachte auf, drohte wieder einzunicken und kämpfte dagegen an, denn aus Angst vor Grönemeyer wollte ich auf jeden Fall wach bleiben. Dachte an Laura und schämte mich für mein peinliches Pennälergehabe. Verzweifelt versuchte ich Dinge aufzuzählen, die hundertmal wichtiger waren und irgendeinem anderen Zweck dienten als dem, Laura Brück zu beeindrucken. Davon gab es aber nicht viele, ja, momentan fiel mir nicht mal ein einziger ein. Wie denn auch? Liebe macht bekanntlich blind. War es denn wirklich von Belang, dass eine Frau, die das gewisse Etwas hatte, unwesentlich jünger war als man selbst oder dass ihre Sicht auf die Dinge eine, vorsichtig ausgedrückt, recht einfache war?

Wenn einem diese Frau über den Weg lief, lohnte es sich doch wohl, alles zu geben, um sie zu gewinnen. Und wenn es darum ging, Kröten zu schlucken, überlegte man es sich lieber hundertmal, bevor man sagte, nein danke, es ist sicher köstlich, aber eigentlich vertrage ich gar keine Amphibien. Nur, wo war das Ende der Fahnenstange? Musste die Verblendung wirklich so weit gehen, dass man einen Mann suchte, der sich für den Messias hielt, nur weil er einem ein paar Bier ausgegeben hatte?

Nein, aber wenn du jetzt einknickst, sagte meine innere Stimme, dann hättest du dir den peinlichen Auftritt im *Grünen Winkel* auch sparen können. Eigentlich hättest du dir alles sparen können. Du wärest froh, in deinem neuen, aber viel zu teueren Büro am Hafen zu sitzen und deinem sogenannten Partner dabei zuzusehen, wie er sich deinen Stuhl schnappt, um mit einem weiblichen TV-Cop rumzumachen.

Diese Vorstellung verdarb mir endgültig die Lust auf Schlaf. Es war acht Uhr dreißig. Ich stand auf, frühstückte kurz und fuhr ins Büro. Zu meiner Beruhigung stand der Stuhl unversehrt hinter meinem Schreibtisch. Von Kittel und Miss Armbruster gab es keine Spur, bis auf einen Zettel, der auf dem Monitor meines PCs klebte: *Gotcha ist leider abgeschmiert. Wir sind zu Kims Ehemaligem, der hat angeblich einen Treiber, der den Kram zum Laufen bringt. Bleiben an dem Fall dran. K.*

Bei der Gelegenheit stöberte ich noch einmal nach dem Briefumschlag, den Defries mir anvertraut hatte, jedoch ohne Erfolg. Alles, was mir in die Hände fiel, war die Akte Fricke, von Kittel aufpoliert, um den Fall bei seinem Seminar in Emsdetten zu präsentieren. Meinetwegen, sollten er und seine Kim doch damit glücklich werden. Ich grinste. Fricke – ein Opfer der internationalen Fleischmafia! Diese haltlose Behauptung stichhaltig zu untermauern würde noch schwieriger sein als dem Irak den Besitz von Massenvernichtungswaffen nachzuweisen.

Was faszinierte Kittel bloß am ›*American way*‹ der Verbrechensaufklärung? Waren es die intelligenten Computerprogramme, die den Großteil der Ermittlungen übernahmen, sodass der Ermittler selbst Zeit hatte, sich mit wichtigeren Dingen zu befassen, zum Beispiel einen Mordverdächtigen zu erschießen oder aussageunwilllige Zeugen durch präventive Luftschläge zum Reden zu bringen?

Hätte mein Ex sich stattdessen auf alte Schnüfflertugenden besonnen, dann wäre ihm vieles an diesem Fall in einem anderen Licht erschienen. Beispielsweise wäre ihm aufgefallen, dass man sowohl im Mordfall Fricke als auch beim mysteriösen Verschwinden Jens Defries' immer wieder auf die gleichen Gesichter traf: Frau Nebel, die mich engagiert hatte, um einen verschwundenen Festspielstar zu suchen und sich als Bekannte von Sanne Schweikert entpuppt hatte, jener Hauptkommissarin, welche sich in den Kopf gesetzt hatte, mich in der Fingersache festzunageln. Laura Brück, die im *Biotop* bediente und den vermissten Defries anschmachtete. Zufälle? Als Schnüffler glaubte man nicht daran.

Zudem machte mich eine Bemerkung Lauras stutzig: ›Das Gericht für Frau Hambüchen hatten wir direkt aus dem Restaurant meines Vaters akquiriert.‹

Das bedeutete nämlich, dass es gar keinen Fall Fricke gab, denn der Besitzer vom *Biotop* war nicht das Ziel des Fingeranschlages gewesen. Laura und Bölling, die beiden wackeren *Robin-Food*-Kämpfer, hatten das Geschnetzelte nämlich den Reichen im *Grünen Winkel* aus der Küche gemopst, um damit die Armen im *Biotop* zu speisen. Die makabere Aktion hatte Wallenstein, dem Mann mit der Günter-Grass-Pfeife, gegolten. Jenem Wortführer der neuen Ernährungselite, dessen Gesicht sich auf einem alten Foto befand, zusammen mit dem Professor Haberlands, des Erfinders des neuen Jan van Leiden. Die beiden schienen ein Herz und eine Seele zu sein und von jenem bösen Geheimnis, das später auf Wallensteins Gewissen lasten sollte, nichts zu ahnen.

Mochte Kittel sich auf den passenden Treiber verlassen – ich hoffte darauf, dass das vierte Gesicht auf dem Foto ein wenig Licht in die alte Angelegenheit brachte.

15

Die Chefetage der *Allwetterfleisch AG Münster* befand sich in einem langweiligen, viereckigen Gebäude, in dem viel Glas und Aluminium verbaut worden war. Durchsichtige Wände verschafften einem das zweifelhafte Vergnügen, das wenig beeindruckende Panorama der Loddenheide zu genießen, das zum großen Teil aus unbebauten Grundstücken bestand, auf denen Gras und Gestrüpp wucherten, und aus asphaltierten Parkplätzen für die Besucher anderer Firmengebäude. Das Foyer war mit flauschiger hellroter Auslegeware versehen. Von der Decke baumelte eine Lichtskulptur, die ein Schwein oder ein Rind darstellen sollte – irgendein Tier, das man zu Wurst verarbeiten konnte. Ein Wegweiser aus unaufdringlich rotem Aluminium zeigte nach rechts – *Produktion, Labor, Kantine* –, geradeaus zur *Tiefgarage* und nach links die Treppe hinauf: *Vertrieb, Management.*

Die Empfangsdame am Tresen erkundigte sich höflich, was ich in dem Gebäude verloren habe.

Ich gab mich als Journalist aus. »Um zwölf habe ich einen Termin mit Herrn Castrop«, log ich.

»Presse?« Ihre Miene verfinsterte sich. Offenbar hatte man hier im Zuge des Wursthallenstreits gewisse Aversionen gegen Zeitungsleute entwickelt.

»Aber zufällig ist mein Besuch heute rein privater Natur«, korrigierte ich. »Ein guter alter Freund von Herrn Castrop schickt mich, um ihm Grüße auszurichten. Sicher wird er sich darüber freuen.«

Sie griff zum Telefon und bekam grünes Licht. Mit einem Laufzettel ausgestattet trabte ich hinauf in den dritten Stock und klopfte an eine weiß furnierte Tür.

Ulf Castrop war ein Schwergewicht von mindestens zwei

Metern Größe. Kein Sportlertyp, eher eine beeindruckende Fleischansammlung, die für einen Chef eines Betriebs seiner Branche möglicherweise auch repräsentative Zwecke erfüllte. Castrop trug eine blutrote Krawatte und ein hellblaues Hemd mit großen Schweißflecken unter den Armen. Seine Lippen wirkten dick und die Nase ragte ein wenig schief aus dem Gesicht.

Als ich eintrat, grinste er breit. »Kommen Sie rein, wenn Sie bloß nichts über mich schreiben, Herr, eh …«

»Voss«, sagte ich. »Ich schwöre, ich kann gar nicht schreiben.«

»Nicht dass Sie denken, ich hätte was gegen die Presse. Aber das Dumme ist doch, die meisten dieser Schreiberlinge haben nicht den geringsten Schimmer vom Geschäft.«

»Deswegen kommen sie doch her. Sie wollen, dass Sie sie aufklären.«

»Aufklären.« Castrops Riesenschädel wackelte. »Bürgerinitiativen und Umweltorganisationen, glauben Sie denn im Ernst, die wollen Aufklärung? Qualitätsstandards, Gesetze und Paragrafen, das wollen die. Schikanen ohne Ende.«

»Haben Sie etwas gegen Qualität?«

»Die Standards führen doch nur dazu, dass einem Kontrolleure vor die Nase gesetzt werden, die sich überall einmischen und von nichts Ahnung haben. Denken Sie denn, den Verbraucher interessiert es, ob er Fisch isst, Hühnerleber oder Rinderhirn? Das ist dem völlig wurst. Hauptsache, der Preis stimmt.«

»Und das Mindesthaltbarkeitsdatum ist noch nicht überschritten«, fügte ich hinzu.

»Heutzutage müssen Sie mitspielen, ob Sie wollen oder nicht. Was glauben Sie, was aus Osteuropa auf uns zukommt? Fleischfabriken so groß wie Stadtteile, die alles in einer Hand haben: Schweinezucht, Schlachten, Zerlegen und industrielle Verarbeitung in einer Hand. Da können Sie nicht gegen anstinken, es sei denn, Sie musizieren nach deren Regeln.«

»Welche Regeln wären denn das?«

»Einkaufen, wo es günstig ist. Verkaufen, solange das Zeug noch mausetot ist. Das ist die Devise.« Castrop erhob sich von seinem Sessel und kam hinter dem Schreibtisch hervor. Mit einem Gang, der an den eines Elefanten erinnerte, trat er an die Glasfront, stopfte seine Hände in die Hosentaschen und ließ seinen Blick über die triste Heidelandschaft schweifen. »Wissen Sie, als ich anfing, da hat man von mir gesagt, dass ich einen rosa Daumen hätte. Man nannte mich Wurstfinger. Na ja, so ganz unrecht hatten die Brüder wohl nicht.«

»Meinen Sie Ihren Bruder, Heiner Fricke? Oder die anderen *Taufkumpanen*? Haberland und Wallenstein?«

Der wuchtige Körper vollzog eine schwerfällige Drehung. Castrop musterte mich neugierig. »Was haben Sie denn mit denen zu tun?«

»Ehrlich gesagt, würde mich interessieren, was Sie mit denen zu tun haben. Laut einem Foto, das ich gesehen habe, waren Sie mal die besten Freunde.«

Castrop tapste wieder zum Schreibtisch zurück und ließ sich auf dem Drehstuhl nieder. »Irrtum, mein Lieber, da sind Sie auf dem falschen Dampfer. Mich wollten die nämlich nie dabeihaben. Wissen Sie, warum? Weil ich nicht so auf Schwafeln stehe. Und meinen Bruder haben sie nur mit zwei Fingern angepackt, wenn Sie verstehen, was ich damit sagen will.«

»Professor Haberland meint –«

»Haberland.« Castrops Stimme bekam einen gehässigen Unterton. »Der große Professor Haberland. Hörte es immer gern, wenn er *der Denker* genannt wurde. Viele fanden, dass er ein Schwätzer sei.«

»Und Wallenstein?«

Der Fleischberg schnaufte. »Der ist noch schlimmer. Hält

sich für Mahatma Gandhi persönlich und quatscht einem die Ohren voll über biologisch wertvolle Ernährung. Ich frage Sie, Herr Voss: Wer kann sich das nachhaltige Zeug denn leisten?« Castrop presste seine Lippen zusammen und rieb sie aufeinander, anscheinend eine Angewohnheit von ihm. »Als Heiner damals ins Wurstgeschäft eingestiegen ist, war er für die so etwas wie ein Aussätziger. Eines Tages, habe ich ihm gesagt, kommen die noch mal angekrochen, wart's nur ab. Eines Tages bleiben die auf ihrem nachhaltigen Hintern sitzen. Und dann stehen sie bei dir auf der Matte und können froh sein, wenn für sie ein Wurstende abfällt.«

»Wallenstein hat einen Finger gekriegt.«

Castrop lachte in sich hinein, indem er eine Reihe kleiner Schnaufer hintereinander absonderte. »Wissen Sie, was ich gedacht habe, als ich das hörte? Geschieht dem Kerl ganz recht. Schon wegen damals.«

Jetzt wurde es interessanter. »Wegen damals?«

»Eine alte Geschichte.« Castrop drehte sich auf dem Stuhl, der sein Bestes gab. »Götz hatte damals eine neue Flamme namens Selma. Eine scharfe Braut und vor allem völlig hin und weg von Götz' Geschwafel. Sie stand auf Geschwafel, wurde davon richtig feucht, wenn Sie verstehen, was ich meine. Tja, und dann, eines Tages, gingen die beiden auf Tauchurlaub. Als Selma sozusagen wieder auftauchte, fehlten ihr zwei Finger. Ein Hai hatte sie gefressen. Tja, und das war's dann.«

»Was war's?«

»Selma war Cheerleader, na ja, davon gibt's ja hierzulande nicht viele, was? Sie war schon zweimal im Fernsehen gewesen. Cheerleadern war ihr Ein und Alles und ihr Markenzeichen war das Victoryzeichen.« Castrop hechelte wie eine Bulldogge. »Den Rest können Sie sich denken.«

Er hechelte. Ich wartete.

»Ohne die Finger kein Victoryzeichen und ohne das Zeichen kein Cheerleader. Selma hat das nicht verkraftet. Sie wurde seltsam, traute sich nicht mehr hinaus und bekam Depressionen. Sie starb, als ihr Kleiner erst zwei Jahre alt war.«

»Sie hatte einen Sohn?«

»Soviel ich von Heiner weiß, hat Siegbert sich damals um ihn gekümmert.«

»Sie meinen, der Kleine ist nicht bei seinem Vater aufgewachsen?«

»Wie sollte er denn? Sie wollte ihm ja nichts davon sagen. Abgesehen davon war wohl Götz auch nicht gerade das, was man den geborenen Vater nennt.«

»Was ist aus dem Jungen geworden?«

»Keine Ahnung. Siegbert hat ihn nach Holland auf eine bessere Schule geschickt. In Leiden, soviel ich weiß.« Castrop sonderte noch ein paar Schnaufer ab. »Ich frage mich, ob diese Finger etwas mit Heiners Tod zu tun haben. Was denken Sie?«

»Ich denke, der eine der beiden ist nur irrtümlich im *Biotop* gelandet. Die Finger waren nicht für Ihren Bruder, sondern für Wallenstein bestimmt. Verstehen Sie: Selmas Finger, die der Hai gefressen hatte. Deswegen hat der Attentäter Finger ins Essen geschmuggelt.«

»Sie meinen, so was wie ein Geist aus der Vergangenheit?«

»Wäre doch möglich. Schließlich haben Sie selbst bestätigt, dass Sie drei nicht die besten Freunde waren.«

Der Chef von *Allwetterfleisch* musterte mich mit einem schrägen Blick. Seine fleischigen Lippen rieben sich aneinander wie zwei Riesenmaden bei der Paarung. »Hören Sie mal, junger Mann«, meinte er zugeknöpft. »In jeder Beziehung gibt es doch den Punkt, wo man dem anderen gern ein Messer in den Rücken rammt, das ist ganz normal.« Er sah auf die Uhr. »Und jetzt habe ich noch eine wichtige Besprechung. Wenn Sie wollen, essen Sie in unserer Kantine. Sagen Sie, ich hätte Sie eingeladen.«

16

Eigentlich hatte ich keine Lust auf Kantinenessen, aber im Foyer duftete es verführerisch, also wurde ich schwach.

Der Speisesaal befand sich im Erdgeschoss des *Allwetterfleisch*-Gebäudes. Praktisch von jedem Tisch aus konnte man die Aussicht auf die Softwarefirma gegenüber sowie den Großmarkt für Bad- und Sanitärartikel weiter draußen genießen. Es herrschte Mittagsbetrieb, und dank der Warteschlange an der Ausgabetheke konnte ich mir einen Überblick über das Angebot verschaffen.

Natürlich wurde die Speisekarte von Fleischgerichten dominiert. Es gab Gehacktes, Gegrilltes und Geschnetzeltes, Leipziger Allerlei und Wurst in allen erdenklichen Darreichungsformen. Außerdem auch interessante Kreationen wie *Ente B54*, *Alarmstufe Rot* – eine Blutwurstpfanne mit Rotkohl – und nicht zuletzt *Bärchenragout Knut.*

Ich entschied mich für die Ente, schnappte mir dazu eine Schale abgestandenen Krautsalat und einen undefinierbaren Nachtisch, packte alles auf ein Plastiktablett und balancierte es an einen freien Tisch.

»Eine vorzügliche Wahl«, lobte jemand, der sich mir gegenüber setzte, während ich meine Erwerbung in Augenschein nahm.

Es war der Kerl mit den Fledermausohren, der mir neulich schon beim Essen im *Grünen Winkel* Gesellschaft geleistet hatte.

»Herr Zucker«, sagte ich. »Was führt Sie denn hierher?«

»Das war eigentlich meine Frage an Sie, Herr Voss. Was mich betrifft, so ist die Antwort banal: Ich habe Mittagspause.«

»Sie arbeiten hier?«

»Schuldig im Sinne der Anklage.«

»Sagten Sie denn nicht, Sie seien in der Nachhaltigkeitsforschung tätig?«

»Allerdings. Diese Firma bietet einem Nachhaltigkeitsforscher optimale Arbeitsbedingungen. Nehmen Sie beispielsweise diese Speisekarte. Sie stammt von mir.«

»Sie haben diese originellen Bezeichnungen erfunden?«

»Bezeichnungen.« Zucker war beinahe eingeschnappt. »Auch wenn mein Medium nicht Pinsel und Leinwand sind, auch nicht die Tasten eines Flügels, so sehe ich mich dennoch als Künstler.«

»Was ist denn Ihr Medium?«

»Nahrungsmittel. Fleisch, um es ganz präzise zu benennen.«

»Ein Fleischkünstler also.«

»Kreativität kommt nicht, wie allgemein angenommen wird, von ›erschaffen‹. Kreas ist Griechisch und bedeutet Fleisch. So gesehen ist der Fleischkünstler kreativ im ursprünglichen Sinne.«

»Tiere abzumurksen und sie zu Brotbelag zu verarbeiten – was ist denn daran kreativ?«

Erneut bedachte Zucker mich mit einem strafenden Blick. »Tiere abmurksen, das tun Metzger, Jäger und Veterinäre. Unsereins findet das entsprechende Material vor und designt daraus etwas Neues. Zum Beispiel Wurstwaren.«

Ich grinste. »Das ist ja wirklich ganz was Neues.«

»Die meisten machen sich keine Vorstellung davon, wie vielfältig das Spektrum ist. Wussten Sie, dass es auf diesem Planeten inzwischen fast mehr Wurstsorten als Käferarten gibt? In ein oder zwei Jahrzehnten wird Wurst ein Synonym für Nahrung sein.«

»Und was wird aus den Vegetariern?«

»Wurst, so wie ich sie sehe«, belehrte mich die Fledermaus, während sie sich mit einer Serviette Salatdressing vom Kinn tupfte, »steht jenseits dieser Polaritäten. Sie kann, muss aber nicht aus Fleisch bestehen. Nehmen Sie beispielsweise unser Bärchenragout. Denken Sie denn wirklich, da ist Knut drin?«

»Was denn dann?«

»Nun, wir wollen hier doch nicht bei Tisch Betriebsgeheimnisse ausplaudern, was?« Zucker spießte ein welkes Salatblatt auf und winkte mir damit zu. »Hauptsache, es schmeckt Ihnen.«

Ich kaute auf meinem Stück Ente herum und war mir, was das anging, nicht mehr so sicher. »Dass Sie tagsüber in dieser Abfüllanlage schuften und sich abends bei Wallenstein ein Schneckenomelett gönnen, hat nichts damit zu tun, dass die beiden Herren sich kennen?«

»Warum sollte es?«

»Aber Sie wussten davon?«

»Sicher.« Zucker nickte. »Schließlich verdanke ich dieser Tatsache meinen Job hier.«

»Wallenstein hat Ihnen den verschafft?«

»Er wollte mich damals nicht haben, aber Castrop, sein Spezi, ein aufgehender Stern in der Fleischbranche, suchte händeringend qualifiziertes Personal.« Mein Gegenüber deutete auf meinen Teller. »Schmeckt Ihnen die Ente nicht?«

Ich hatte auf etwas Hartes gebissen und pulte mit dem Finger im Mund herum, bis ich es zu fassen kriegte. Es blinkte, als ich es auf dem Tellerrand ablegte. Ein Stück Metall. Oder Chrom? »Seien Sie nicht so, Herr Zucker«, bat ich. »Verraten Sie mir wenigstens eins Ihrer Berufsgeheimnisse. Was steckt in dieser *Ente B54?*«

»Haben Sie schon mal lahme Enten beim Überqueren einer Straße beobachtet?«, raunte er mir zu. »Sie kennen doch die Bundesstraße Richtung Ochtrup. Kurz vor Steinfurt steht ein verlassener Starenkasten. Und gleich dahinter ist eine Stelle, wo die Biester ständig ohne nach links oder rechts zu schauen über die Straße tapsen. Meistens so gegen sieben Uhr dreißig, bei dichtem Berufsverkehr.« Der Fleischkünstler grinste. »Was dann passiert, können Sie sich denken.«

Kapitel 4: Die Einweihung

Jan der Rächer kämpft nicht mehr allein, er ist schließlich nicht Batman. Er ist Jan, der Täufer der Enterbten. Und er hat einen Mitstreiter gefunden. Man nennt ihn den Mutanten. Als kleiner Junge wurde er von seinen Eltern an ein Versuchslabor verkauft, das mit Geheimmedikamenten experimentierte. Bei einem Fluchtversuch fiel er in einen Bottich mit Ohrentropfen, was seine Lauscher ins Unermessliche wachsen ließ. Aber es schärfte auch die anderen Sinne, vor allem seinen Verstand. Der Mutant öffnet Jan die Augen über das Wesen des Fleisches.

»Gott, der Herr, hat das Fleisch erschaffen«, sagt er, »damit das Wort Fleisch werden konnte, die Wurst hingegen ist des Menschen Werk, ein regelrechtes Machwerk aus Zutaten, die man nur deshalb für essbar hält, weil sie durch den Wolf gedreht werden. Wer kann schon ausrechnen, wie viele Milliarden Tonnen Wurst täglich auf diesem Planeten vertilgt werden und welche unaussprechlichen Dinge auf diese Weise in menschlichen Mägen landen?«

»Wohl niemand«, antwortet Jan. »Aber die, die sie da hineinpacken, sollte man nicht davonkommen lassen.«

»Ich fürchte, mein Lieber, daran kannst du wohl kaum etwas ändern.«

»Warte es nur ab«, prophezeit Jan. »Erzähl mir nur mehr über das Wesen der Wurst.«

»Komm mich doch mal besuchen, da wo ich arbeite«, sagt der Mutant und schlackert mit seinen beachtlichen Lauschern. »Du wirst es interessant finden. Und ich brauche dir dann vielleicht gar nichts mehr zu erzählen.«

17

Eigentlich war die *Ente B54* ein passables Mittagessen gewesen, aber nachdem Zucker mich aufgeklärt hatte, lag sie mir schwer im Magen. Im Allgemeinen zählte ich mich zu denen, die die ungeschminkte Wahrheit der Illusion vorziehen, doch bei Kantinenessen empfahl es sich wohl, eine Ausnahme zu machen.

Ich verließ die Wurstfabrik und schnappte auf dem Parkplatz frische Luft. Das flaue Gefühl verging allmählich, dafür kam ich nicht von der Stelle, weil der Anlasser streikte. Ich brauchte fast fünf Minuten, bis ich den Wagen dazu überredet hatte, hustend und stotternd anzuspringen.

Und die Pannenserie ging weiter. Noch bevor ich die Umgehungsstraße überquert hatte, bemerkte ich etwas Schwarzes vor mir auf der Fahrbahn, etwas mit Kopf und Beinen, und trat instinktiv in die Bremsen, aber zu spät. Ich stieg aus. Das Tier, eine schwarze Katze, hatte kein Chance gehabt. »Was hast du dämliches Vieh auch auf der Straße verloren?«, motzte ich den Kadaver an und schaffte ihn an den Straßenrand. Er trug ein rotes Halsband, an dem eine silberne Blechmarke baumelte. *Ich werde vermisst,* stand darauf und eine Telefonnummer.

Also gut, darum würde ich mich später kümmern. Ich packte die tote Katze in eine Plastiktüte und legte sie auf den Rücksitz. Dann drehte ich den Zündschlüssel. Als hätte er nur auf diese Gelegenheit gewartet, keuchte der Anlasser wie ein Schwerkranker, der bei jedem Atemzug mit dem Ableben rechnete. Das Keuchen wurde leiser und immer langsamer. Dann war es still im Wagen.

»Scheiße!«, fluchte ich, verließ das Auto und beförderte die Plastiktüte zurück auf die Straße.

In dem Moment fuhr ein rostiger Cinquecento vorbei, stoppte und setzte zurück. Die Fahrertür öffnete sich, heraus schaute Schadewaldt, Haberlands Hausangestellter.

»Probleme?«

»Haben Sie vielleicht Interesse an einem Zweitwagen?«, gab ich unfreundlich zurück. »Nehmen Sie die Karre, ich schenke sie Ihnen.«

Schadewaldt lächelte dünn. »Jetzt ist es an mir, Ihnen aus der Patsche zu helfen«, sagte er. »Also steigen Sie ein. Ihr Gepäck können Sie auch mitnehmen.«

»Ach, lassen Sie nur«, meinte ich, aber er schnappte sich höchstpersönlich die Plastiktüte und verstaute sie in seinem engen Kofferraum. Bevor er mich einsteigen ließ, bürstete er kurz mit der Handfläche über den Beifahrersitz. Im Wagen duftete es nach Cockpitspray.

»Wohin kann ich Sie bringen?«

»Setzen Sie mich einfach am Bremer Platz ab.«

Er startete.

»Schöner Wagen«, lobte ich. »Weiß Herr Wallenstein Ihre Ordnungsliebe eigentlich zu schätzen?«

Schadewaldt schüttelte den Kopf. »Ich würde es nicht als Ordnungsliebe bezeichnen. Ehrlich gesagt, bin ich eher das, was man einen chaotischen Menschen nennt, und wovon Herr Wallenstein profitiert, ist wohl eher meine starke kreative Seite.«

»Trotzdem könnten Sie mir vielleicht helfen, ein paar Dinge, die ihn betreffen, zu ordnen.«

Ein misstrauischer Blick traf mich. »Dinge, die ihn betreffen?«

»Es geht um einen dunklen Punkt, den es angeblich in seiner Vergangenheit geben soll. Sie wissen, was ich meine.«

»Nein, weiß ich nicht.«

»Irgendeine Sache, die man nicht so gern ausplaudert. Die einem peinlich ist oder der Karriere schaden könnte.«

Der Fahrer gab sich weiterhin begriffsstutzig. »Nennen Sie mir ein Beispiel.«

»Vor zwanzig oder dreißig Jahren hat man jemanden von der Brücke gestoßen und will heute nicht mehr so gern daran erinnert werden.«

Entrüstet schüttelte Schadewaldt den Kopf. »Wie kommen Sie nur darauf, dass es in Herrn Wallensteins Leben etwas Derartiges gibt?«

»Ich meine beispielsweise eine Liaison mit einer gewissen Selma. Wallenstein ging mit ihr tauchen, nur um sich an sie ranzumachen. Er schwängerte sie auch, aber als sie durch einen Haiangriff zwei Finger verlor, wollte er nichts mehr von ihr wissen.«

Wir bogen gerade von der Bremer auf die Schillerstraße ab. Der Blinker tickte, aber nicht nur er. Schadewaldts tadelndes »Ts, ts, ts« hörte sich genauso an. »Woher stammt denn dieser Blödsinn?«

»Von einem seiner alten Freunde. Ulf Castrop.«

»Ach, der!«, ärgerte sich der Mann neben mir. »Jetzt wundert mich gar nichts mehr. Castrop und Wallenstein waren niemals befreundet. Castrop hat nur nach einer Gelegenheit gesucht, Herrn Wallenstein über die Klinge springen zu lassen. Zusammen mit seinem Bruder.«

»Und die Liaison hat es auch nie gegeben, nehme ich an?«

Schadewaldt war jetzt wirklich sauer. »Dieser Castrop lügt doch, sobald er den Mund aufmacht. Haiangriff, wenn ich das schon höre! Die beiden haben tatsächlich getaucht, und wissen Sie, wo? Im Meerfelder Maar. Das ist bei Manderscheid in der Eifel. Da hat sich noch nie jemand über Haie beschwert.« Er stoppte. »Wir sind da.«

Ich stieg aus. »Danke fürs Mitnehmen«, sagte ich, aber er hatte schon Gas gegeben.

18

Ich hielt den Wohnungsschlüssel schon bereit, doch der Geruch griechischer Spezialitäten im Hausflur verführte mich dazu, meine Pläne zu ändern und im Erdgeschoss einen Imbiss zu nehmen. Bei Aristides herrschte kaum Betrieb. Zwei ältere Herrschaften, die Zeitung lasen, eine Kleinfamilie mit Krabbelkind und eine junge Frau, die sich einen Teller mit Vorspeisen gönnte. Von hinten sah sie klein und zierlich aus, attraktiv geradezu, aber als sie sich umdrehte und ihr Blick mich streifte, hatte ich das Gefühl, der Medusa persönlich zu begegnen.

»Herr Voss«, begrüßte mich Hauptkommissarin Schweikert ohne Lächeln. »Gut, dass wir uns treffen.«

»Wirklich ein Zufall«, meinte ich. »Leider bin ich ziemlich in Eile und habe jetzt gleich einen Termin …«

»Tun Sie mir den Gefallen.« Sie wies auf den Stuhl ihr gegenüber. »Ich lade Sie auch zu einem Kaffee ein.«

»Soll das etwa wieder ein Verhör werden?«, witzelte ich giftig.

»Ich hoffe doch, Sie neben mir das nicht übel.« Frau Schweikert tunkte aufgebackenes Weißbrot in eine rosa Schmiere, Fischrogensalat genannt. »Im Zuge einer Ermittlung kommt es manchmal zu Ruppigkeiten, die bei Licht besehen gar nicht so gemeint waren«, erklärte sie. »Das ist ganz normal.«

»Wo stehen denn die Ermittlungen der Kripo?«, erkundigte ich mich. Die plötzliche Freundlichkeit der Hauptkommissarin machte mich neugierig und misstrauisch zugleich. »Haben Sie die passende Leiche zu den Fingern gefunden?«

Mit ein paar Gesten orderte Frau Schweikert bei dem vorbeieilenden Aristides zwei Kaffee und zwei Ouzo. »Leider

Fehlanzeige«, antwortete sie kauend. »Aber zufälligerweise habe ich mich mit Ihrem Partner unterhalten und kann nur sagen, dass ich mich geirrt habe, was meine Einschätzung Ihrer Firma angeht.«

»Hören Sie, mit meinem Partner ist das so eine Sache …«

»Er und seine amerikanische Kollegin sind jedenfalls der Ansicht, dass hinter dem Mordfall Fricke ein Gammelfleischskandal steckt. Sie sind zuversichtlich, dafür schon bald handfeste Indizien liefern zu können.«

»Ach ja, sind sie das?«

»Die Fingeranschläge im *Biotop* und im *Grünen Winkel* könnten zu dieser Theorie passen. Drastische Methoden, um Druck auszuüben, sind in den Vereinigten Staaten gang und gäbe.«

»Herr Kittel liegt falsch«, beharrte ich ärgerlich. »Statt weiter genüsslich im Dunkeln umherzutappen, würde ich Ihnen empfehlen, Wallenstein unter die Lupe zu nehmen.«

»Götz Wallenstein? Er ist doch wohl eher so etwas wie ein Opfer. Was bringt Sie dazu, ihn zu verdächtigen?«

Ich leerte mein Glas Ouzo mit einem Zug. »Als Privatschnüffler hört man so dies und das.«

»Wissen Sie eigentlich«, fragte Schweikert ärgerlich, »warum Kripobeamte im Allgemeinen für beschränkt gehalten werden?«

»Wollen Sie eine ehrliche Antwort, Frau Kommissarin?«

»Weil sich in der Literatur das Trugbild vom genialen Meisterdetektiv festgesetzt hat. Eine fatale Übertreibung, die nichts mit der Wirklichkeit zu tun hat. Sehen Sie sich doch selbst an.«

»Nein«, sagte ich. »Ich sehe meinen Partner an.«

»Herr Kittel beschränkt seine Arbeit wenigstens nicht darauf, in ausgeleierten Hosen herumzulaufen und auf seinem Schreibtisch Zigarettenkippen auszudrücken. Er ist innovativ und setzt auf moderne Ermittlungstechnik.«

»Technik ist das eine, detektivisches Gespür das andere«, belehrte ich sie trotzig. »Und Letzteres sagt mir, dass Wallenstein der Adressat beider Fingeranschläge war. Fricke ist vermutlich bloß jemandem in die Quere gekommen.«

»Schon wieder Wallenstein! Was haben Sie bloß gegen den?«

»Eine Verflossene von ihm erlitt einen tragischen Unfall, bei dem sie zwei Finger verlor. Ein Hai griff sie während eines Tauchgangs im Meerfelder Maar an.«

»Seit wann gibt's denn in der Eifel Haie?«

»Eben, Frau Kommissarin. Da stimmt etwas nicht. Aber immerhin haben wir das Fingermotiv. Wenn Sie mich fragen, da spielt jemand Bancos Geist und spukt unter Berufung auf ein dunkles Geheimnis in der Vergangenheit.«

»Und was ist mit den Drohbriefen, die Fricke erhielt?«

»Die haben nichts mit dem Fall zu tun, sondern stammen von *Robin Food,* einer versponnenen Umweltorganisation. In Person eines gewissen Mirko Bölling.«

»Bölling, der Privatschnüffler?«

»Er ist Enthüllungsjournalist.«

»Das hat er Ihnen erzählt, was?« Frau Schweikert grinste, was seltsam aussah. Eine Medusa, die einen Witz machte. »Herr Voss, Sie sollten nicht alles glauben. Bölling hat vor Jahren eine Detektei eröffnet, ist damit aber baden gegangen. Seitdem lebt er davon, Skandalöses und Peinliches auszugraben und es an den Meistbietenden zu verhökern.«

»Woher haben Sie das?«

»Man hört eben so dies und das.«

Wir saßen uns schweigend gegenüber. Ich schlürfte meinen griechischen Kaffee, ein fürchterliches Gesöff, ebenso bitter wie zuckersüß, und ließ meinen Blick ein wenig schweifen. Genauer gesagt, ich versuchte es, aber Medusa hielt währenddessen den ihren unablässig und geradezu starr auf mich gerichtet. Eine Weile tat ich so, als bemerkte ich das nicht, stibitzte eine Olive von ihrem Teller, steckte sie mir in den Mund und kaute darauf herum. Der Kern blieb zwischen den Zähnen hängen, sodass ich ihn mit Daumen und Zeigefinger hervorpulen musste.

Schweikerts Blick bekam einen spöttischen Zug. »Wollen Sie wissen, was Ihr Partner über Sie gesagt hat?«, fragte sie.

»Kein Interesse«, brummte ich sauer, verpackte den Olivenkern in eine Papierserviette und ließ ihn in meiner Hosentasche verschwinden. »Ein Kerl, der hinter meinem Rücken anderen Leuten Dinge über mich ausplaudert, ist ja wohl kaum mein Partner.«

»Sie seien zwar kein Sherlock Holmes, aber recht begabt darin, einen Fall richtig einzuschätzen. Das Dumme sei nur, dass Sie sich praktisch jedes Mal in irgendetwas verrennen würden.«

»Das hat er gesagt?«

»Ziemlich wörtlich.« Frau Schweikerts Gesicht fixierte mich unbewegt, nur ihr rechter Mundwinkel zuckte. Offenkundig amüsierte sie sich. »Und das scheint mir in diesem Fall genau der Punkt zu sein.«

»Wenn Sie das nächste Mal Dr. Watson über mich ausfragen«, gab ich patzig zurück, »und seine amerikanischen Ermittlungsmethoden bewundern, sollten Sie sich vorher klarmachen, dass der Kerl in Englisch nie über eine Fünf hinausgekommen ist.« Ich stand vom Tisch auf. »Und die coole Kappe hat er bei Karstadt vom Wühltisch.«

Aus ihrer Handtasche piepste die Melodie von *Mission Impossible.* Frau Schweikert holte ihr Handy heraus und nahm das Gespräch an. »Was gibt's denn?«

Ich wandte mich zum Gehen, aber ihr erhobener Zeigefinger hielt mich zurück.

Sie legte auf. »Das könnte Sie vielleicht auch interessieren, Herr Voss.«

»Ein Telefonanruf«, sagte ich mit gespieltem Erstaunen.

»Jetzt bekomme ich eine Ahnung davon, was Sie mit moderner Ermittlungstechnik meinen, Frau Kommissarin.«

»Meine Kollegen haben einen Pkw aus dem Venner Moor gefischt. Er ist zugelassen auf einen gewissen Jens Defries.«

19

Das Venner Moor zählte zu den beliebtesten Ausflugsgebieten vor den Toren der Stadt. Es bestand aus Heidelandschaft, ein bisschen Wald, Tümpeln mit schwarzem Wasser und morastigen Spazierwegen. Hunde waren an der Leine zu führen, obwohl es hier weit und breit keine gefährdeten Tierarten gab, nur einige besonders penetrante und völlig ungefährdete Mückenarten. Natürlich kursierten viele Sagen über Irrlichter, die einen ins Moor lockten, und Tote mit augenlosen Schädeln, die aus dem fauligen Wasser stiegen, um arglose Spaziergänger in das schwarze Nass zu ziehen. Dabei war die Gegend so übersichtlich, dass man sich nicht mal verlaufen konnte, und Moorleichen hatte man noch nie gefunden.

Auch der heutige Tag machte davon keine Ausnahme. Es war halb vier Uhr nachmittags, die Mücken stachen schon und die Kripo hatte erheblichen Aufwand betreiben müssen, damit die übliche Bergungstechnik auf dem weichen Untergrund überhaupt zum Einsatz kommen konnte.

»Das ist also das Fahrzeug des von Ihnen vermissten Herrn Defries«, meinte Frau Schweikert, trat näher und deutete auf das Kennzeichen. »Sehen Sie mal, die TÜV-Plakette ist ja längst abgelaufen.«

Der rote Ford Fiesta war über und über mit Schlamm besudelt. Im Inneren standen Pfützen und es wimmelte von Würmern, Egeln und anderen Moorbewohnern, die sich in dem Kleinwagen schon häuslich eingerichtet hatten.

Es roch faulig.

»Was wissen Sie über Herrn Defries?«, wandte sich die Kommissarin an mich.

»Frau Nebel will, dass er die Hauptrolle in ihrem Täuferspektakel spielt. Anstatt zu den Proben zu erscheinen, hat er sich aber verdrückt.«

»Er hat sich verdrückt? Wohl nicht ganz freiwillig, wie es aussieht.«

Ich trat vor und wischte mit einem Papiertaschentuch über die Heckscheibe. Ein Aufkleber kam zum Vorschein, auf dem *I love Utrecht* stand.

»Was wissen Sie noch von ihm?«

»Nicht viel. Er ist schließlich verschwunden und ich habe den Auftrag, ihn zu suchen.«

»Sie meinen, wenn Sie ihn gefunden haben, können Sie mir mehr über ihn sagen?«

»So ähnlich. Als ich ihn traf, sprach er davon, dass er nach Strich und Faden verarscht worden sei. Und dass er vorhabe, das zu klären.«

»Sie kennen ihn also?«

»Nein. Er ist mir zufällig über den Weg gelaufen.«

Frau Schweikerts todbringende Augen fixierten mich. »Dann sind Sie vielleicht der Letzte, der ihn lebend gesehen hat. Bis auf seinen Mörder, versteht sich.«

»Falls er ermordet wurde.«

»Zweifeln Sie etwa daran?«

»Bisher haben wir doch nur seinen Wagen.«

Die Hauptkommissarin schnaufte unwillig. »Ja, was glauben Sie denn? Dass der Mann sein Auto im Moor entsorgt hat, um die Verschrottungskosten zu sparen, oder was?«

Ich stieß die Beifahrertür des Fiesta mit dem Fuß auf und ging in die Hocke. Dann beugte ich mich vor und öffnete das Handschuhfach. »Die Frage, wie der Wagen hierhergekommen ist und was mit Herrn Defries geschah«, erklärte ich, »soll ja wohl die Ermittlung klären.« Im Fach lag ein Stück Papier, das vom Wasser verschont worden war, weil es in einer Plastikhülle steckte. Ich nahm es heraus und wischte mit dem Ärmel den Schlamm ab.

»Geben Sie das sofort her! Wie sollen wir denn ermitteln, wenn Sie Spuren vernichten.« Die Hauptkommissarin riss mir meinen Fund aus der Hand, aber ich hatte schon einen Blick darauf geworfen. Auf das Papier hatte jemand mit Kugelschreiber einen Mann gekritzelt, der ein Messer schwang. Oder war es ein Schwert? Darunter stand: *Ich kriege euch alle.*

»Was könnte das wohl bedeuten?«, sinnierte Sanne Schweikert, die die Zeichnung in der Plastiktüte betrachtete. »Eine Drohung?«

»Herr Defries ist Zeichner«, erklärte ich. »Diese Leute bekritzeln alles, was sie finden können.« Ich wandte mich zum Gehen. »Ich wünsche Ihnen baldige Ermittlungsergebnisse.«

»Wollen Sie etwa schon los?«

»Ich habe einen Fall zu lösen, Frau Kommissarin. Das mit den Plastiktütchen überlasse ich Ihnen.«

»Was lässt Sie vermuten, dass Defries noch lebt?«

»Meine Nase sagt mir das.«

»Ach ja, der Privatschnüffler und seine berühmte Nase. Mehr können Sie mir anscheinend nicht bieten.«

»Rufen Sie doch meinen Partner an. Kittel versteht eine Menge von moderner Ermittlungstechnik.«

Sanne Schweikert neigte zur Rechthaberei, so viel stand fest. Deswegen, dachte ich, während ich mit dem Bus zurück in die Stadt fuhr, hatte ich die große Lippe riskiert, von wegen bisher hätten wir ja nur das Auto. Natürlich musste man nicht gleich auf ein Gewaltverbrechen schließen, wenn die Parkuhr anzeigte, dass ein Autofahrer seit einer halben Stunde keine Münze mehr nachgeworfen hatte. Aber wenn man das Auto aus dem Moorschlamm hievte, waren gewisse Spekulationen um ein unschönes Schicksal des Besitzers doch angebracht. Ehrlich gesagt, war es nicht nur Frau Schweikerts Art, sondern auch Laura, die mich zögern ließ, an dieses unschöne Schicksal zu glauben. Wenn sie ihr Idol nicht frisch und unversehrt zurückbekam, stand zu befürchten, dass sie vorerst ihre Nächte damit verbringen würde, meine Hand zu halten und in Taschentücher zu weinen. Das hatte herzlich wenig mit dem zu tun, was ich mir für die Nächte mit ihr vorgestellt hatte.

20

Gegen fünf war ich zurück am Bremer Platz, stieg auf das Fahrrad um, das ich wenige Minuten später auf der Papenburger Straße gegen eine Hauswand lehnte. Am Himmel waren dunkle Wolken aufgezogen und es hatte zu nieseln begonnen.

Malin öffnete mir im Bademantel. Der Duft, den sie ausströmte, ließ mich vermuten, dass sie gerade geduscht hatte. »Der Professor ist leider nicht da«, sagte sie schulterzuckend. »Sprechstunde an der Uni. Keine Ahnung, wann er zurück ist.«

»Eigentlich wollte ich auch zu Ihnen«, sagte ich. »Es geht um einen Ihrer Klienten, Jens Defries.«

Malin geleitete mich in die Küche. Es roch nach dem Nicaragua-Tee, den ich mir in der KSG zugemutet hatte. Gebrauchtes Geschirr stand zu atemberaubend hohen Türmen aufgestapelt. In einem Aschenbecher lag eine Kippe, die mit dem Rest eines Räucherstäbchens um die Wette glühte.

»Ich spreche grundsätzlich nicht über Klienten«, erklärte die Frau im Bademantel. »Das gebietet die Schweigepflicht.«

»Also gut«, sagte ich. »Dann erzählen Sie mir etwas über den Professor.«

»Tut mir leid. Aber der war auch mal mein Klient. So haben wir uns kennengelernt.«

»Sie sind mit ihm zusammen?«

»Nicht wirklich. Unser Verhältnis ist rein sexuell. Von Theologie verstehe ich nicht das Geringste. Als Therapeutin sage ich Ihnen aber: Siegberts Theorien sind genau das, was man in unseren Fachkreisen als Schwachsinn in Reinform bezeichnet.« Malin nahm eine der ungespülten Tassen, die aus einem Dritte-Welt-Laden stammte, braun getöpfert mit gelben Figuren darauf. »Wollen Sie einen Kaffee oder eine Carobmilch?«

»Carobmilch?«

»Wenn Sie die nicht kennen, sollten Sie lieber die Finger davon lassen«, sagte sie und goss mir Tee ein. »Sehen Sie, ich meine natürlich nicht die Theologie als solche, auch wenn viele das durchaus so sehen mögen. Siegbert ist sauer auf die Schwarzröcke, weil sie ihm den Stuhl vor die Tür setzen wollten. Deshalb hat er sich mit dieser Frau Nebel zusammengetan. Er will es diesen Herren heimzahlen.«

»Frau Nebel vom *Münster Marketing*? Erzählen Sie mir etwas darüber.«

»Die beiden haben irgendwelche geheimen Pläne ausgeheckt.« Malin duftete. »Tut mir leid, aber ich wurde leider nicht eingeweiht.« Sie zog ein Päckchen Tabak aus der Tasche, setzte sich an den Tisch und begann, eine Zigarette zu drehen. »Für Defries gilt übrigens im Grunde Ähnliches.«

»Was denn?«

»Er hat sich meiner Einschätzung nach in eine religiös bedingte Schizophrenie hineingesteigert. Ich selbst nenne es einen Messiaskomplex.«

»Sie meinen, weil er den Jan van Leiden spielen wollte?«

»Er erzählt jedem, dass er ihn nur spielen will, aber in

Wirklichkeit will er van Leiden sein.« Malin ließ ihre Zunge über den Klebestreifen ihrer Zigarette gleiten. »Und das halte ich vom therapeutischen Standpunkt aus für bedenklich.«

»Haben Sie die Sache auch schon mal von der anderen Seite betrachtet?«

»Von welcher anderen Seite? Es gibt keine andere.«

»Was wäre, wenn sich eines Tages herausstellte, dass Defries *wirklich* eine Art Messias ist? Zugegeben, es ist völlig unwahrscheinlich, aber es könnte doch immerhin sein, dass –«

Malin kniff die Augen zusammen, und als sie sie wieder öffnete, leuchtete berufliches Interesse in ihnen auf. »Wenn Sie wollen, können wir gern auch für Sie den Termin für eine Probesitzung vereinbaren.«

»Schon gut, kein Bedarf.« Ich hob die Hände. »Eigentlich dürften Sie mir das alles gar nicht erzählen.«

»Da haben Sie recht«, nickte Malin und qualmte. »Wegen der Schweigepflicht. Also vergessen Sie es gleich wieder.«

»Nur noch eine Frage: Wo würden Sie als seine Therapeutin Jens Defries suchen?«

»Messianismus«, dozierte Malin, »ist eine extreme Strategie unscheinbarer Menschen, sich Aufmerksamkeit und Bedeutung zu verschaffen. Es gibt noch andere, denken Sie an Stigmatisierung oder den Wahn, mit Außerirdischen Kinder gezeugt zu haben. Zur Rolle des Messias allerdings gehört, dass man von der Welt abgelehnt wird. Also zieht man sich zurück und macht sich unsichtbar, in der Hoffnung, auf diese Weise für die Umwelt wieder interessant zu werden.«

»Und was dann?«

»Fragen Sie lieber: Was, wenn nicht? Was geschieht, wenn er kein Stein des Anstoßes ist, sondern ein normaler Kieselstein, und die Aufmerksamkeit, die er begehrt, nicht bekommt?«

»Was dann?«

»Dann könnte sich all das, was sich über die Jahre hinweg in ihm angestaut hat, eines Tages entladen.«

»Dass es dazu kommen wird, ist unwahrscheinlich. Man hat seinen Wagen eben aus dem Venner Moor gefischt.«

Malins emotionale Teilnahmslosigkeit ließ auf hohe therapeutische Kompetenz schließen. »Er ist also tot?«

»Die Kripo geht davon aus. In dem Auto fand sich eine Zeichnung, die einen Mann zeigt, der ein Messer schwingt. Darunter steht: Ich kriege euch alle.«

»Ich kriege euch alle.« Malin drückte die Kippe aus. Ihr Aschenbecher war gelb getöpfert mit braunen Figuren drauf. »Das ist interessant.«

»Inwiefern?«

»Eine klassische Allmachtsfantasie«, orakelte sie. »Typisch für einen Messianopathen.«

»Was könnte sie bedeuten?«

Die Psychologin geleitete mich zur Tür. »Aus dem Stegreif lässt sich das nicht so leicht sagen«, meinte sie. »Aber falls sich herausstellen sollte, dass Herr Defries doch noch lebt, würde ich Ihnen raten, ihn bald zu finden.«

21

Es war Viertel nach sechs. Der Nieselregen hatte sich wieder verzogen, am rötlichen Abendhimmel glänzte die warme Frühlingssonne und lockte, das Tagewerk niederzulegen, auszugehen und irgendwo gemütlich zu Abend zu essen. Aber ein vages Gefühl hielt mich davon ab. Es hatte mit Kittel und Miss Armbruster und ihrer Absicht zu tun, meine Detektei zu übernehmen. Dass sie sich nicht gemeldet hatten, wertete ich nicht als gutes Zeichen.

Mein Gefühl trog nicht. In unseren schönen, lichtdurchfluteten Büroräumen traf ich zwar die beiden nicht an, dafür aber einen Köter, der mich von mindestens zehn Hochglanzpostern angrinste – in Kittels und in meinem Büro, im Wartezimmer und im Empfangsbereich. Sogar auf der Toilette warb er für Hundefutter der Marke *Armbruster & Sons.*

Ich sammelte den Krempel ein, trabte in den Hof hinunter und stopfte ihn in den Papiermüllcontainer. Jetzt ging es mir schon besser.

Ins Büro zurückgekehrt, trat ich ans Fenster, atmete zufrieden aus und genoss den Blick hinunter auf die Kanalmeile, auf der Menschen in schicker Feierabendgarderobe an den Restaurants vorbeiflanierten oder auf Holzbänken ihr Bier genossen.

Eine ganze Weile wartete ich auf meine Klientin. Ich wählte ihre Nummer und lauschte dem Tuten des Freizeichens. Sie meldete sich nicht.

Und dann ließ ein Knacken des Fußbodens mich erstarren. Magensaft gluckerte hinter mir. Jemand räusperte sich, aber es war nicht Antje Nebel.

Im Flur, neben dem Empfangstresen, stand eine Gruppe seltsamer Gestalten. Ich kannte sie aus der *KSG.*

Sie glotzten mich an. Niemand sagte etwas.

Endlich trat jemand vor. Es war die Frau mit der schrillen Stimme. »Tut mir leid, dass wir gestern ein wenig unfreundlich waren«, brummte sie kleinlaut.

»Unfreundlich ist ja wohl eine starke Verniedlichung.«

»Sie arbeiten für Frau Nebel, nicht wahr?«, fragte der Kerl mit dem Ziegenbärtchen. Auf seiner Strickjacke trug er einen Button: *Taufen ist cool.* »Sie sagt, dass sie Sie damit beauftragt hat, Jens zu suchen.«

»Frau Nebel arbeitet für die Stadt Münster. Da sitzen jede Menge Hexenverfolger und Inquisitoren zusammen«, spottete ich.

Der Mann mit dem Button trat vor. »Jens hat ihr eine E-

Mail geschrieben, allerdings vor einer Woche schon. Sie ist in Frau Nebels Junkordner verloren gegangen.«

»Was steht denn drin?«

»Sie handelt davon, dass diejenigen, die sich der Sünde des Fleisches schuldig gemacht haben, nicht davonkommen werden«, erklärte die Frau feierlich.

»Sie kommen nicht davon? Wen zum Teufel meinte er denn damit?«

»Uns bestimmt nicht. Wir leben streng enthaltsam und entsagen der Fleischeslust in jeder Beziehung.«

»Also wer ist dann gemeint? Etwa Frau Nebel?«

»Ich denke, er hat uns ein Rätsel aufgegeben«, erklärte der in der Strickjacke feierlich, »und wir werden es lösen.«

Die Frau trat vor, überreichte mir einen Briefumschlag und lächelte aufmunternd. »Wir haben zusammengelegt.«

Im Umschlag lagen fünfhundert Euro in kleinen Scheinen.

»Verstehen Sie, es ist äußerst dringend, dass Sie Jens Defries finden. Wir brauchen ihn für den Tag des Gerichts.«

»Was denken Sie denn, was ich Tag und Nacht tue?«, fragte ich gereizt. »Herumsitzen und Däumchen drehen?«

Sie sahen mich an, als hätten sie genau das vermutet.

»Wenn nicht«, kündigte der Mann mit dem Taufbutton an, »werden wir die Sache selbst in die Hand nehmen. Wenn es sein muss, werden wir die Katholiken aus der Stadt jagen.«

»Das haben Sie doch schon mal versucht«, spottete ich. »Und was ist dabei herausgekommen? Eine Stadt, in der sogar Fahrräder am Kommunionsunterricht teilnehmen.«

22

Nachdem ich die Täuferabordnung hinausbegleitet hatte, schloss ich den Laden ab und fuhr nach Hause. Ich ärgerte mich darüber, dass ich nicht reinen Tisch machte und diesen armen verirrten Seelen erklärte, was wirklich mit ihnen los war, und sie an Hauptkommissarin Sanne Schweikert verwies. Dass ich auch noch Geld von ihnen annahm, das sie für mich zusammengelegt hatten. Wie tief konnte man als Privatschnüffler noch sinken?

Auf dem Nachhauseweg wurde mir allmählich klar, dass ich dies nur aus einem einzigen Grund getan hatte, genauer gesagt wegen einer einzigen Frau. Und als sich die Wohnungstür hinter mir schloss, sträubte ich mich nicht länger gegen die Erkenntnis, dass es einfach keinen Sinn hatte, auf die Gunst dieser Frau zu hoffen, die nichts anderes im Sinn hatte, als Tiere zu retten. Kürzlich erst hatte ich gelesen, dass über neunzig Prozent von dem, was ein Mann in einer Frau sieht, bloßes Produkt seiner eigenen Fantasie ist. Bei Laura, das schien offensichtlich, waren es mindestens hundert Prozent. Wäre ich ihr Vater gewesen, hätte ich mich für ein Kind geschämt, das einen Veterinär-Heiland anschmachtete.

Das Telefon klingelte. Ich nahm ab.

»Hi«, sagte Laura. Der Klang ihrer Stimme ließ mich schlagartig meine Grübeleien vergessen. »Was machst du so?«

»Ich bin damit beschäftigt, deinen Guru zu suchen«, versicherte ich. »Wir sollten uns irgendwann mal treffen, dann kann ich dir Bericht erstatten.«

»Irgendwann?«

»Demnächst. Möglichst bald. Wie wär's mit jetzt gleich?«

»Geht leider nicht. Mirko kann jeden Moment kommen. Am Donnerstagabend kochen wir immer zusammen.«

»Tja, dann wünsche ich euch guten Appetit«, schnappte ich ein.

»Hast du denn morgen Abend schon etwas vor?«

»Keine Ahnung.« Die Eifersucht ließ meine Stimme eisig klingen. »Mal sehen, über die Promenade schlendern oder telefonieren. Herumsitzen. Warum interessiert dich das überhaupt?«

»Warum sollte es das nicht?«

»Übrigens glaubt die Kripo, dass er ermordet wurde. Sein Auto wurde gefunden.«

»Blödsinn. Wer sollte ihn denn ermorden?«

»Und Malin, seine Therapeutin, ist der Ansicht, dass dein Defries psychisch ziemlich angeschlagen ist.«

Laura schluckte. »Glaubst du das auch?«

»Warum nicht? Die Stimmen und die Träume und die Gesichter, die ihn heimsuchen. Das kann eine Last sein, hast du selbst gesagt.«

»Du bist gemein.«

»Ich? Ich bin doch wohl nicht schuld daran, dass dieser Mann einen an der Waffel hat – Laura, hörst du mir überhaupt zu?«

Schweigen. Ich konnte sie genau vor mir sehen, ihre gerunzelte Stirn, die vorgeschobene Unterlippe.

»Laura?« Immerhin hatte sie nicht aufgelegt, das war ein ermutigendes Zeichen. »Heh, es tut mir leid. Vergiss einfach, was ich gerade gesagt habe, es war dumm. Keine Ahnung, was in mich gefahren ist. Es war so ähnlich wie bei dem geschmacklosen Witz über Katzen mit Kartoffelbrei.«

Sie antwortete nicht.

»Du erinnerst dich doch«, schob ich nach, »ich hatte ihn aufgeschnappt auf dem *Robin-Food*-Treffen ...«

»Du hast es also gar nicht so gemeint?«

»Es geschieht mir recht, wenn du jetzt auflegst. Ich wäre dir nicht böse.«

»Henk?«

»Ja?«

»Ich fände es trotzdem schön, wenn du morgen kommst.«

»Ich möchte nicht, dass Mirko auf falsche Gedanken kommt«, stichelte ich.

»Er wird gar nicht da sein. Wir kochen etwas Schönes. Und später ...«

»Später was?«

»Also, was sagst du: Ja oder nein?«

Wozu sollte ich ihr noch weiter widerstehen? ›Und später …‹ Die Engelsgleiche versprach nicht nur ein Essen, sondern mehr als das. Etwas, das anschließend stattfinden würde. Es würde sich erst im Laufe des Abends ergeben, nach einem guten Rotwein und einem duftenden Bad, einer gemeinsamen Dusche, wenn wir, in ein einziges flauschiges Badetuch gehüllt, angeregt durch die kuschelige Wärme des knisternden Kaminfeuers …

»Henk?«

»Ja, ich bin noch dran. Morgen um zwanzig Uhr dreißig bin ich bei dir.«

Kapitel 5: Der Anschlag

Ein abscheulicher Ort, es riecht nach Tod und Verwesung. Wer hat den Rächer hierher gelockt? Das sieht ihm ganz nach einer Falle aus. Er hätte niemals herkommen sollen. Aber er muss stark sein. So schnell lässt er sich nicht unterkriegen.

Da tritt ihm ein Mann in den Weg, ein seltsamer Bursche mit eigentümlichen rattenhaften Gesichtszügen.

»Ich kenne dich doch. Du bist der Kerl, der meine Freundin anbaggert«, behauptet der Rattenhafte streitsüchtig. »Im Schlaf murmelt sie deinen Namen. Das wird mir allmählich zu bunt.«

»Das Murmeln bedeutet mir nichts«, gibt Jan kalt zurück. »Sicher könnte ich alle Frauen haben, nach denen mir verlangt. Auch dem Alkohol könnte ich frönen und mich an Fleischspeisen rund und fett fressen. Aber den Sünden des Fleisches habe ich nun einmal abgeschworen.«

»Das freut mich zu hören«, sagt der Kerl und ist offenbar beruhigt. Ja, er scheint gar nicht so übel zu sein. »Darf ich dich in

die Kantine einladen?«, fragt er leutselig. »Du siehst so aus, als könntest du etwas zu essen vertragen.«

Jan der Rächer vergisst seine Vorsicht. Er lässt sich überreden und schon kurz darauf stellt der andere ein Tablett vor ihm auf den Tisch. »Einmal das Gericht des Tages«, sagt er. »Fleisch und Blut. Greif zu, du bist eingeladen.«

Fleisch und Blut? Vor Jan auf dem Teller liegen Klumpen toten Tieres, und sie schwimmen in ihrem Blut. »Nein, nimm das weg. Ich esse kein Fleisch«, sagt er.

Doch der Rattengesichtige bleibt hart, schiebt ihm den Teller hinüber und sagt mit hinterlistigem Grinsen: »Ich habe es extra für dich bestellt. Du willst mich doch nicht beleidigen, oder doch?«

Damit nicht genug: Als Jan schlecht wird, macht er sich über ihn lustig. »Das ist also der toughe Typ, den meine Freundin anhimmelt«, gluckst er. »Ein Weichei, das schon k. o. geht, wenn man ihm eine lausige Frikadelle vorsetzt. Das ist der Witz des Jahrhunderts!«

Aber Jan kämpft gegen den Ekel und den Abscheu und er besteht die Prüfung. Dann schiebt er dem üblen Kerl das Tablett hin und sagt: »Den Witz des Jahrhunderts kennst du noch gar nicht. Ich werde derjenige sein, der ihn dir erzählt. Und die Pointe wird dir nicht gefallen.«

Und genauso passiert es auch: Der Rattenmann kommt nach Hause, immer noch grinsend. Er fühlt sich großartig, weil er glaubt, dass er es Jan so richtig gegeben hat. Pfeift vor sich hin und geht ins Badezimmer, um sich zu rasieren. Offenbar gibt er sich der Illusion hin, sein Pickelgesicht würde ohne die Bartstoppeln besser aussehen.

Als er den Lichtschalter betätigt, bleibt es finster. Das Licht ist kaputt! Auch gut, denkt die Ratte, handwerkeln ist nicht meine Sache. Gedankenlos, wie der Kerl ist, kommt es ihm nicht in den Sinn, dass er nun derjenige ist, der in eine Falle getappt ist.

Doch da sieht er, dass die Badewanne mit Wasser gefüllt ist. Das gibt ihm schon zu denken. Ja, da soll mich doch …, denkt er.

Aber das ist das Letzte, was er denkt. Und über den Witz des Jahrhunderts hat er zum letzten Mal gelacht.

23

Leider wurde meine Vorfreude auf Laura von einem voluminösen Umschlag getrübt, den ich wenige Minuten später in meinem Briefkasten fand. Er wies keinen Absender auf.

Die Leute sagen, Bio ist gesund, stand mit übergroßer Druckschrift auf einem Blatt Papier, das ich herauszog. *Aber das stimmt nicht. Jedenfalls nicht für Sie, Herr Voss. Hören Sie auf, sich in das Essen anderer Leute einzumischen. Jeder kann doch wohl selbst entscheiden, was er zu sich nimmt. Also halten Sie Ihre Schnüfflernase fern von biologischen Restaurants und deren Mitarbeiterinnen. Jemand, der es gut mit Ihnen meint.*

Jemand, der es gut mit mir meinte. Solche Erpresserbriefe gab es eigentlich nur in Jugendbüchern. War alles nur ein billiger Scherz?

Die Fotos, die aus dem Umschlag purzelten, bewiesen leider das Gegenteil. Ich erkannte meinen Wagen auf dem Albersloher Weg mit gut sichtbarem Kennzeichen. Ein Foto zeigte mich, wie ich mich über die tote Katze beugte. Ein anderes hatte den Moment festgehalten, als ich den Kadaver in die Plastiktüte packte. Mir war klar: Wenn Laura diese Fotos zu sehen bekam, würde sie mich nicht mal mehr mit dem Hintern ansehen.

Und noch etwas fiel mir bei dieser Gelegenheit ein: Ich hatte die dämliche Katze in Schadewaldts Kleinwagen vergessen, als er mich am Bremer Platz abgesetzt hatte. Damit war für mich aber auch klar, wer mir den Brief geschrieben hatte: Der Mann mit dem Reinlichkeitstick war nicht zufällig dort gewesen, sondern hatte den Kadaver wie eine Falle für mich ausgelegt.

Nur, welchen Grund hatte der Möchtegernbutler, mich zu erpressen? Weil ich meine Schuhe nicht abgetreten hatte, bevor ich in sein Gefährt eingestiegen war? Oder fürchtete er, dass ich seinem Freund und Gönner Wallenstein zu nahe kam? Möglich. Woher aber sollte er wissen, wie ich zu Laura Brück stand?

Noch einmal überflog ich das Geschreibsel. Biorestaurants und Schnüfflernase schienen mir vorgeschoben zu sein. Der Schreiber wollte nur eines, nämlich dass ich mich von Laura fernhielt, weil er sie für sich haben wollte. Gut möglich, dass die tote Katze immer noch im Kofferraum von Schadewaldts Cinquecento lag. Mochte ›jemand, der es gut mit Ihnen meint‹ auch eher nach Schadewaldt klingen, so war ich doch bereit, jeden Betrag zu wetten, dass der Briefschreiber ein anderer war. Einer, der sich für sehr clever hielt und vorhatte, demnächst ein Buch darüber zu schreiben.

Mirko Bölling stand nicht im Telefonbuch, aber vielleicht gab es noch andere Möglichkeiten, seine Adresse ausfindig zu machen. Ein weiteres Mal radelte ich zum Büro zurück. Während meiner Unterredung mit den Täufern war mir aufgefallen, dass der Zettel mit Kittels Nachricht nicht mehr auf dem Monitor klebte. Und richtig, er hatte den Treiber inzwischen erfolgreich installiert. *Gotcha* lief reibungslos.

Ich konnte verschiedene Optionen anklicken: Ringfahndung, Rasterfahndung, deutschlandweit, europaweit, weltweit. Ich brauchte nur wenige Minuten, um seine Adresse herauszufinden und auch welches Auto er fuhr, wie viel Miete er zahlte und welchen Zahnarzt er bevorzugte. Eine weitere, um das Haus in der Nähe der Warendorfer Straße, in dem er lebte, mithilfe von *Google Earth* heranzuzoomen. In welchem Zimmer er sich momentan aufhielt, ließ sich nicht erkennen.

Mirko Bölling konnte mir nicht entkommen.

24

Sein weißer Mini Cooper, der auf der Warendorfer Straße parkte, wies mir den Weg zu ihm. Trotzdem hätte ich seinen Unterschlupf ohne *Google Earth* nicht so leicht gefunden. Der windschiefe Flachdachbau war von der Straße aus praktisch unsichtbar, da er sich im Innenhof eines mehrstöckigen Häuserblocks befand. Ein trauriger Ort, an dem sich die Sonne maximal zwanzig Minuten am Tag blicken ließ, sodass man schon Licht anknipsen musste, wenn sich draußen am Aasee die Leute noch mit Sonnenmilch eincremten. Permanent den Blicken der Nachbarn ausgesetzt, musste man auch noch das Quietschen der Schaukel ertragen, deren rostiges Eisengestell direkt neben dem Wohnzimmerfenster einbetoniert war. Für ein Nagetier wie Bölling der ideale Ort.

Kurz vor der Haustür stieß ich mit einem Mann vom Pizzaservice zusammen, der offenbar gerade geliefert hatte. Ich nahm seine Entschuldigung entgegen und klingelte an der Tür.

»Ich habe Ihnen doch reichlich Trinkgeld gegeben«, polterte Bölling von drinnen, dann öffnete er die Tür. »Sie?«

»Das riecht aber lecker«, sagte ich und schnüffelte. »Pizza quattro stagioni, habe ich recht? Wusste gar nicht, dass es die auch aus der Mülltonne gibt.«

»Was wollen Sie von mir?«, brummte er. »Sie sind wohl kaum zum Essen hier.«

Ich zog den Erpresserbrief aus der Tasche und hielt ihn ihm unter die Nase. »Es geht um Ihr nicht sehr nettes Schreiben«, sagte ich. »Als Schnüffler sollten Sie wissen, dass Erpressung strafbar ist.«

Bölling warf einen kurzen Blick darauf. »Keine Ahnung,

wer das geschrieben hat«, sagte er. »Aber ich an Ihrer Stelle würde alles tun, was der Mann sagt.«

Ich folgte ihm in seine Küche. »Hören Sie auf mit dem Theater«, sagte ich pampig. »Sie händigen mir jetzt auf der Stelle die Fotos aus.«

»Fotos?« Der Mann mit dem Nagetiergesicht sägte an seiner Pizza herum.

»Jetzt tun Sie bloß nicht so.« Ich packte ihn an der Schulter, aber er entwand sich mir und zückte sein Messer, an dem Teig und Tomatenmark klebten.

Dann ließ er die Waffe sinken. »Okay.« Ein breites Grinsen platschte förmlich auf sein Gesicht und verschwand sofort wieder. »So kommen wir doch nicht weiter. Nehmen wir mal an, ich hätte die Fotos, die Sie haben wollen.«

»Also haben Sie sie.«

»Nur angenommen. Warum sollte ich das zugeben?«

Ich schob ihn beiseite, schnappte mir ein Stück Pizza und stopfte es mir in den Mund. »Zum Beispiel«, sagte ich kauend, »weil Sie gern Ihr Abendessen genießen wollen.«

»Na schön. Eine andere Frage: Wie kommen Sie darauf, dass ich die Fotos habe? Wozu sollte ich Sie erpressen?«

»Sie wollen mich bei Laura als Tierkiller anschwärzen, damit Sie freie Bahn bei ihr haben.« Ich griff nach dem nächsten Stück. »Aber das könnte Ihnen so passen.«

»Ich würde Sie niemals anschwärzen, Kollege,« schleimte Bölling. »So etwas habe ich nicht nötig.«

»Haben Sie doch.«

»Scheiße, nehmen Sie Ihre Finger weg. Das ist mein Abendessen, verstanden!«

»Sagen Sie mir die Wahrheit, dann bestelle ich Ihnen eine neue Pizza.« Ich steckte das Stück in den Mund und hielt meine Finger hoch. »Haben Sie vielleicht etwas zum Abwischen da?«

Bölling ließ sich auf den Deal ein. Also führten wir ein vernünftiges kollegiales Gespräch. Ich orderte eine Pizza quattro stagioni extra large und er steuerte ein paar Flaschen Bier dazu bei.

Draußen war es inzwischen dunkel geworden. Die erleuchteten Fenster der umliegenden Wohnungen tauchten Böllings Behausung in ein angenehmes Halbdunkel.

»Ich war nie einer dieser Schnüffler, die anderen nachspionieren«, erzählte er. »Stundenlang im Auto sitzen und Fotos machen, das ist nichts für mich. Ich bin eher der Typ Maulwurf. Brisante Dinge aufdecken, üble Machenschaften ans Licht zerren. Das ist mein Ding. Eines Tages wird man dir dafür die Pulitz-Medaille überreichen, hat Laura gesagt.«

»Die Pulitz-Medaille?«

»Sie meint den Pulitzerpreis.«

»So was brauchen Sie auch, wenn Sie von der Aufdeckerei leben wollen.«

Bölling warf mir einen Blick zu, der in etwa sagte: Guten Morgen, alter Mann. »Umweltorganisationen, Parteien, Bürgerinitiativen«, betete er herunter, »die sind ganz heiß auf illegale Machenschaften. Morgen um elf bin ich beim Ortsverband *Bündnis 90/Die Grünen* in Burgsteinfurt eingeladen, aber nicht als Redner. Die brauchen dringend ein Wahlkampfthema, da kommen ihnen meine neuesten Enthüllungen über *Allwetterfleisch* gerade recht.«

»Was wissen Sie denn über die?«

Wieder dieser mitleidige Blick.

»Na schön«, sagte ich. »Wie wär's mit einer weiteren Pizza?«

»Tut mir leid, Kollege, aber die Ware ist schon verkauft.«

»Das heißt aber, Sie haben in Castrops Firma herumgeschnüffelt?«

»Sagen wir, ich habe mich ein wenig umgesehen. Wirklich, das ist eine schicke Firma. Die haben sogar eine Tiefgarage mit Kühlaggregat.« Bölling zog eine Grimasse. »Bei dieser

Gelegenheit hatte ich ja auch das zweifelhafte Vergnügen, die Bekanntschaft des großen Gurus zu machen.«

»Götz Wallenstein«, nickte ich, »ist ein alter Bekannter von Castrop.«

»Ich spreche nicht von Wallenstein, sondern von dem Weichei, das sich für den Heiland persönlich hält. Jens Defries. Ich erkannte ihn sofort. Laura hat überall Bilder von ihm aufgehängt, sogar auf dem Klo.«

»Was hat Defries denn bei *Allwetterfleisch* zu suchen?«

»Woher soll ich das wissen? Der Kerl war ziemlich durch den Wind. Sagte, er fühle sich nicht besonders. Also habe ich ihm in der Kantine was zu essen spendiert. Und da wurde mir klar: Der Kerl hat sie nicht mehr alle.«

»Die Kantine kenne ich«, sagte ich. »Ihre Speisekarte ist gewöhnungsbedürftig.«

Bölling nickte. »Er konnte sich aber nicht beklagen. Ich bestellte ihm das Tagesgericht, Hackbraten in Tomatensoße, sie nennen es *Fleisch und Blut.* Da ist nur der Name gewöhnungsbedürftig, das Zeug schmeckt eins a. Kein Grund, sich zu übergeben, es sei denn, man ist ein hoffnungsloses Weichei.«

»Er hat sich übergeben?«

»Ohne Vorwarnung, mitten auf den Tisch. Das ist also der Kerl, auf den Laura steht, habe ich mir gedacht. Du triffst ihn zum ersten Mal und schon kotzt er dich an.«

»Wie haben Sie reagiert?«

»Tja, ich hab gemacht, dass ich wegkam. Hatte schließlich keine Lust, das Zeug aufzuwischen.«

»Haben Sie Laura von diesem Zusammentreffen erzählt?«

»Wozu denn?« Das Nagetier presste die dünnen Lippen aufeinander. »Damit sie sich noch öfter mit ihm beschäftigt? Mir ist völlig schleierhaft, was sie an dem Weichei findet. Sogar im Schlaf ruft sie nach ihm.«

»Sparen Sie sich Ihre Eifersucht«, riet ich. »Lauras Schwärmerei für ihn ist rein religiöser Natur.«

Bölling rülpste. Er griff zum Öffner und machte eine neue Flasche auf, obwohl noch eine halb volle vor ihm stand. »Über zwei Monate sind wir jetzt zusammen, Laura und ich. Diskutieren, Pläne schmieden, Manifeste lesen – und das jeden Abend. Kein Fernsehen, kein Kino, kein Fußball. Sie machen sich keine Vorstellung davon, wie satt ich das alles habe.«

Vergeblich versuchte ich, Augenkontakt zu meinem Gegenüber aufzunehmen. Sein glasiger Blick schweifte hinaus in eine ungewisse Ferne, die die räumliche Enge des piefigen Innenhofs nicht bieten konnte. Bölling war betrunken, vermutlich war das der Grund dafür, dass er sich ausgerechnet seinen ärgsten Rivalen ausgesucht hatte, um ihm sein Herz auszuschütten.

»Denken Sie, sie hätte mich in all der Zeit auch nur ein Mal rangelassen?«, fragte er. »Immer hat sie mich vertröstet. ›Heute passt es nicht so recht. Lass es uns später tun.‹ Ich kann es nicht mehr hören.«

»Weil sie sich nichts aus Ihnen macht«, erklärte ich freundlich. »Geben Sie es auf, Bölling. Sie können nicht gewinnen, weil Sie gar nicht am Spiel teilnehmen. Laura schätzt Sie als Weggefährten, aber nicht als Bettgenossen.«

»Irrtum«, widersprach mein Gegenüber so heftig, dass der Speichel nur so spritzte. Er fuchtelte mit dem erhobenen Zeigefinger. »Großer Irrtum! Diese Frau hat nicht das geringste Interesse an Bettgenossen. Sie schläft nur, wenn sie zu müde zum Pläneschmieden ist. Sex ist für sie ein Fremdwort und die einzige Liebe, die sie kennt, ist die Tierliebe.«

»Wenn das so ist, wieso baggern Sie sie dann noch weiter an? Warum lassen Sie die Frau nicht in Frieden Manifeste lesen?«

»Vielleicht würde ich das sogar.« Bölling schüttelte den Kopf. »Aber es ist zu spät. Zu viel habe ich investiert. Ich will mir am Ende nicht eingestehen müssen, dass alles umsonst gewesen ist.« Böllings Finger wurde richtig aufdringlich, wütend und enttäuscht wedelte er vor meinem Gesicht herum. »Eklige Spinnen und halb tote Insekten nicht zertreten zu dürfen und sie stattdessen in einem Trinkglas zurück in die Natur zu geleiten – all das zu tun, ohne etwas dafür zu bekommen, das kann keiner von mir verlangen! Auch Sie nicht, Voss!«

»Das bedeutet?«

Der Kollege hob eine der beiden Flaschen, die vor ihm standen, und stieß damit gegen meine, dass es ordentlich klirrte. »Es bedeutet, dass ich es zwar unendlich bedauere, aber diese Fotos nicht herausrücken kann. Sicher haben Sie dafür Verständnis, jetzt, wo wir uns etwas kennengelernt haben.«

»In gewisser Weise«, gab ich zu. »Aber Sie werden verstehen, dass ich mich um Ihre kleinkarierten Warnungen einen Dreck schere.« Ich erhob mich. »In diesem Sinne: Good luck, Herr Kollege. Auch wenn Sie bei Laura nicht landen können, vielleicht wird's ja eines Tages was mit der Pulitz-Medaille.«

»Wenn Sie das tun«, nuschelte Bölling, »ich meine: Wenn Sie sich wirklich einen Dreck darum scheren, dann wissen Sie, was passiert. Laura wird diese Fotos zu sehen bekommen. Machen Sie mich also für die Folgen nicht verantwortlich.«

25

Um etwa zwanzig nach neun verließ ich Böllings miefiges Gartenhäuschen mit dem flauen Gefühl, den Mund ein wenig zu voll genommen zu haben. Einmal abgesehen davon, dass der Kerl ein eitler Schwätzer war, lag er in seiner Einschätzung, was Laura anging, gar nicht so falsch. Und meine Schadenfreude über all die Mühen, die er vergeblich auf sich genommen hatte, um es in ihr Bett zu schaffen, konnte schnell auf mich zurückfallen.

Auf der Promenade zwitscherten die Vögel und Radfahrer fuhren ihr Handy spazieren. Seht her, schienen sie zu sagen, wie beliebt ich bin. Wohin ich auch gehe, ständig rufen mich Leute an. Dann bemerkten sie mich und schienen mir zuzurufen: Kennst du arme Sau etwa niemanden, der dich anrufen könnte? Geh nach Hause, du Loser, pflege deine Depressionen!

Gerade noch rechtzeitig, um aller Welt zu zeigen, dass ich kein Loser war, klingelte mein Handy. Ich hielt an und wollte schon absteigen, jedoch fiel mir im letzten Moment ein, dass Absteigen zum Telefonieren ja wohl das Uncoolste überhaupt war. Also strampelte ich weiter und stellte die Verbindung her.

»Nebel hier«, meldete sich die Frau von *Münster Marketing.* »Herr Voss, wo sind Sie?«

»Mit dem Fahrad unterwegs«, antwortete ich stolz. »Wo waren Sie heute Nachmittag? Ich habe auf Sie gewartet.«

»Das Projekt läuft mehr und mehr aus dem Ruder. Ich mache mir große Sorgen, Herr Voss.«

»Aus dem Ruder? Welches Projekt, Frau Nebel?«

»Ich glaube, der Zeitpunkt ist gekommen, Ihnen etwas zu beichten.«

»Für eine Beichte bin ich die falsche Adresse.«

»Ich habe Ihnen doch von den Reformationsfestspielen erzählt.«

»Allerdings.«

»Sie sind Bestandteil eines völlig neuen und mutigen Konzeptes innovativer Stadtwerbung«, belehrte mich Frau Nebel. »Ich selbst habe es entwickelt.«

»Gratuliere«, sagte ich und stoppte, denn die Länge des Telefonats hatte mich über mein Ziel hinaus an die Windthorststraße verschlagen. Ich stellte das Rad ab und ließ mich auf einer Bank nieder. »Wollen Sie damit sagen, der große Auftritt von Jens Defries ist nichts weiter als ein Reklamegag?«

»Keineswegs. Herr Voss, diese Stadt befindet sich in Konkurrenz zu Dutzenden anderen Städten, die alle möglichst viele Touristen anziehen und möglichst viele Preise abräumen wollen. *Münster Marketing* arbeitet daran, dass wir in diesem Wettbewerb gut aufgestellt sind.«

»Das erwähnten Sie doch bereits.«

»Als ich anfing, war ich nur eine unbedeutende Praktikantin. Dr. Waltherscheidt, mein Chef, sagte: Überraschen Sie mich. Bringen Sie diese Stadt an die Spitze und Sie können sich zum Team zählen.«

»Das ließen Sie sich sicher nicht zweimal sagen.«

»Zu diesem Zeitpunkt lagen wir auf der Beliebtheitsskala gleichauf mit Bielefeld! Einer Stadt mit stolzen 326.000 Einwohnern, deren Existenz aber laut Umfragen bundesweit über zehn Prozent der Bevölkerung generell anzweifeln. Es musste dringend etwas geschehen.«

»Ein neues Täuferreich musste her.«

»Zunächst einmal mussten Rahmenbedingungen geschaffen werden. Also inszenierten wir im Stadtmuseum Sonderausstellungen zum Täuferreich und gestalteten unseren Internetauftritt entsprechend. An der Uni wurde eine Ringvorlesung angeboten und im lokalen Fernsehen sponserte *Münster Marketing* die offene Diskussionsplattform *Für und Wiedertäufer*. Und dann der Höhepunkt: die Festspiele als solche. Jan van Leiden beziehungsweise sein begnadeter Darsteller sollte vor den Augen der Medien alle Schauplätze seines früheren Wirkens aufsuchen und zu jedem ein paar ergreifende Worte sagen.«

»Eine beeindruckende Maschinerie, die Sie da in Gang gesetzt haben.«

»Alles nur Marginalien! Das Herzstück der Agenda war

eben dieser Auftritt des Jan van Leiden. Ohne ihn würden alle anderen Maßnahmen wirkungslos verpuffen.«

»Wie ist es Ihnen gelungen, Defries für Ihren Plan zu gewinnen? Haben Sie ihm ein Angebot unterbreitet, das er nicht abschlagen konnte?«

»Es war die Chance für ihn, sich etwas nebenbei zu verdienen. Als gescheiterter Zeichner ist er in ständiger Geldnot. Er ist der ideale Kandidat, auch wenn er unglücklicherweise dazu neigt, Privates mit Beruflichem zu vermengen.«

»Das bedeutet?«

»Mein Interesse an ihm als Hauptdarsteller verwechselte er mit dem Interesse an ihm als Mann. Er bildete sich ein, zwischen uns könnte etwas laufen.«

»Wurde er zudringlich?«

»Keine Sorge, Herr Voss, ich habe ihm schon gezeigt, was Sache ist.«

»Aber trotzdem wollten Sie ihn für die Festspiele?«

»Es macht einen enormen Unterschied, ob man an das glaubt, was man tut, oder es nur für ein Honorar erledigt.«

»Allerdings«, bestätigte ich. »Anstatt sich an ein wohlkalkuliertes Drehbuch zu halten, geht man in die Kantine einer Wurstfabrik und kotzt auf den Tisch.«

»Sie haben also doch Neuigkeiten über ihn?«

»Nur, dass er bei *Allwetterfleisch* gesehen wurde. Niemand weiß, was er dort verloren hatte.«

»Ich mache mir solche Vorwürfe, Herr Voss. Alles ist schiefgegangen.«

»Ich hörte, Sie haben eine E-Mail von Jens erhalten?«

»Ich habe sie erst kürzlich entdeckt, da sie in meinem Junkordner gelandet war. Ich kann mir denken, was sie bedeuten soll.«

»Sie machen mich neugierig, Frau Nebel.«

»Jens wurde umgebracht. Weil er etwas herausgefunden hatte.«

»Was denn?«

»Etwas, das nicht herauskommen sollte. Es hat mit dieser Fleischfirma zu tun.«

»Können Sie vielleicht etwas konkreter werden?«

»Nein, in seiner Mail war er es ja auch nicht. Aber ich werde das Gefühl nicht los, Herr Voss, an allem schuld zu sein. Und deshalb habe ich mich entschlossen, der Sache selbst auf den Grund zu gehen.«

»Auf den Grund gehen? Was soll das bedeuten?«

»Dass ich den Schuldigen zur Verantwortung ziehen werde.«

»Gerade sagten Sie noch, Sie wüssten nicht, wer das ist.«

»Bisher habe ich den Herrn nicht mal erreicht, nur seinen Angestellten. Ich denke, die Botschaft ist trotzdem angekommen. Und wenn es mir gelingt, ihn ein wenig aufzuscheuchen, ist er so gut wie überführt.«

Das hörte sich in meinen Ohren nicht professionell an. »Lassen Sie mich das besser erledigen, Frau Nebel. Schließlich bezahlen Sie mich doch dafür.«

»Nehmen Sie es mir nicht übel, Herr Voss, aber ich finde nicht gerade, dass Sie sich als Glücksgriff in dieser Angelegenheit erwiesen haben.«

»Frau Nebel, ich rate Ihnen dr–« Ich brach ab, weil es an Ihrer Wohnungstür klingelte. »Frau Nebel! Nur eines noch: Wen haben Sie nicht erreicht?«, fragte ich.

»Einen Augenblick bitte. Da ist jemand an der Tür.«

Dem Geräusch nach zu urteilen, legte sie das Telefon weg, um zu öffnen.

Ich wartete.

Sie meldete sich nicht zurück. Dafür vernahm ich im Hintergrund Geräusche. So, als würden Möbel im Zimmer verrückt und als ob es Streit gäbe. Irgendetwas schien zu Bruch zu gehen.

»Frau Nebel?«, erkundigte ich mich, nachdem zwei Minuten vergangen waren. In der Wohnung war wieder Stille eingekehrt. »Sind Sie noch dran?«

Es knackte. Dann ertönte das Freizeichen. Die Verbindung war unterbrochen.

26

Mir auch recht, dachte ich. Wenn sie lieber auf eigene Faust weitermachte, dann konnte ich ihr nur viel Glück wünschen. Allerdings fand ich es schon ungewöhnlich, dass sie ein Telefongespräch abbrach, um Renovierungsmaßnahmen in ihrer Wohnung durchzuführen.

Ich musste zu ihr fahren und mir Gewissheit verschaffen.

Die Telefonauskunft schickte mich zu einem mehrstöckigen Wohnhaus in der Innenstadt. Frau Nebels Name stand auf der Klingel einer Wohnung im vierten Stock. Ich drückte mehrmals auf den Knopf, aber niemand öffnete. Dass jemand Möbel umgestellt hatte, wurde immer unwahrscheinlicher.

Hauptkommissarin Schweikert kam nur widerwillig. Sie wollte nicht einsehen, was Frau Nebel mit dem Frickemord zu tun hatte, und meinte, dass dies ein Fall für die Störungsstelle sei.

Etwa zwanzig Minuten später verschaffte sich die Kripo Zutritt ins Haus und ich folgte dem Möchtegern-Columbo in Frau Nebels Wohnung.

Es war ein komfortables Appartement, toprenoviert und ansprechend geschnitten. Unumstrittenes Highlight war eine weitläufige Dachterrasse mit Blick auf jene Stadt, die Frau Nebel an die Weltspitze bringen wollte, auf ihre diversen Kirchtürme, die, von sanftem gelbem Licht angestrahlt, zwischen den Dächern aufragten.

Zahlreiche Poster, Farbfotos und Werbeclaims an den

Wänden gaben ein beredtes Zeugnis davon, dass die Aktion Reformationsfestspiele eine von vielen Imagekampagnen des *Münster Marketing* war: Natürlich hatte man den Standort schon lange als Fahrradstadt ins Spiel gebracht und nannte Münster ein westfälisches Amsterdam ohne Grachten. Man buhlte mit Osnabrück um den Titel *Stadt des Westfälischen Friedens* und kämpfte dafür, dass Aaseekugeln, Promenade oder das Autobahnkreuz Münster-Süd in die UNESCO-Liste des Weltkulturerbes aufgenommen wurden. Darüber hinaus sollte Grünkohl mit Pinkel unter die Top Ten der deutschen Gerichte aufrücken. Mit markigen Sprüchen erklärte man die Westfalenmetropole zur Stadt der Bildung und des Karnevals gleichermaßen, ja sogar zur Stadt der Hoffnung wider alle Hoffnung, wie ein Plakat in der Küche behauptete, das einen schwarzen Adler auf grünem Grund abbildete.

Im Wohnzimmer auf dem Boden ausgestreckt lag Antje Nebel. Ihr auberginefarbener Lippenstift und der grüne Anzug bildeten einen bizarren Kontrast zu der Blutlache, die sich von einer hässlichen Wunde am Hinterkopf ausbreitete. Ein schwarzer Schwan aus Ton, der mitten in diesem roten See saß, strahlte fast etwas Friedliches aus.

»Ein Bild voller Symbolkraft, nicht wahr?« Ich spürte so etwas wie einen kühlen Luftzug. Hauptkommissarin Schweikert war neben mich getreten. Sie deutete auf die Leiche. »Na, was sagt Ihnen jetzt Ihre berühmte Nase?«

»Ich glaube, dass dieser Mord mit dem Verschwinden von Jens Defries zusammenhängt. Frau Nebel war meine Klientin und hatte etwas herausgefunden, das sie mir am Telefon mitteilen wollte.«

»Was kann das denn wohl gewesen sein?«

»Sehen Sie Frau Nebels E-Mails durch. Im Junkordner befindet sich eine Nachricht, die ihr den entscheidenden Hinweis geliefert hat.«

Ich folgte der Hauptkommissarin ins Nebenzimmer an einen sichelförmigen Schreibtisch aus Glas.

Sie warf den Computer an. »Ist es nicht schade, Herr Voss, dass die guten alten Zeiten von Columbo und Co vorbei sind? Kein Rätseln am Tatort mehr. Man sieht im Computer nach und ruck, zuck findet man den Täter.«

Der Rechner meldete sich mit einem Ping.

»Was soll das denn jetzt?«, wunderte sich die Kommissarin.

Ich beugte mich zu ihr hinunter. *Sämtliche Nachrichten wurden gelöscht,* meldete der Computer.

»Ich habe überhaupt nichts gemacht«, beschwerte sich Sanne Schweikert. »Nur auf *okay* geklickt, das war alles.«

»Wissen Sie, was die Zeiten von Columbo und Co von den heutigen unterscheidet?«, stichelte ich. »Damals taten die Bullen wenigstens nur so, als würden sie sich dämlich anstellen.« Ich schaltete den Rechner aus. »Ich tippe nach wie vor auf Wallenstein.«

»Warum sollte er Frau Nebel ermorden?«

»Das kriege ich schon noch heraus, wenn Sie mich nicht behindern.«

»Sie haben mit Frau Nebel telefoniert, bevor sie ermordet wurde. Deshalb gehen Sie davon aus, dass der Anruf etwas mit dem Mord zu tun hat, nicht wahr? Sie sind voreingenommen und ziehen gar nicht erst in Betracht, dass es sich um ein zufälliges Zusammentreffen handeln könnte.«

»Ich zähle zwei und zwei zusammen, Frau Kommissarin, und ziehe gar nicht erst in Betracht, dass das Ergebnis fünfunddreißig lauten könnte.«

Schweikerts tiefschwarze Augen fixierten mich besserwisserisch. »Aber es gibt vertrackte Fälle, da lautet das Ergebnis fünfunddreißig.« Sie deutete auf die Tonfigur. »Petra ist Ihnen doch wohl ein Begriff?«

Ich zuckte mit den Schultern.

»Ein Trauerschwan, der in dieser Stadt und auf dem ganzen Erdkreis wegen seiner sexuellen Beziehung mit einem Plastiktretboot für Aufsehen sorgte. Selbst Menschen, die man in diesen Dingen nicht als aufgeschlossen bezeichnen möchte, gerieten darüber in Verzückung.«

»Und was hat das mit Frau Nebel zu tun?«

Hauptkommissarin Schweikert wies auf ein gerahmtes Poster, das an der Wand über der Leiche hing. Ich erkannte den Lambertikirchturm mit seinen Käfigen, die golden im Licht der Abendsonne funkelten. In einem Straßencafé zu seinen Füßen verzehrte jemand eine beachtliche Portion gegrilltes Geflügel. Darunter stand: *Schwan in Münster? Am liebsten zu Preiselbeeren und grünem Salat.*

»Frau Nebel«, erläuterte Frau Schweikert, »war kein Fan von Petra. Ihrer Meinung nach verniedlichte der Vogel das Image der Stadt auf unerträgliche Weise.«

»Und Sie glauben, dass jemand so weit ging ...«

»Ich glaube gar nichts, sondern versuche Ihnen nur zu verdeutlichen, wie leicht man manchmal auf eine falsche Fährte geraten kann«, dozierte die Hauptkommissarin in ihrem überheblichen Tonfall. »Abgesehen davon haben wir uns wohl die bekannte Frage zu stellen, wer von einem Mord an Frau Nebel profitiert und, wenn ja, in welcher Weise.«

»Am Telefon behauptete sie, den Mörder von Defries ausfindig gemacht zu haben. Sie wollte aber nicht damit herausrücken, wen sie meinte.«

Frau Schweikert fischte ein Blatt Papier aus der Blutlache und warf einen Blick darauf. »Da hat jemand etwas hingekritzelt.«

Ich blickte ihr über die Schulter. Das Bild war keine gewöhnliche Zeichnung, eher ein Comic. Eine Häuserreihe im Hintergrund mit holländischen Giebeln ließ mich auf den Prinzipalmarkt tippen. Da war eine Menschenmenge und auf einer Bühne eine seltsame Figur – eine Mischung aus Don Quichotte und Zorro. Er schwang ein riesiges Schwert über dem Kopf einer Frau, die mit auf dem Rücken gefesselten Händen vor ihm kniete: *Ich habe dich gewarnt, du Schlampe,* stand darunter.

»Kommt Ihnen der Stil bekannt vor?«, erinnerte ich sie. »Eine ähnliche Zeichnung befand sich in Defries' Pkw.«

»Jede Wette, dass das dieser van Leiden sein soll«, vermutete Frau Schweikert. »Das Bild gehört wahrscheinlich zu dem Theaterstück, das Frau Nebel demnächst aufführen wollte.«

»Tja, dann hätten wir ja doch noch einen Verdächtigen«, witzelte ich. Mit dem Finger fuhr ich über das Plakat mit dem Schwanenesser. »In diesem Rahmen ist kein Glas.«

»Wie ich schon sagte, es kam zu einem Kampf. Da geht schon mal was zu Bruch, nicht wahr?«

»Also gut«, sagte ich. »Gehen wir einmal davon aus. Dann müssten hier aber überall Scherben herumliegen.«

Schweikert sah sich um und wurde fündig. »Da haben wir sie ja auch schon.« Ein kleines Häuflein, säuberlich zusammengekehrt, glitzerte in der Ecke hinter der Tür zum Wohnzimmer.

Ich nickte. »Und somit wüssten wir dann auch, was Frau Nebel nach ihrem gewaltsamen Tod als Erstes tat«, sagte ich. »Sie holte einen Besen und kehrte die Scherben zusammen, damit die Kollegen der Spurensicherung sich bei der Untersuchung des Tatorts nicht verletzten.«

Die Zeichnung und die Glassplitter in der Ecke schienen Frau Schweikerts Vermutung zu bestätigen, dass ein Zusammenhang zwischen dem Mordfall Fricke, Antje Nebels Tod und dem Verschwinden des Jens Defries bestand. Sie aber schenkte dem kaum Beachtung. Stattdessen hielt sie es für sinnvoller, sich per Handy mit Kittel und Armbruster kurzzuschließen und mit ihnen den Stand der Dinge zu diskutieren.

Es war inzwischen kurz vor elf. Ich überließ ihr das Feld und radelte nach Hause.

Vor meiner Wohnungstür wartete Post auf mich: ein verschnürtes Päckchen ohne Absender. Ein kleiner Zettel mit einer handschriftlichen Nachricht klebte darauf: *Das haben Sie in meinem Wagen liegen lassen. Gruß L. Schadewaldt.*

Im ersten Moment schreckte ich zurück, als hätte eine Briefbombe getickt. Vorsichtig wagte ich mich heran, schnüffelte aber nichts Auffälliges. Was hatte der Kerl mit der Katze angestellt, dass sie nicht stank? Und was, zum Teufel, sollte ich mit ihr anfangen? Für einen kurzen Augenblick spielte ich mit dem Gedanken, das Päckchen vor die Wohnungstür meiner Nachbarin zu legen, einer älteren Dame, die auf Post von ihrer Tochter aus den USA wartete. Dann hob ich das Ding auf, hielt es so weit wie möglich von mir weg und trug es hinunter in die Mülltonne.

27

Der nächste Tag begann sonnig und vielversprechend, wie Brötchen vom SB-Bäcker, die knackig und frisch aussahen, als seien sie von Hand nach einem altbewährten westfälischen Rezept gebacken. Sobald man sie aber berührte, zerfielen sie zu Staub und erinnerten an ägyptische Mumien, deren Ruhe britische Gelehrte Anfang des letzten Jahrhunderts gestört hatten.

Es war der Tag, an dem das Essen mit Laura stattfinden würde. Ich bemühte mich, wohlgelaunt und voller Vorfreude zu sein, obwohl der Katzenleichnam mir den Schlaf vermiest hatte. Nachts hatte es unten in der Mülltonne miaut, dann war die Miezekatze ihrem Grab entstiegen und hatte sich wie eine der lebenden Leichen Edgar Allan Poes Stufe für Stufe die Treppe hinauf zu mir in die Wohnung geschleppt. Sie hatte mich des mutwilligen Mordes in Tateinheit mit Fahrerflucht angeklagt, und ich hatte eingewandt, wie man denn zum Teufel Fahrerflucht begehen könne, wenn der Wagen nicht anspringt. Das Vieh hatte das aber nicht gelten lassen und mir stattdessen prophezeit, dass eine solche Tat niemals ungesühnt bleiben würde.

Ich wusste genau, wovon sie sprach. Und ich zweifelte auch nicht einen Moment, dass aus diesem toten Tier, das längst steif wie ein Brett war, jemand ganz anderer sprach: ein mieser, rattengesichtiger Schnüffler namens Mirko Bölling, der mir eigentlich gar nicht so sehr die letzte Nacht, sondern vor allem die nächste vermiesen wollte.

Glücklicherweise war mir inzwischen eine Idee gekommen, wie ich mich davor schützen konnte. Zugegeben, sie war nicht gerade neu, sondern entstammte den Zeiten des Kalten Krieges, aber sie hatte, wie viele bis heute glaubten, die Welt vor dem atomaren Untergang bewahrt. Sie nannte sich *Gleichgewicht des Schreckens.*

Um kurz nach zehn stellte ich mein Fahrrad am Albersloher Weg ab und stieg in den Wagen, der mich gestern so schmählich im Stich gelassen hatte. Meine Drohung, ihn gleich hier und jetzt zum nächsten Schrottplatz schleppen zu lassen, fruchtete: Das Auto hustete und keuchte ein paar Sekunden, dann sprang es an. Um elf wurde Bölling in Burgsteinfurt bei den Grünen erwartet, um sein neues Sortiment an Skandalthemen für den Wahlkampf vorzustellen. Falls die Karre nicht wieder den Dienst versagte, würde ich genau zur richtigen Zeit am richtigen Ort sein. Irgendwie würde ich ihn in dem Kaff schon ausfindig machen.

Zunächst aber musste ich die tote Katze aus dem Müll holen.

Soweit ich gelesen hatte, verdankte Burgsteinfurt seine Existenz einem beachtlichen Klumpen Edelmetall, den spielende Kinder gegen Ende des letzten Jahrhunderts auf einer Müllkippe gefunden hatten. Ein wahrer Goldrausch war die Folge gewesen. Glücksritter aus ganz Westfalen und den Niederlanden waren herbeigeströmt und hatten den Traum vom sagenhaften Reichtum geträumt. Viele von ihnen hatten sich in der Folge dort angesiedelt, nachdem sie ihr letztes Geld für Schürfrechte ausgegeben hatten. Allerdings hatten die meisten das gegenseitige Gemetzel nicht überlebt, das eingesetzt hatte, sobald sich herausstellte, dass der Goldklumpen eine dreiste Fälschung war und die Region allenfalls dazu gut, um Kies abzubauen. Heutzutage galt Burgsteinfurt als Hochburg eines sanften Tourismus, der sich der Aufwertung reizarmer und gleichförmiger Reiseregionen gewidmet hatte und es ablehnte, die Umwelt mit Sehenswürdigkeiten zu verschandeln.

Laut Ankündigung im Internet trafen sich die Grünen in einer Gaststätte namens *Marktschänke.* Sie befand sich mitten in der Fußgängerzone und bot keinerlei Parkmöglichkeit, was die Durchführung meines Plans nicht gerade erleichterte. Glücklicherweise kam mir der Zufall zu Hilfe: Als ich mein Auto auf einem abgelegenen Parkplatz jenseits der Fußgängerzone abstellte, um den restlichen Weg zur *Marktschänke* zu laufen, bemerkte ich Böllings weißen Cooper nur wenige Meter entfernt in einer Parktasche. Weit und breit war keine Menschenseele zu sehen. Ich konnte also in Ruhe alles vorbereiten. Und dann brauchte ich nur noch im Auto mit schussbereiter Kamera zu warten.

Bölling tauchte etwa zwanzig Minuten später auf, allerdings war er nicht allein. In seiner Begleitung befand sich ein schlacksiger Typ in einem unmodernen grauen Mantel. Die beiden schlenderten über den Parkplatz und erreichten den Mini, stiegen aber nicht ein. Eine Weile sprachen sie mit verhaltener Gestik miteinander, so als fürchteten sie unliebsame Zeugen. Der dünne Mann zog einen Umschlag, der nach Geld aussah, aus seinem Mantel und überreichte ihn

Bölling. Ich zoomte mit der Kamera heran: Schadewaldt! Was hatte der penible Spießer mit dem windigen Schnüffler zu schaffen? Es wäre interessant gewesen, das zu erfahren, denn Geldtransaktionen in bar, die auf einsamen Parkplätzen abgewickelt wurden, ließen bekanntlich krumme Geschäfte vermuten.

Bölling steckte den Umschlag ein, Schadewaldt verdrückte sich ohne Gruß. Einen Moment starrte der Mann mit dem Rattengesicht ihm nach, dann schloss er seinen Wagen auf und stieg ein.

Rückwärts setzte er aus der Parklücke und bremste abrupt. Stieg aus, weil er glaubte, dass das rechte Vorderrad etwas überrollt hatte.

Ich hatte ihn genau im Visier: Bölling, der die Katze entdeckte. Klick. Der sich über den Kadaver beugte. Klick. Eine tote Katze, grausam überfahren, darüber das amtliche Kennzeichen des Täterfahrzeugs in Großaufnahme. Klick. So eine Scheiße! Was jetzt? Klick. Jetzt schien er stutzig zu werden: Moment, das ist ja meine Katzenleiche. Was soll das sein: eine gottverdammte Falle? Bölling blickte sich hektisch um.

Keine Sekunde zu früh tauchte ich weg. Egal, die Bilder waren im Kasten.

Im Rückspiegel sah ich Bölling ausparken und mit quietschenden Reifen davonsausen. Zurück blieb die Katze, die mitgenommen aussah, aber auch irgendwie erleichtert, dass sie jetzt endlich zum letzten Mal gestorben war.

28

Im Büro lud ich die Fotos auf den PC, druckte sie aus und schrieb einen Brief: *Unbekannter, da Sie es so gut mit mir meinen, erlaube ich mir, Ihnen beiliegende Fotos zu übersenden mit der Bitte um freundliche Kenntnisnahme. Keine*

Sorge, Laura wird nichts davon erfahren, natürlich vorausgesetzt, die von Ihnen fabrizierten Machwerke bleiben in der Schublade. Sollten Sie sich jedoch nicht an diesen gut gemeinten Vorschlag gebunden fühlen, dann machen Sie sich darauf gefasst, dass –

»Schreibst du neuerdings Erpresserbriefe?«

Kittel hatte sich angeschlichen und sah mir über die Schulter.

»Das hat mit meinem Fall zu tun«, brummte ich.

»Meinst du diesen verschwundenen Heiligen aus dem Mittelalter? Was hat der mit Katzen am Hut?«

»Das ist kein Heiliger.« Ich klickte auf *Dokument schließen.* »Wo steckt Dirty Harry? Nimmt sie Nachhilfestunden im Nahkampf? Was führt dich in mein Büro?«

»Seit wann ist das nur dein Büro?«, fragte Kittel beleidigt. »Sind wir denn nicht mehr Partner?«

»Ein Partner ist zur Stelle, wenn man ihn braucht«, sagte ich. »Er kommt auch nicht auf die Idee, eine Detektei als Werbefläche für Hundefutter zu missbrauchen.«

»Ich bin hier, um dir vom Fortgang des Falles Fricke zu berichten.«

»Das ist kein Fall. Das ist deine Hausaufgabe. Bilde dir bloß nicht ein, dass ich dir dabei helfe.«

Kittel schob die Computertastatur beiseite und pflanzte seinen Hintern auf den Schreibtisch, sichtlich bemüht, locker und dynamisch zu wirken, wie ein Privatschnüffler in einer TV-Serie. »Ein wirklicher Detektiv wird nicht von der Geldgier getrieben«, zitierte er, »sondern von dem Bedürfnis, Antworten auf Fragen zu erhalten. Einem Bedürfnis, das er mit dem Philosophen gemeinsam hat. – Na, von wem stammt das wohl?«

»Von mir, na und?«

»Deshalb dachte ich, ich komme mal vorbei und erzähle dir, was bei meinen Hausaufgaben so herausgekommen ist. Aber wenn's dich nicht interessiert …«

»Also, was ist dabei herausgekommen? Wer hat Fricke auf dem Gewissen? Die Mafia?«

»Durchaus möglich, dass die dahintersteckt.«

»Ach, komm schon, Kittel! Das hatten wir doch hinter uns.«

Kittel hüpfte wieder vom Schreibtisch herunter und stieß dabei meine Kaffeetasse um. »Die Firma *Allwetterfleisch* ist in den letzten Jahren zu einem der profitabelsten Unternehmen der Region angewachsen.« Er warf Küchenkrepp in die Pfütze und sah zu, wie es die braune Flüssigkeit aufsaugte. »Nur ist sie nicht das, was sie zu sein scheint.«

»Natürlich nicht«, spottete ich. »In Wirklichkeit werden dort illegale Pferdewetten getätigt, nicht wahr? Und wer was ausplaudert, kriegt Betonfüße verpasst und wird in die Aa geworfen.«

»*Allwetterfleisch* war schon zweimal in einen Gammelfleischskandal verwickelt. Aber die Sache wurde unter den Teppich gekehrt. Angeblich hatte das Unternehmen in einer polnischen Großschlachterei abgelaufenes Fleisch eingekauft und umetikettiert. Zwei Angestellte sollten als Zeugen aussagen. Aber dann wollten sie plötzlich von nichts gewusst haben.«

»Vielleicht hatten sie sich's ja anders überlegt.«

»Blödsinn, sie wurden eingeschüchtert. In der Fleischbranche sind solche Methoden üblich.«

»Woher weißt du das bloß alles, Kittel? Machst du neuerdings auch in Fleisch, oder was?«

»Ich bin Schnüffler, Henk. Dinge herauszufinden ist mein Job.«

»Dass man der Firma nichts nachweisen konnte, könnte aber auch daran liegen, dass sie gar keine Leiche im Keller hat.«

»Vor einem Jahr behauptete ein Mitarbeiter von *Allwetterfleisch,* dass draußen in der Loddenheide Schlachtabfälle aus ganz Europa zusammengekarrt würden. Vor allem solche der Kategorie drei.«

»Kategorie drei? Meinst du radioaktive?«

»Alles, was bei der Schlachterei anfällt und nicht genießbar ist, aber trotzdem weiterverarbeitet werden darf. Deshalb ist es besonders preisgünstig zu haben. Tierhäute, Schweineborsten und Innereien.«

»Was will man denn mit dem Zeug, wenn man's nicht essen kann?«

»Man kann's ja essen, wenn man es nur ein wenig schminkt. Kim und ich, wir haben den Laden mit *Gotcha* unter die Lupe genommen. Es sieht ganz danach aus, dass *Allwetterfleisch* eins dieser schwarzen Schafe der Branche ist, die Fleischabfälle zu Wurst verarbeiten.«

»Und das ist bisher niemandem außer euch aufgefallen?«

»Klar ist es das. Aber der Laden garantiert Arbeitsplätze und zahlt Gewerbesteuer, da sieht man eben nicht so genau hin.«

»Quatsch, Kittel, du solltest nicht so viele Fleischskandalblätter lesen. Die Welt ist nicht so schlimm, wie *RTL* sie darstellt. Es gibt immer noch Lebensmittelkontrollen.«

»Träum weiter, Henk!«, grinste Kittel überheblich. »Der Markt ist viel zu komplex, um ihn effektiv zu überwachen: Mastbetriebe, Zwischenhändler, Schlachthöfe, Zerlegebetriebe, Fleischhändler, nicht zu vergessen: die Fleisch verarbeitende Lebensmittelindustrie, die Gastronomie, Metzgereien und Supermärkte. Wie willst du das alles kontrollieren? Und wenn doch mal einer kommt, dann gibt es zwei Arten, mit Kontrollen umzugehen: Entweder du zahlst das bisschen Bußgeld aus der Portokasse oder sorgst dafür, dass du im richtigen Moment das passende Fleisch zur Kontrolle vorlegen kannst.«

»Passendes Fleisch? Woher soll ich das nehmen?«

»Keine Ahnung, Henk, aber Tatsache ist, dass Castrops Fleisch bei den letzten Kontrollen sogar ein Biosiegel verpasst bekam.«

»Na, bitte. Hab ich dir nicht gesagt, du solltest nicht alles glauben, was das Regenbogenfernsehen verbreitet?«

»Es liegt doch wohl auf der Hand, dass da etwas faul ist. Ein Betrieb, der sich nicht scheut, mit Separatorenfleisch zu arbeiten, hat auf einmal Biofleisch.« Kittel rieb sich unternehmungslustig die Hände. »Also was ist, kommst du mit?«

»Mitkommen?«

»Zu *Allwetterfleisch.* Schließlich muss er das Gammelfleisch ja irgendwo lagern. Und sobald wir es gefunden haben, sollten wir mit Castrop sprechen. Kim meint, das –«

»Kim? Was hat die denn damit zu tun?«

»Sie gehört zum Team, schon vergessen? Und sie meint, dass wir von Castrop die richtigen Antworten bekommen. Vorausgesetzt natürlich, wir stellen die richtigen Fragen.«

»Was versteht sie denn unter Fragen stellen?«, erkundigte ich mich höhnisch. »Dem Kerl einen Sack über den Kopf stülpen und ihn in einen Schrank sperren, bis er aufsagt, was sie hören will?«

Kittel konnte darüber nicht lachen. »Weißt du was, Henk? Kim findet deinen Antiamerikanismus ziemlich zum Kotzen. Und mir geht es genauso.« Damit rauschte er aus meinem Büro und ließ die Tür offen stehen.

Ich druckte meinen Erpresserbrief aus, fügte die Fotos bei und steckte alles in einen Umschlag. Antiamerikanismus – das war doch lachhaft. Ich hatte nichts gegen Amerikaner. Sie gingen die Dinge optimistisch an und jammerten nicht so viel wie wir Europäer, machten coole Musik und sprachen leidlich gutes Englisch. Vor Sex hatten sie eine Heidenangst, verfügten aber über die weltweit größte Auswahl an Silikonbrüsten, was die Tatsache, dass sie nicht jammerten, umso anerkennenswerter machte.

Nein, ich hatte nichts gegen Amerikaner. Kim Armbruster war die einzige Ausnahme, weil sie sich einbildete, aus Kittel einen dieser Typen machen zu können, die die Dinge optimistisch angingen. Die ihn glauben machte, man könne einen Fisch in einen Vogel verwandeln, indem man ihm ein paar Flügelschläge beibringt. Und weil sie ihn in einen Zombie verwandelte, dessen aufgesetztes Grinsen an ein misslungenes Facelifting erinnerte.

Warum nahm sie sich nicht stattdessen Bölling vor, jenen armseligen Privatschnüffler, der schlechte Erpresserbriefe schrieb? Dieser Kerl verstand es zu jammern. Und wenn sie schon vorhatte, bei *Allwetterfleisch* Türen einzutreten, konnte sie sich auch an ihn halten, denn wenn man ihm glauben konnte, hatte er sich in dem Skandalbetrieb ja auch schon umgesehen. ›Wirklich, das ist eine schicke Firma. Die haben sogar eine Tiefgarage mit Kühlaggregat.‹

Wenn man ihm glauben konnte. Der Kerl war sturzbesoffen gewesen. Das hatte ihn aber nicht davon abgehalten, sich wichtigzumachen. Leute seines Schlages konnten nicht anders. Auch wenn sie hoffnungslos betrunken waren, versackten sie nicht schweigend in der Ecke, um mit stumpfem Blick vor sich hin zu starren, sondern redeten pausenlos weiter, bis kein Mensch mehr fähig war, darauf zu achten, ob irgendetwas in ihrem Redefluss einen Sinn ergab. Eine coole Firma, hatte ich spöttisch gedacht. Halten die Pkws der Mitarbeiter frisch. Im Sommer, wenn draußen die Luft vor Hitze flimmert, kann jeder Allwetterfleischler in seiner vorgekühlten Limousine entspannt in den wohlverdienten Feierabend starten.

Oder wozu brauchte eine Tiefgarage sonst ein Kühlaggregat?

»Heh, Kittel!«, rief ich. »Warte auf mich, ich komme doch mit!«

Er war noch nicht weg, aber er antwortete nicht, weil er eingeschnappt war. Irgendwie war ich erleichtert, dass er doch noch ein wenig der Alte war.

29

»Das sieht wie eine ganz normale Tiefgarage aus«, fand Kittel.

Er hatte recht. Das übliche schummerige Neonlicht, der Abgasgeruch, die rauen Betonwände. Ein Ort, an dem man sich nicht aufhalten wollte. »Aber irgendwo hier muss es sein.«

»Glaubst du wirklich, Henk, die würden uns so einfach reinfahren lassen, wenn die hier illegales Fleisch lagern würden?«

»Das ist wie mit dem Geldschein, der unter der Kaffeetasse steckt. Der Safe wird aufgebrochen, aber unter der Tasse sucht keiner.«

»Genial. So wie der Schlüssel unter der Matte, was?«

Ich sah auf die Uhr. »Wir warten eine Weile. In einer halben Stunde machen die Feierabend, dann können wir uns in Ruhe umsehen.«

Also warteten wir eine Weile.

»Separatoren«, sagte ich. »Was sind das eigentlich für Tiere? Hab noch nie von denen gehört.«

»Separatorenfleisch ist der Abfall der Abfälle. Kleinste Fleischteilchen, die die Putzkolonne auf dem Fußboden zusammenkehrt. Man denkt sich, dass es doch zu schade wäre, sie in den Müll zu werfen, also befreit man sie maschinell von den letzten Knochensplittern und mixt sie zu einem Brei zusammen.«

»Kann mir nicht vorstellen, dass so was schmeckt.«

»Die machen Wurst daraus. Leberwurst, Teewurst oder Bierwurst. Da weiß eh keine Sau, was drin ist. Und der Geschmack hängt von den Geschmacksverstärkern ab, die sind das A und O.«

»Na schön, Kittel«, sagte ich beeindruckt. »Aber wer hat Fricke umgebracht?«

»Die Kripo hat im Keller des *Biotop* Gammelfleisch sichergestellt. Ich wette, das hat Fricke von *Allwetterfleisch* bezogen.«

»So wie es in seinem Abschiedsbrief steht: Er hat Wein gepredigt und Wasser getrunken?«

Kittel schüttelte den Kopf. »Wahrscheinlich bekam er kalte Füße und wollte aussteigen. Das konnte Castrop nicht zulassen.«

Während unserer kleinen Unterhaltung machte sich im *Allwetterfleisch*-Parkhaus der Feierabend bemerkbar: Ein Mitarbeiter nach dem anderen stieg in sein Auto und fuhr davon.

»Und was ist mit Wallenstein?«, fragte ich.

»Was soll mit dem sein?«

»Erstens waren die Todesfinger für ihn und nicht für Fricke bestimmt, und zweitens war Fricke davon überzeugt, dass Wallenstein ihm im Nacken saß. Deshalb hatte er dich engagiert.«

»Er glaubte, dass Wallenstein ihm das Geschäft vermiesen wollte. Aber die Fleischabfälle hat er von Castrop bezogen.«

»Aber wenn Castrop ihn in der Hand hatte, warum sollte er dann seinen eigenen Bruder umbringen?«

»Vielleicht wollte Fricke alles ausplaudern und seinen Geschäftspartner mit in den Abgrund ziehen. Das kriegen wir schon noch –«

In seiner Tasche piepste es. Kittel zog sein Handy hervor. »Heh, was ist?«, sagte er. »Kim?« Er schüttelte den Kopf. »Die Verbindung ist zu schlecht«, wandte er sich an mich. »Ich suche mir eine Stelle, wo ich telefonieren kann.« Damit stieg er aus und verdrückte sich in Richtung Ausgang.

»Heh!«, rief ich ihm nach. »Wir sind mitten in einer Ermittlung!«

Na schön, dann würde ich mich eben allein auf den Weg machen. Auch ich verließ das Auto und schritt die ganze

Fläche der Garage ab. Es gab zwei Notausgänge, einen Lift, der, wie ich annahm, zum Haupteingang führte, und schließlich eine Stahltür mit der Aufschrift *Lagerbereich.* Bingo!

Ich hielt nach Kittel Ausschau, aber auch in diesem Punkt hatte er sich nicht geändert: Wenn man ihn brauchte, war er nicht da.

Die Tür bewegte sich schwerfällig, aber sie war nicht verschlossen. Mir kamen erste Zweifel an meiner Theorie vom Geldschein unter der Kaffeetasse. Ich befand mich in einem Gang, der in schummeriges Neonlicht getaucht war. Hinter mir fiel die Eisentür ins Schloss. Ich drehte mich um und nahm einen Schatten wahr. Kittel? Bevor ich mir Gewissheit verschaffen konnte, ging ich k. o.

Als ich aufwachte, befand ich mich in einem engen, fensterlosen Raum. Es gab nur ein schwaches Notlicht, das die gekachelten Wände grün beleuchtete. Über mir an der Decke tuckerte eine Art Motor: das Kühlaggregat. Jemand hatte mich niedergeschlagen und in einen Kühlraum gesperrt!

Mühsam rappelte ich mich auf und tastete mich zur Tür. Auch eine Stahltür, aber diese war verschlossen. Ich rüttelte an der Klinke und trommelte mit den Fäusten. Die Tür war nicht beeindruckt, sie verschluckte den Lärm.

Es wurde kalt. Wie lange musste ich hier aushalten? Wie lange *konnte* ich aushalten? Ich dachte an meine Jacke, die auf dem Rücksitz des Autos lag, und bedauerte bitter, sie dort zurückgelassen zu haben. Es war kurz nach sieben. Die Allwetterfleischler saßen alle schon daheim vor den Fernsehern. Hier würde bestenfalls noch ein Nachtwächter vorbeischauen. Nein, auch das war eher unwahrscheinlich. Seit wann kontrollierten Nachtwächter das Innere der Kühlräume?

Ich sehnte mich nach meiner Jacke. Ohne sie war ich verloren. Meine Glieder wurden immer steifer und der Zeitpunkt, an dem ich mich ein letztes Mal aufraffte, um mit Bewegung dagegen anzukämpfen, war schon vorüber. Bewegung oder nicht – wo war der Unterschied? Und wenn da einer war, ich hatte jetzt bestimmt keine Lust, mich damit zu beschäftigen.

Stattdessen wartete ich geduldig auf den berühmten Augenblick, an dem das Leben wie ein Film an mir vorbeizog. Ich erinnerte mich dunkel, kürzlich erst gelesen zu haben, dass es gar nicht das Leben war, das an einem vorbeizog, sondern alle Frauen, die einen im Leben fasziniert hatten. Und dass sie sich in diesen letzten Lebensmomenten endlich so zeigten, wie man sie sich immer erträumt hatte. Und dass sie das mit einem machten, was man sich erträumt hatte. Wenigstens etwas, worauf man gespannt sein konnte, wenn alles zu Ende ging …

Leider wartete ich vergeblich. Stattdessen bekam ich nur ein paar Szenen aus meinem Leben zu sehen, mit denen aber, wie mir schon bald auffiel, etwas nicht stimmte. Ich sah Situationen, an die ich mich genau erinnern konnte, die ich aber niemals erlebt hatte. Eine Expedition zum Südpol beispielsweise, an der ich vor zwei oder drei Jahren teilgenommen hatte. Es war kurz vor Weihnachten gewesen und fünfundvierzig Grad unter null. Am zweiten Advent hatte der Veranstalter eine kleine Feier draußen in der verschneiten Wildnis ausgerichtet. Es gab Pommes, tiefgefrorenes Fleisch und Fingerfood à la *Biotop.* Auf dem Rücksitz meines Wagens hatte ich vergeblich nach meiner warmen Jacke gesucht, aber da ich die Adventsfeier auf keinen Fall verpassen wollte, saß ich in meinem Schlaf-T-Shirt mit den anderen um einen riesigen Adventskranz herum und versuchte, mich an den beiden Kerzen aufzuwärmen, die sich ungünstigerweise auf der mir abgewandten Kranzseite befanden. Kittel, der neben mir saß, zog mir die Socken aus, weil er sie als Wichtelgeschenk für seine Schwester brauchte, und gab mir dafür Flip-Flops, weil er meinte, dass sie sich hervorragend für meinen nächsten Strandurlaub eigneten …

»Herr Voss, kommen Sie zu sich! Herr Voss!«

Ich blinzelte. Vor mir tauchte ein seltsames Gesicht auf, das von zwei lappenförmigen Ohren eingerahmt wurde. Eine Höllenfratze, die Hieronymus Bosch nicht besser hätte malen können. Sie gehörte einem Kerl namens Rainer Zucker, der, in einen weißen Kittel gehüllt, vor mir hockte.

»Das war ja buchstäblich in der letzten Sekunde«, brachte ich mit steif gefrorenen Lippen mühsam hervor.

»Allerdings«, nickte Zucker. »Ich habe noch einen Termin in der Stadt. Eigentlich sollte ich längst weg sein. Was haben Sie hier nur verloren?«

Bei Licht fiel mir auf, dass der Raum gar nicht so eng war, wie ich zuerst gedacht hatte. Was ich für Wände gehalten hatte, waren große Truhen und Kühlschränke, die bis zur Decke aufragten.

»Ermittlungen in einem Mordfall.« Ich setzte mich auf. »Jetzt wird mir so einiges klar.«

»Das wird aber auch Zeit, Herr Voss.«

»Ihr Gerede vom Müll als Nahrungsmittel. Sie wussten von dem Ganzen hier und hatten auch noch die Dreistigkeit, mir einen wissenschaftlichen Vortrag darüber zu halten.«

»Meine Ansichten über die zukünftige Welternährungslage sind eine Sache für sich. Betrachtungen, die ich zwangsläufig anstelle, wenn ich in meinem Beruf arbeite. Sagte ich Ihnen nicht, dass ich eine Art Fleischkünstler bin?«

»Gammelfleisch, das ist Ihr Beruf. Sie haben es überall in Europa billig eingekauft, dann frisieren Sie es zur Qualitätsware und verkaufen es zum zehnfachen Preis.«

Zucker musterte mich mit einem Stirnrunzeln, das Sorge um meinen geistigen Gesundheitszustand ausdrückte. »Wer hat Ihnen das denn gesagt?«

»Ich habe meine Quellen.«

»Das dachte ich mir. Sehen Sie, Herr Voss, mit einer Glocke durchs Dorf zu rennen und laut ›Fleischskandal!‹ zu brüllen ist momentan in Mode gekommen. Das ändert aber doch nichts daran, dass Sie Beweise brauchen.«

»Beweise? Die liegen doch massenweise hier herum.«

»Bei diesem Fleisch handelt es sich um Tiefkühlware, die ordnungsgemäß gelagert wird.«

»Und warum wollten Ihre Gorillas mich dann umbringen?«

»Welche Gorillas?« Zucker schmunzelte amüsiert. »Sie sind gegen eine Eisentür gelaufen. Und dann waren Sie für eine kurze Zeit bewusstlos.«

»Jemand hat mich in diesem Kühlraum eingesperrt. Ich bin jetzt noch ganz erfroren.«

»Die Tür klemmt nur ein wenig«, erklärte der Mann mit den großen Ohren. »Zugegeben: In den Schränken ist es kalt. Achtunddreißig Grad minus.« Zucker deutete auf ein Thermometer, das an der Wand angebracht war. »Aber bei neunzehn Grad plus zu erfrieren, das müssen Sie mir erst mal vormachen.«

»Neunzehn Grad, so ein Blödsinn.« Ich kämpfte mich hoch und sah mir das Ding genauer an. »Das Thermometer spinnt, es sind nie und nimmer neunzehn Grad über null.«

Zucker zog seinen Kittel aus und hängte ihn an einen Haken an der Wand. Darunter kam ein seriöser blauer Anzug zum Vorschein, der ihm überhaupt nicht stand. »Eigentlich«, meinte er, »hatte ich gedacht, dass wir beide am gleichen Strang ziehen.«

»Am gleichen Strang?«

»Götz Wallenstein. Nach Ihrem Auftritt im Fernsehen neulich bildete ich mir ein, dass Sie zu den Leuten zählen, die nach Ursachen fragen. Die es unerträglich finden, wie ein Mann eine lächerliche Pfeife im Mundwinkel trägt, als sei er Lukas der Lokomotivführer persönlich, dass er unvorstellbare Banalitäten absondert und dafür den Preis für nachhaltigen Lebensstil abräumt. Dass Sie einer von denen sind, die wissen wollen, was hinter dieser Pappfassade steckt. Aber ich habe mich wohl getäuscht.«

»Meinen Sie damit Wallensteins Affäre mit Selma? Die Freundin, mit der er zusammen war und deren Finger ein Hai verschlang?«

»Hai?« Zucker lachte spöttisch in sich hinein. »Sie haben doch keine Ahnung …«

»Dass es kein Hai gewesen sein kann, weil die beiden in der Eifel getaucht haben, weiß ich längst. Aber was ist wirklich passiert?«

»Wozu sollte ich Ihnen das erzählen?« Die Fledermaus im Anzug schüttelte den Kopf. »Sie dringen hier ein und durchstöbern die Kühlräume nach verdorbenem Fleisch.«

»Darf man wenigstens erfahren, warum Sie an dem Seil ziehen?«, erkundigte ich mich, aber anstelle einer Antwort wandte Zucker sich zum Gehen. »Jetzt fällt es mir wieder ein: Er verweigerte Ihnen einen Stelle in seinem Bioladen, weil er behauptete, er müsse dichtmachen, wenn er einen Angestellten namens Rainer Zucker beschäftigte. Das haben Sie ihm verständlicherweise übel genommen.«

»Blödsinn, das habe ich doch bloß erfunden!«, fuhr mich Zucker unerwartet heftig an. »Aber dieser Kerl hat meine Schwester gevögelt. Und er hat sie auf dem Gewissen. Wie auch immer, eines Tages wird er dafür bezahlen. Ich wünsche einen schönen Tag.« Er riss die Stahltür auf, schlüpfte hinaus und zog sie hinter sich zu.

»Selma war Ihre Schwester?«, rief ich hinterher und rüttelte an der Klinke. Ich saß schon wieder fest. »Zucker, machen Sie die verdammte Tür auf!«

30

Sie klemmte tatsächlich. Als ich mich mit meinem ganzen Gewicht gegen die Tür warf, sprang sie auf, und ich landete unsanft in dem Gang, in dem man mich niedergeschlagen hatte. In der Tiefgarage suchte ich vergeblich nach Zucker und Kittel. Mein Partner war so fürsorglich gewesen, mir für den Fall, dass ich nicht erfroren war, den Wagen dazulassen. *Ich musste dringend weg. Kim hat Neuigkeiten. Bis später im Handycap. K.*, stand auf einen Zettel gekritzelt, der unter dem Scheibenwischer klemmte.

Es gab drei Gründe, den Zettel zu zerreißen. Erstens: Ich hatte nicht die geringste Lust auf eine Teambesprechung mit Kim und Kittel, zweitens: Das Handy-Restaurant würde ich erst wieder betreten, wenn ich ein islamistischer Terrorist war und eine Bombe um meinen Bauch trug, und drittens: Es war bereits zehn vor acht, und um acht Uhr erwartete mich die Engelsgleiche zum Abendessen.

Einmal abgesehen davon, dass es durch den Zwischenfall im Kühlschrank zu spät zum Umziehen war, geschweige denn zum Duschen, bot der Abend ideale Bedingungen: Die Sonne war bereits untergegangen, aber es war noch nicht dunkel. Es war die Zeit zwischen Tag und Dunkelheit, die es fertigbrachte, alle, sogar mich, in eine romantische Seele zu verwandeln. Ich stellte den Wagen auf dem Hindenburgplatz ab und lief zu Fuß in die Hollenbeckerstraße, atmete die milde Abendluft, die angefüllt war vom Duft der Kräuter aus den Restaurants und der Parfums vorbeiradelnder Frauen.

Laura trug das Haar offen, einen grob gestrickten weiten Pulli und darunter eine nahezu durchsichtige Bluse – sie hatte offenbar viel Zeit zum Duschen gehabt. »Schön, dass du gekommen bist«, begrüßte sie mich an der Tür.

Bei Kerzenlicht und indirekter Beleuchtung kam die Atmosphäre der Wohnung viel besser zur Geltung als bei meinem ersten Besuch. Wie ich mit Genugtuung bemerkte, hatte Laura die Wäsche im Flur und alles andere, was auf Bölling deutete, entfernt. Im Wohnzimmer wartete ein Tisch für zwei mit allen Schikanen: weiße Tischdecke, Weingläser, Kerzen und eine Schale mit Knabberzeug.

»Ich habe dich gar nicht gefragt, ob du Fisch magst«, sagte Laura.

Mein Zögern dauerte nur eine winzige Sekunde. Noch einmal würde mir dieser Fauxpas nicht unterlaufen. »Und wie ich ihn mag«, entgegnete ich. »Deswegen käme es niemals für mich infrage, ihn zum Abendessen zu verspeisen.«

Damit hatte ich den Test bestanden. Laura trug allerhand Vegetarisches auf: grünen Salat, weißen Salat, roten Salat, Grünkernfrikadellen an Bärlauchcreme und Rucola mit gegrilltem Feta. Nicht gerade mein Fall. »Du hast dir so viel Mühe gemacht«, staunte ich.

Sie schenkte mir Wein ein. »Erzähl doch mal: Was hat dich dazu gebracht, bei *Robin Food* aufzuhören?«

»Hab ich dir doch schon gesagt: Weil ich finde, dass es nicht okay ist, über Tiere keine Witze zu machen, weil man sie nicht diskriminieren will, und dann in ein Restaurant zu gehen und sie aufzuessen.«

»Ja, das ist erst recht diskriminierend«, nickte sie beifällig.

»Im Kopf, verstehst du, ist mir das alles schon lange klar gewesen. Aber das reicht nicht. Es braucht immer eine konkrete Erfahrung, damit man sein Verhalten ändert. So war es bei mir, als ich den Fisch wiedergetroffen habe.«

»Den Fisch?«

»Es war in Portugal, wo ich vor Jahren Urlaub gemacht habe. Ich schlenderte am Kai entlang und sah den Fischern dabei zu, wie sie ihre Netze einholten. In einem Netz zappelte ein Lachs und ich trat näher. Der Fisch sah mich an.«

»Er sah dich an?« Laura vergaß zu kauen.

»Ich schwöre es dir. So etwas spürt man vielleicht nur einmal im Leben. Das Tier sah mich an und schien mich um Hilfe anzuflehen. Und mir ging es durch und durch, verstehst du? Also packte ich es und warf es ins Wasser.«

Erleichterung zeichnete sich auf ihrem Gesicht ab.

»Aber dann ...«

»Was dann?«

»Abends war ich bei Freunden eingeladen. Sie hatten ein stattliches Büfett aufgefahren. Nicht nur Salat, sondern auch Fleisch und Fisch. Die ganze Palette. Und als ich so mit meinem Teller am Büfett vorbeischlenderte, traf ich ihn wieder.«

»Wen?«

»Den Lachs. Er lag zwischen Sahnemeerrettich und Rosmarinkartoffeln. Ich weiß nicht, wie ich es erklären soll, wahrscheinlich hältst du mich für bescheuert oder so. Aber ich konnte schwören, es war der Fisch, dem ich die Freiheit geschenkt hatte.«

»Aber nein, ich halte dich nicht für bescheuert.«

»Aber ist es nicht verrückt: Ich sah in seine Augen, in die toten, glasigen Augen des Fisches und fand etwas wie Weisheit darin. Verstehst du das? So etwas erlebst du vielleicht nur ein einziges Mal in deinem Leben. Du siehst in diese Augen und weißt genau: Von heute an wird nie wieder Fisch auf deinem Teller liegen.«

Laura kaute nur langsam. Sie war damit beschäftigt, mir in die Augen zu sehen. Mein Blick begegnete dem ihren. Wärme lag darin, unbegrenztes Verständnis und etwas, das ich bis heute noch nie darin gefunden hatte.

»Ich kann dich so gut verstehen, Henk. Deine Gefühle und all das andere«, sagte sie mit belegter Stimme. »Was hältst du davon, wenn wir nach drüben gehen?«

Im Schlafzimmer angekommen, fiel sie geradezu über

mich her. Die Engelsgleiche riss mir die Kleider vom Leib, während ich ihr in aller Eile den grob gestrickten Pulli über den Kopf zog und sie Knopf für Knopf von ihrer durchsichtigen Bluse befreite. Mit meinen Jeans bekamen wir Probleme: Sie ließen sich nicht über die Füße streifen, weil ich noch Schuhe und Strümpfe trug. Bei aller Atemlosigkeit blieb ich gelassen, denn mich durchströmte die Gewissheit, endlich das zu ernten, wofür ich seit Tagen gekämpft hatte. Kittel und Kim waren mir egal, auch der verschwundene Messias, der Fall Fricke und Wallenstein der Große. Es war ein schönes Gefühl, wie nach Hause kommen.

Ich hielt ihren BH in der Hand, als es an der Tür klingelte.

Laura sah mich an.

»Lass doch«, drängelte ich. »Der kommt später wieder.«

»Wer kann das sein?«

Ich zerrte an ihrem Slip, aber sie zog ihn wieder hoch. »Warte einen Augenblick«, sagte sie, hüpfte aus dem Bett, schnappte sich ihren Bademantel vom Haken und lief zur Wohnungstür.

Eine Weile saß ich auf der weichen Matratze und spitzte die Ohren, konnte aber nichts von dem, was gesprochen wurde, verstehen. Starrte auf ein Bild an der Wand, eine wilde Kritzelei, die eine Art Superman im Sturzflug zeigte. Sie kam mir irgendwie bekannt vor. Dann hörte ich, wie die Tür wieder geschlossen wurde. Es war still.

»Laura?«

Sie antwortete nicht. Meinetwegen, wenn sie vorhatte, die Spannung zu erhöhen, indem sie mich ein wenig warten ließ. Ich hatte nichts gegen Spannung. Also wartete ich.

Nach sechs Minuten wurde es mir aber doch zu lang. Die Spannung war so hoch gewesen, wie sie nur sein konnte, und jetzt ließ sie allmählich wieder nach.

Was war los mit ihr? War ihr ein ökologisch-vegetarisches Fachbuch zugestellt worden, das sie gleich aufgeschlagen und darüber vergessen hatte, dass in ihrem Bett ein Mann auf sie wartete? Ich stand auf, schlug mir ein Handtuch um die Hüften und warf einen Blick in den Flur. Wo steckte sie nur?

Ich ging in die Küche. Der Tisch war immer noch reichlich gedeckt, der Schein der Kerzen ließ die Weingläser funkeln und der Feldsalat mit gerösteten Pinienkernen stand noch völlig unberührt da. Wir waren einfach nicht dazu gekommen.

Zwischen den vegetarischen Köstlichkeiten lagen ein aufgeschlitzter Briefumschlag und Fotos. Es handelte sich um die altbekannten Fotos, mit denen Bölling, das Rattengesicht, meinen inszenierten Katzenunfall dokumentierte.

Ich war geliefert.

»Du Scheißkerl!« Aus dem Nebenzimmer kam Laura wie eine Furie auf mich losgestürmt und bearbeitete mich mit ihren Fäusten. »Denkst du, ich wäre so naiv, nichts zu merken, ja? Deine rührselige Geschichte von dem Lachs, den du wiedergesehen hast, das war alles nur dummes Gerede!«

»Aber Laura, jetzt hör doch mal ...«

»Jede Wette, es war gar nicht dieser Lachs, es war irgendein x-beliebiger, einer von Tausenden. Aber du hast mir die Geschichte aufgetischt, weil du hofftest, dass ich dann mit dir schlafen würde!«

»Nein, das stimmt nicht. Im Gegenteil ...«

»Du mieser Schweinehund!«

»Ich kann dir Fotos zeigen, auf denen Bölling das Gleiche tut. Er hat den Kater auch überfahren, und zwar zuerst.«

»Nein, du warst es. Da liegen die Beweise!«

»Soll ich die Bilder holen? Ich habe sie auf meiner Festplatte gespeichert. Du wirst sehen, ich –«

»Du kannst mich mal. Mach, dass du wegkommst!«

Ich bückte mich und hob das Begleitschreiben auf, das auf den Boden geflattert war.

Laura, mein Liebes,
ich weiß, dass du mich hasst. Nach diesem Brief musst du es tun. Ich habe dir etwas vorgespielt, so wie der Mann auf diesen Bildern, der allen erzählt, er sei der größte Tierfreund seit Mahatma Gandhi. Aber sieh dir die Fotos an, sie beweisen ja wohl etwas anderes.
Alles war so perfekt geplant. Man hat mir Geld gezahlt, mit dir zusammen zu sein, und ich habe das Geld genommen, weil ich es dringend brauchte, um meiner behinderten Tante einen Rollstuhl zu kaufen. Alles lief wie am Schnürchen, nur eines war nicht geplant: dass ich mich in dich verlieben würde. Ja, ich liebe dich, mein Schatz, und ich ertrage es nicht, dir weiter dieses Theater vorzuspielen. Deshalb habe ich beschlossen, mich radikal zu ändern. Ab heute, du wirst sehen, werde ich die Hand beißen, die mich füttert.
Alles von mir war nicht echt, so wie Henk Voss, den du auf den beiliegenden Bildern siehst, nicht echt ist. Deshalb verlange ich auch nicht, dass du mir verzeihst, Laura. Ich bin es nicht wert.
Nur eines möchte ich noch für dich tun: Ich weiß, wie viel Schwarzenegger dir bedeutet hat. Und deshalb überlasse ich dir wenigstens die Beweismittel, die seinen Mörder entlarven.
Dein Mirko
PS: Meine Telefonnummer ist immer noch dieselbe.

»Das ist ja herzallerliebst«, spottete ich.

»So, findest du?«

»Dass er so dick auftragen würde, hätte ich nicht gedacht. Seine Tante im Rollstuhl, die Hand beißen, die einen füttert. Er hat sich nicht mal um Originalität bemüht.«

»Sei still, darum geht es überhaupt nicht.«

»Aber, Laura, das ist doch nicht dein Ernst. So hoffnungslos naiv kannst doch selbst du nicht sein, dass du auf dieses unwürdige Geschluchze hereinfällst!«

Einen Augenblick war es still.

»Selbst ich nicht?«, fragte sie. »Was meinst du damit, Henk?«

»Nichts, nur dass dieser Kerl die ganze Zeit aus einem einzigen Grund den Vollkornidioten gespielt hat: um dir an die Wäsche zu gehen. Der Ökokram war ihm schnurzpiepegal!«

»Und ich bin hoffnungslos naiv, ja?«

»Nein, natürlich nicht. Wer sagt denn das?«

»Du. Gerade eben.«

»Nein. Das heißt, ja, vielleicht, aber ich habe es bestimmt anders gemeint.«

»Besser, du gehst jetzt.« Laura hob ihren Arm und stand da wie der Erzengel, der den Garten Eden bewachte. »Du solltest mich auch nicht wieder anrufen.« Sie kämpfte mit den Tränen. »Nie wieder Fisch – findest du das vielleicht originell?«

31

So also sah der traurige Höhepunkt dieses Tages aus: Statt in Lauras Bett zu liegen und mit meinen Lippen ihre seidenweiche Haut zu erforschen, stand ich in Unterhosen auf der Hollenbeckerstraße und musste mir Anzüglichkeiten von den Studenten anhören, die mit der Bierflasche in der Hand in Richtung Rosenplatz unterwegs waren. Zugegeben, es war ein genialer Coup des Rattengesichts, meinem Gegenschlag zuvorzukommen. Bölling war mit Lauras Affinität zu Kitsch und Sentimentalität eben viel vertrauter als ich, ein Vorteil, den er schamlos ausgenutzt hatte. Aber er sollte sich nicht einbilden, dass er damit durchkam. Er durfte nicht durchkommen, weil dies keine Welt sein konnte, in der drittklassiges, unzumutbares Gesülze über echte Gefühle triumphierte. Meine Seele lechzte nach Rache.

Ich zog meine Klamotten an, die ich vom Boden aufgeklaubt hatte, in letzter Sekunde, bevor die Tür hinter mir zuschlug, stieg auf mein Fahrrad und radelte los. Es traf sich gut, dass ich mir über Kittels Fahndungsprogramm Böllings Nummer besorgt hatte. Während ich über die Promenade strampelte, rief ich ihn per Handy an, aber der Feigling meldete sich nicht und schickte seine Mailbox vor.

»Fühle dich bloß nicht zu sicher, Rattengesicht«, zischte ich. »Was Schwarzenegger zugestoßen ist, kann auch dir passieren. Ich würde sagen, du bist so gut wie tot.«

»Wer ist so gut wie tot?«, erkundigte sich ein junger Mann in einem sportlichen grünen Fahrradanzug, der mit seinem Rad neben mir fuhr.

»Was geht dich das an?«, raunzte ich. »Kann man hier nicht ungestört im Sattel sitzen, ohne dass jemand die Privatsphäre verletzt?«

»Paragraf 23 der Straßenverkehrsordnung, Absatz 1: Verbotswidriges Benutzen eines Mobiltelefons, indem man als Radfahrer hierfür das Mobiltelefon aufnimmt oder hält«, rezitierte der Mann. »Macht fünfundzwanzig Euro.«

Ich bremste, er auch. »Guter Versuch«, lobte ich. »Aber momentan bin ich nicht in der Stimmung, mich schräg anschnorren zu lassen.«

Der Mann deutete auf mein Rücklicht. »Dazu kommt noch Paragraf 17, Absatz 1a: Führen eines Fahrrades, dessen Beleuchtungseinrichtung nicht vorhanden beziehungsweise nicht betriebsbereit ist. Noch mal zehn Euro.«

»Hören Sie mal, sich für einen Polizisten auszugeben, nur weil man grün angezogen ist, kann einen teuer zu stehen kommen«, gab ich zurück. »Paragraf 10, Absatz 3 der Echtheitsverordnung: Einen Beamten nachzumachen oder ihn gar vorzutäuschen, kann mit Haftstrafen bis zu einem Jahr geahndet werden. Also reichen Sie einen Zwanziger herüber und ich betrachte den Fall als erledigt.«

»Wie Sie wollen.« Der Grüne zeigte mir seinen Dienstausweis. »Dann steigen Sie jetzt mal ab und weisen Sie sich aus.«

Der Kerl hielt mich tatsächlich über eine halbe Stunde fest und belehrte mich über Verkehrssicherheit. Er füllte Hunderte von Zetteln aus, betätigte meine Bremse und verpasste mir ein weiteres Bußgeld von zehn Euro wegen Führens eines Rades ohne funktionierende Bremsen. Dann berichtete er stolz und wortreich, dass die Münsteraner Polizei erst kürzlich für ihre Bürgernähe ausgezeichnet worden sei, und wünschte mir einen guten Heimweg.

Ich wollte aber gar nicht nach Hause. Es war schon fast elf, als ich von der Warendorfer Straße in jenen düsteren Innenhof einbog, in dem Böllings windschiefes Haus versteckt lag. Auf den Fassaden der umliegenden Häuser flackerte es unwirklich. Zwei Streifenwagen, die vor dem Haus abgestellt waren, ließen ihr blaues Blinklicht kreisen. Die Haustür stand offen. Auf der Schwelle begegnete ich einem Kripobeamten, den ich vom Sehen kannte. Er war auf dem Weg hinein, und ich folgte ihm ins Badezimmer, wo sich bereits ein Fotograf und eine Rechtsmedizinerin aufhielten. Die Wanne war mit Wasser gefüllt. Auf ihrem Grund lag Mirko Bölling. Er war vollständig angezogen und sein starrer Blick drückte Verwunderung aus. Und eine Spur Missbilligung, als ob ihm der Andrang in seinem engen Badezimmer nicht recht sei.

Hinter mir betrat noch jemand den Raum. »Herr Voss«, begrüßte mich Hauptkommissarin Sanne Schweikert. »Gut, dass Sie kommen. Dass Sie uns die aufwendige Fahndung ersparen, wird sich sicher positiv auf Ihr Strafmaß auswirken.«

32

»Ich habe den Mann aber nicht umgebracht«, erklärte ich.

»Vorhin klang das aber alles noch ganz anders.«

»Vorhin?«

»Bei Ihrem Anruf. ›Was Schwarzenegger zugestoßen ist, kann auch dir passieren.‹ Das waren Ihre Worte. Wir haben uns erlaubt, Herrn Böllings Mailbox abzuhören.«

»Schwarzenegger habe ich auch nicht umgebracht«, sagte ich.

»Das haben wir bereits überprüft.«

»Bölling hat es getan. Und dann hat er mir den Kadaver untergejubelt, um mich zu kompromittieren.«

»›Sie sind so gut wie tot.‹ Das haben Sie auch gesagt.«

»Tot und so gut wie tot«, belehrte ich die Kommissarin, »ist noch lange nicht dasselbe.«

Schweikert nickte. »Der Unterschied beträgt etwas mehr als zehn Minuten und entspricht damit jenem Zeitraum, der zwischen Ihrer Drohung und der Tat liegt, die, wie unsere Gerichtsmedizinerin natürlich erst vorläufig bestätigt, um zehn nach zehn stattgefunden hat. Den Ablauf können wir also wie folgt rekonstruieren: Sie rufen Herrn Bölling an und fahren gleich zu ihm. Er öffnet Ihnen arglos, Sie überrumpeln ihn, indem Sie ihn mit einem stumpfen Gegenstand niederschlagen und den Bewusstlosen ins Badezimmer schleifen. Sie füllen die Wanne und ertränken ihn darin.«

»Was für ein stumpfer Gegenstand?«

»Eine grobe Salami.« Schweikert deutete auf eine große knüppelförmige Wurst mit dicker Pelle, die bereits als Beweismittel gesichert worden war. »Fingerabdrücke natürlich Fehlanzeige, aber das brauche ich Ihnen ja nicht zu erzählen. Sie sehen also: Schuldig und so gut wie schuldig ist in manchen Fällen dasselbe.«

»Wir sind hier immer noch in Münster, Frau Kommissarin, und nicht in Sankt Petersburg.«

»Was war der Grund Ihres Besuchs bei Herrn Bölling?«

»Er versuchte, mich mit fingierten Fotos zu erpressen, und ich wollte ihn zur Rede stellen.«

Schweikert war mir in Böllings Wohnzimmer gefolgt. In der Ecke am Fenster stand ein schäbiger Schreibtisch mit einem PC und einem Flachbildmonitor. Ich nahm auf dem Stuhl Platz und hatte einen Rundblick in die umliegenden Wohnungen.

»Die meisten schlafen leider schon«, murmelte Frau Schweikert enttäuscht. Sie hielt sich ein Fernglas vor die Augen. »Alles düster.«

Ich schaltete den Computer ein. »Wie Sie selbst sagten, lebte Bölling davon, dass er im Leben anderer Leute herumschnüffelte und schmutzige Details sammelte, die er an die Feinde dieser Leute verhökerte. Ein einträgliches Geschäft.«

Mit der Maus klickte ich mich durch Böllings Dokumente. Im Verzeichnis *Klienten* war eine illustre Gesellschaft versammelt: darunter sämtliche im Stadtrat vertretenen Parteien, das Erzbistum Münster, der Landschaftsverband Westfalen-Lippe, die Wohnungsgesellschaft Münsterland und mehrere Karnevalsvereine. Auch die Firma *Allwetterfleisch* war vertreten und eine Person oder Institution namens *L.B.* Leider waren diese beiden Ordner leer.

»Bölling hat in Castrops Firma herumgeschnüffelt«, dachte ich laut nach. »Er behauptete, dort auch Defries getroffen zu haben. Was hatte Defries dort verloren? Hat er von ihm eventuell etwas erfahren? Jetzt ist Defries spurlos verschwunden und Bölling ermordet.«

»Vielleicht haben die beiden herausgefunden, dass *Allwetterfleisch* millionenschwere Geschäfte mit Gammelfleisch macht. Die Kerle sind nicht zimperlich.«

Ich nickte bestätigend. »Es ist erst wenige Stunden her, da wollte mich einer von denen sprichwörtlich kaltstellen.«

»War dieser Jemand zufälligerweise eine Frau?«, erkundigte sich Frau Schweikert. »Auf dem Weg hierher erfuhr ich von einem Kollegen, dass Bölling heute Nachmittag schon einmal tätlich angegriffen worden ist. Das war in Burgsteinfurt und die Täterin war eindeutig eine Frau.«

Wir kehrten wieder ins Bad zurück. Die Spurensicherung war inzwischen weitergezogen. Das Wasser, leicht rötlich gefärbt von der Platzwunde, die die Salami hinterlassen hatte, stand immer noch in der Wanne.

»Drei Morde«, sinnierte die Hauptkommissarin und starrte auf die Wasseroberfläche. »Ein Gastronom, der Gammelfleisch verarbeitete, eine Mitarbeiterin von *Münster Marketing* und ein windiger Privatdetektiv. Was haben die gemeinsam?«

Mein Blick schweifte an der Decke entlang. In allen vier Ecken hatten sich Spinnen mit ihren Netzen häuslich eingerichtet. Es schien ihnen gut zu gehen, sie waren dort oben fruchtbar, hatten sich vermehrt, und einige saßen zu zweit oder zu dritt in den Netzen und lauerten auf Beute. Das ist typisch für Bölling, dachte ich. Leistet sich ein schickes Bad, und an der Decke, wo keiner hinschaut, tummeln sich Spinnen.

Ja, ich liebe dich, mein Schatz, und ich ertrage es nicht, dir weiter dieses Theater vorzuspielen. Zwar sollte man in Badezimmern, in denen gerade ein Mord geschehen war, nicht schlecht über den Toten sprechen, aber Bölling als einen geschwätzigen Blender zu bezeichnen, war für diesen Kerl ja noch als Lobhudelei zu werten. *Deshalb habe ich beschlossen, mich radikal zu ändern. Ab heute, du wirst sehen, werde ich die Hand beißen, die mich füttert.*

Auf dem Boden, unter dem Spiegelschrank, lagen Krümel herum. Ich bückte mich. Es waren Reste von Kabelumhüllungen, einer hellgrauen und einer roten. Ich wandte meinen Blick dem Plastikschrank zu. An der Abdeckung für die Leuchtröhre fehlten die Schrauben.

»Jemand hat die blanken Enden erneuert«, sagte ich. »Offenbar hatte das Licht einen Wackelkontakt.«

»Na und? Ist es für die Aufklärung des Mordes in irgendeiner Weise aufschlussreich, dass Bölling irgendwann das Licht repariert hat?«

»Bölling war eher der Typ, der sich lieber in der Küche rasiert, wenn im Bad das Licht flackert, anstatt was dran zu ändern.«

Frau Schweikert nahm mich nicht ernst. »Sie meinen doch nicht etwa, der Mörder hat den Wackelkontakt behoben?«, spottete sie. »Also suchen wir eine Person mit handwerklichen Fähigkeiten.«

Ab heute, du wirst sehen, werde ich die Hand beißen, die mich füttert. L.B. bedeutete nicht Landesbank, sondern Laura Brück! Die Frage war, in wessen Hand Bölling gebissen hatte.

»Wir sollten herausfinden, für wen er gearbeitet hat«, sagte ich.

Schweikert schüttelte missbilligend den Kopf. »Lassen Sie mich raten, Herr Voss: Götz Wallenstein, nehme ich an?«

»Das wäre durchaus möglich. Seine Tochter wollte nicht nach seiner Pfeife tanzen und arbeitete für die Konkurrenz.«

»Also setzte er Bölling auf sie an, der sich aber in das Mädchen verliebte und die Seiten wechselte. Was ihn das Leben kostete. Meinen Sie es in etwa so?«

Ich ignorierte ihre Häme. »Warum nicht?«

»Weil Besessenheit gewöhnlich nicht zur Wahrheitsfindung beiträgt. Wenn man sie als Detektiv aber auch noch mit dem richtigen Riecher verwechselt, wird die Sache kritisch.« Frau Schweikert schenkte mir einen kalten, aber immerhin mitleidigen Blick. »Ich kann Ihnen nur raten, Herr Voss: Besuchen Sie den Mann und sprechen Sie sich mit ihm aus. Und dann fangen Sie mit dem Fall noch mal ganz von vorn an.«

33

Sie schlug mir außerdem vor, nach der Tatortsicherung noch irgendwo einen Drink zu nehmen. Ich ließ mich überreden, und wir versackten in einer Lifestylekneipe in Domnähe, einem dieser Nichtraucherlokale, in denen man nach Herzenslust quarzen durfte, wenn man spontan einem Nikotinklub beitrat.

Die Hauptkommissarin erging sich in Ratschlägen, wie ich meine Fälle am besten und emotionslos aufklären könnte, ich spendierte ihr ein Bier, dann noch eins, und allmählich taute sie ein wenig auf. Erzählte mir von ihrer Kindheit im Sauerland, wie man sie im Dorf gemieden hatte, weil sie angeblich den bösen Blick hatte. Dass das ja wohl der finsterste Aberglaube überhaupt sei, aber andererseits könne man auch nicht von der Hand weisen, dass ihre bisherigen Liebesbeziehungen alle unglücklich verlaufen seien und alle drei Männer, die sie wegen einer anderen verlassen hatten, auf mysteriöse Weise ums Leben gekommen seien. Dann – ich bestellte gerade unsere vierte Runde – erkundigte sie sich danach, ob wir uns nicht mal verabreden sollten. Warum nicht, antwortete ich ausweichend. Das einzige Problem sei, dass ich nach Feierabend meistens dringend Verwandte besuchen, Sport treiben oder alten Freunden beim Umzug helfen müsste, sodass für Verabredungen kaum Zeit bliebe. Sie nannte mich einen feigen Lügner und fing wieder mit ihren gut gemeinten Ratschlägen an.

Nach dem fünften Bier wurde mir erstens klar, dass Frau Schweikert kein Ende finden würde, und zweitens, dass sie meine Rolle als Zuhörer gar nicht benötigte. Ich zahlte und verdrückte mich.

Am nächsten Morgen weckte mich ein Anruf Kittels. »Wo warst du gestern Abend? Wir haben im *Handycap* auf dich gewartet.«

»Ich wurde niedergeschlagen und dann hat mich jemand ins Tiefkühlfach gesteckt«, sagte ich. »Aber das ist immer noch besser als das Fernmelderestaurant.«

»Was hältst du davon, wenn wir uns zur Teamsitzung treffen? Schließlich sind wir doch ein Team, oder?«

»Ihr schon, aber ich nicht.«

»Sei nicht so, Henk. Kim hat auch schon einen neuen Klienten an Land gezogen. *Pet's world,* ein bekannter Hersteller von Kleintierfutter, soll angeblich krebserregende Stoffe verwendet haben. Wir sollen im Auftrag eines Betroffenen gegen ihn ermitteln.«

»Und dieser Hersteller ist zufällig ein Konkurrent unseres neuen Sponsors, was? Tut mir leid, Kittel, aber Hunde nehme ich grundsätzlich nicht als Klienten«, sagte ich und legte auf.

Was mich anging, so hatte ich nicht die geringste Lust darauf, eine alberne Baseballmütze auf dem Kopf zu tragen, aber ich wollte den beiden auch nicht einfach so das Feld überlassen. Also fand ich mich gegen elf in unserer Luxusdetektei an der Hafenmole ein.

Kittel & Armbruster, private Ermittlungen, stand in Schwarz auf dem silbernen Türschild, hatte ich's mir doch gedacht. Erst als ich ganz nahe heranging, bemerkte ich zwischen *Kittel* und *&* ein hellgraues, sehr schmal geratenes *Voss.* Das verstanden die beiden also unter einem Team.

Neue Poster mit Hundefutterwerbung pappten an den Stellen, an denen ich die alten vorgestern abgerissen hatte.

Kittel trat mit einem Glas Orangensaft in der Hand aus seinem Büro. Sein leicht verlegenes Grinsen irritierte mich.

»Bist du allein?«, fragte ich. »Wo steckt Rambo?«

In diesem Moment öffnete sich die Tür erneut und Kim Armbruster trat hinter ihren Goldschatz.

»Hi, Henki«, begrüßte sie mich. Der oberste Knopf ihrer Bluse stand offen.

»Wäre Rambo, wie du sie nennst, nicht gewesen, dann hätten wir jetzt keine neuen Informationen«, meinte Kittel. »Jedenfalls nicht zu dem vereinbarten Preis.«

»Ein Informant versprach uns brisantes Material«, erklärte Kim. »Aber dann wollte der Kerl plötzlich den Preis verdoppeln. Ich musste ihm ein wenig auf die Pelle rücken.«

»Ein schmieriger Typ namens Mirko Bölling«, steuerte Kittel bei. »Er hat sich bei *Allwetterfleisch* als Werkstudent eingeschlichen und Belege dafür gesammelt, dass der Laden mit osteuropäischen Billigfleischanbietern Geschäfte macht.«

Ich kicherte spöttisch.

»Was ist denn so komisch daran?«, erkundigte sich Kim.

»Wäre Rambo nicht gewesen«, sagte ich, »dann wäre dieser schmierige Kerl jetzt noch am Leben.«

»Wovon zum Teufel sprichst du?«

»Dass Bölling ermordet wurde. Die Kripo weiß inzwischen, dass er gestern in Burgsteinfurt von einer Frau belästigt wurde. Sie vermutet, dass diese Unbekannte ihn am späten Abend in seiner Wohnung aufgesucht, niedergeschlagen und in der Badewanne ertränkt hat.«

»Sag mal, spinnst du oder was?«, regte Kittel sich auf.

»Können Sie eine defekte Lampe reparieren?«, erkundigte ich mich bei Kim.

Sie zuckte mit den Schultern.

»Siehst du, sie kann. Und deswegen würde ich vorschlagen, dass wir uns hier im Team darüber unterhalten, ob wir der Kripo nicht reinen Wein einschenken.«

»Reinen Wein? Was meinst du damit?«

»Ihnen die Wahrheit sagen.«

»Das gibt's doch nicht«, meinte jetzt auch Kim. »Dein Partner denkt wirklich, ich hätte den Mann ermordet.«

»Heh!«, widersprach ich, »ich denke gar nichts. Hier in

Europa gilt man immer noch so lange als unschuldig, bis seine Schuld erwiesen ist. Genau umgekehrt wie bei euch drüben. Da müssen Sie umlernen.«

Kittel holte Luft, um sich wieder über meinen Antiamerikanismus aufzuregen.

»Wenn Bölling ermordet wurde«, sagte Miss Armbruster, ohne unseren Streit zur Kenntnis zu nehmen, »deutet das auf Castrop als Täter hin. Bölling hatte schmutzige Dinge über seine Firma herausgefunden und wollte dieses Wissen zu Geld machen.«

»Außerdem muss jemand bei den Kontrollbehörden auf seiner Gehaltsliste gestanden haben«, vermutete Kittel. »So kam Castrop an das Biosiegel trotz minderwertiger Ware.«

»Vielleicht hilft uns das weiter.« Seine Partnerin hielt einen Notizblock in der Hand. »Bölling erwähnt zweimal, dass Castrop sich mit einem Kerl, den er *Hohepriester* nannte, getroffen hat. *Keine Ahnung, wer der Kerl ist,* schreibt er. *Bestimmt irgendein hohes Tier, das nicht genannt werden darf.*«

»Woher haben Sie das?«, wollte ich wissen.

»Das ist ihm aus der Tasche gefallen«, behauptete Kim mit einem unverschämten Grinsen.

»Gute Arbeit, Partner.« Kittel erwiderte das Grinsen und sah aus wie ein verliebter Teenager. »Wirklich, eine ganz hervorragende Arbeit.«

Zum Dank schmiegte Miss Armbruster sich an ihn.

Mir war klar, worauf das jetzt hinauslief. »Wenn ihr lieber allein sein wollt, braucht ihr es nur zu sagen.«

»Gern«, meinte Kittel und zog seine Angebetete hinter sich her in seinen Büroraum. »Wäre echt nett von dir, wenn du inzwischen auf das Telefon achten könntest, Henk. Unser neuer Klient wollte sich melden.«

34

Es war doch immer wieder verblüffend zu beobachten, auf welch unterschiedliche Art und Weise sich Frühlingsgefühle auswirken konnten: Bei manchen durften sie zu ihrem Recht kommen, schärften sogar Sensibilität und Auffassungsgabe, doch gab es auch eine Grenze, an der ihnen klargemacht wurde: Hier geht es nicht weiter, hier herrscht immer noch der Verstand und bestimmt, was getan und was unterlassen wird. Eine Einschätzung, die mit nur wenigen Abstrichen auf mich passte. Bei anderen wie meinem Expartner bewirkten dieselben Gefühle eine tragische Infantilisierung der gesamten Persönlichkeit, die mit einer Aufweichung des Gehirns einherzugehen schien.

Kittels Bitte entsprach ich, indem ich das Telefon kurzerhand ausstöpselte. Dann räumte ich meinen Schreibtisch leer und packte alles in einen Rucksack. Was hatte ich hier noch verloren? Sollten die beiden mit ihren Hundefutterermittlungen glücklich werden, wenn sie zwischen zwei Quickies auf dem Schreibtisch überhaupt dazu kamen.

Die Tür der Detektei fiel endgültig hinter mir ins Schloss. Einen Moment lang überlegte ich, den Schlüssel in den Briefkasten zu werfen, doch dann entschied ich, ihn mit nach Hause zu nehmen und die Toilette hinunterzuspülen. Ich trat auf den Hafenweg, es war ein Frühlingsvormittag wie aus dem Bilderbuch. Mit einem Liedchen auf den Lippen wischten die Kellner der Kneipen ihre Biertische und bereiteten sich auf den Ansturm der Gäste vor.

Der Rucksack mit meinen detektivischen Habseligkeiten war nur halb voll, trotzdem wog er schwer. Ich verließ die Hafenmeile, lenkte meine Schritte zum Bahnhof und von dort aus in die Innenstadt. Rein zufällig durchwanderte ich, etwa fünfundzwanzig Minuten nachdem ich dem Büro *Kittel & Armbruster* den Rücken gekehrt hatte, die Hollenbeckerstraße. Leider gönnte mir der Zufall nicht den Augenblick, in dem Laura Brück gerade auf die Straße trat oder auch nur für einen kurzen Moment aus dem Fenster schaute, um wenigstens in Gedanken dem täglichen Einerlei ihrer vier Wände zu entfliehen.

Also musste ich über eine halbe Stunde auf diesen Augenblick warten.

»Wie lange bist du schon hier unten?«, erkundigte sie sich, als sie mich erblickte.

»Gerade erst gekommen«, log ich. »War sowieso in der Gegend, wegen eines Klienten.«

»Du hast also einen neuen Fall?«

»Noch nicht. Es war sozusagen ein Vorgespräch.«

Laura sah zerknirscht aus, was mich hoffen ließ. »Wenn du schon mal hier bist«, meinte sie, »hast du vielleicht Zeit für einen Kaffee?«

Dieses Mal wurden wir nicht unterbrochen. Einen Moment überlegte ich, ob ich Laura vom Ableben ihres Weggefährten informieren sollte, entschied mich aber dagegen, weil dies mit Sicherheit dazu geführt hätte, dass der Kerl uns zum zweiten Mal alles vermasselt hätte, selbst posthum. Es war der beste Sex, den ich seit Monaten gehabt hatte, und als wir uns schließlich erschöpft eine Pause gönnten, dachte ich endlich ohne Neid an Kittel und seine Angebetete und fand zu meiner eigenen Überraschung, dass Kim eigentlich gar kein so übler Kerl war.

»Tut mir leid, was ich gestern gesagt habe«, entschuldigte sich Laura.

»Warum entschuldigst du dich? Du konntest doch nicht anders angesichts dieser schrecklichen Fotos.«

»Aber ich hätte wissen müssen, dass du das nicht gewesen bist. Dass du so etwas nicht tun kannst.« Sie blinzelte verschwörerisch. »Was hältst du davon, wenn wir beide eine ganz neue Organisation gründen?«

Laura sah verführerisch und engelsgleich aus, wie sie nackt neben mir auf dem Bett saß. Allein der Anflug eines feierlichen Gesichtsausdrucks war ein Indiz dafür, dass die Zeit der sinnlichen Vergnügungen zu Ende war. Jetzt ging es wieder darum, die Welt zu retten.

»Eine Organisation?«, fragte ich.

»Eine, die sich nur für die Belange der Tiere einsetzt. Die ihnen das Wahlrecht erkämpft und dafür sorgt, dass Tierquäler drakonisch bestraft werden. Das bin ich Schwarzenegger schuldig.«

»Eine Welt, in der Tiere nicht mehr auf dem Teller landen«, meinte ich. »Das hört sich gut an.«

»Aber dazu brauchen wir auch Jens. Niemand kann sich so gut in Tiere hineinversetzen wie er. Versprich mir, dass du ihn findest.«

»Ich muss dich warnen«, wandte ich ein. »Bisher hat keiner meiner Auftraggeber überlebt.«

»Mach dir deswegen nur keine Sorgen …« Laura schmiegte sich an mich, dass ich nicht anders konnte, als es zu versprechen.

Ich deutete auf das Bild an der Wand. »Diese Zeichnung stammt von Jens Defries, nicht wahr?«

»Ein wahres Meisterwerk«, sagte sie überaus stolz. »Es ist eine Schande, dass er nicht so berühmt ist wie Picasso. Aber das wird er schon bald sein. Mein Vater wird dafür sorgen.«

»Dein Vater?«

»Ich werde mich wieder mit ihm versöhnen.«

»Du willst dich mit deinem Vater versöhnen?«, wunderte ich mich, fast empört. »Aber er hat dich doch nie verstanden. Er ist nicht besser als dieser Bölling, der sich nur an dich herangemacht hat, um dich für andere auszuhorchen.«

»Mich aushorchen?«

Blitzartig kam mir ein Bild in den Sinn: Ich sah Bölling auf dem Parkplatz in Burgsteinfurt, wie er hastig ein Bündel Geldscheine einsteckte, das ihm Schadewaldt überreicht hatte. Ich Idiot! Wie konnte ich mir den Kopf über die Frage zerbrechen, wer Böllings Auftraggeber war? Ich wusste es doch längst, und die Hauptkommissarin hatte schon wieder richtig geraten.

»Wie kannst du so etwas behaupten?«, verlangte Laura zu wissen.

»Ich habe selbst gesehen, wie Schadewaldt ihm im Auftrag deines Vaters das Honorar überreicht hat.«

Laura schluckte trotzig. »Trotzdem ist es manchmal besser, sich zu versöhnen, anstatt sich weiter im Streit zu entzweien. Sein großes Vorbild hat das einmal gesagt.«

»Dein Vater hat ein Vorbild außer ihm selbst?«

»Einen Schriftsteller. Papa verehrt ihn und nannte ihn einen Hohepriester der deutschen Literatur.«

Das also stand hinter Wallensteins Vorliebe für altertümliche Pfeifen.

»Ein Hohepriester? Nannte er sich selbst vielleicht auch gelegentlich so?«

Das Telefon klingelte.

»Das wird Mirko sein«, meinte sie und machte wieder Anstalten, sich anzuziehen. »Er wollte heute noch vorbeikommen.«

»Lass es klingeln«, meinte ich. »Er kann es doch gar nicht sein.«

»Woher willst du das wissen?« Laura stand auf und nahm das Telefon von der Station. »Brück? … Ja, er ist hier. Für dich«, meinte sie.

Ich nahm ihr den Hörer aus der Hand. »Voss?«

»Wir sind gerade unterwegs, um Castrops Laden hochzunehmen«, verkündete Kittel. Er hörte sich entspannt an, als würde er aus dem Urlaub anrufen, von irgendwo an der Küste. In der Ferne hörte ich Möwen kreischen.

»Hochnehmen? Was soll das bedeuten?«

»Dass die Kripo unterwegs ist, um seine Fleischbestände unter die Lupe zu nehmen. Und dass wir ihm einen kleinen Besuch abstatten werden. Ich dachte, du wolltest vielleicht auch dabei sein.«

»Tut mir leid, Kittel, aber momentan passt es mir gar nicht.«

»War ja auch nur ein gut gemeinter Tipp von mir.«

»Vielen Dank, Kittel. Also dann ...«

»Außerdem haben Kim und ich uns überlegt, wir lassen den ganzen Antiamerikascheiß weg und fangen einfach noch mal neu an. Was denkst du?«

Anzurufen, wenn es gerade überhaupt nicht passte, war eine von Kittels Spezialitäten. Wochenlang hörte man nichts von ihm, und dann musste er sich aus heiterem Himmel melden, wenn man gerade mitten in einer Observation war oder mit einer Frau im Bett. Keine Ahnung, wie er das hinkriegte. Warum legte ich nicht auf und widmete mich wieder Laura? Stattdessen ließ ich ihn reden und starrte währenddessen gedankenverloren auf die Zeichnung von Jens Defries. Der Superman war irgendwie mittelalterlich gekleidet, mit einer steifen, meterbreiten Halskrause und einem dicken, altertümlichen Wams. Er hatte einen dünnen Spitzbart und stechende Augen. Genau wie dieser Kerl, der sein Schwert über dem Kopf der Frau geschwenkt hatte mit den Worten: *Ich habe dich gewarnt, du Schlampe ...*

»Sag mal, wie ist Jens eigentlich so?«, wandte ich mich an Laura. »Er ist nicht gerade ein schlampiger Mensch, hab ich recht?«

»Schlampig?«, kam es fast angewidert aus ihrem Mund. »Jens ist der ordentlichste Mann, den ich kenne. Alles ist immer an seinem Platz. Du hättest seinen Schreibtisch im Studentenheim sehen sollen …«

»Genau das hatte ich mir schon fast gedacht.«

Mit *Schlampe* war Frau Nebel gemeint, weil sie es gewagt hatte, Jens Defries zurückzuweisen, einen Mann, der sich für den Messias hielt und sehr empfindlich auf Zurückweisungen reagierte. Sie hatte ihre gerechte Strafe erhalten und so würde es allen gehen, die es wagten, Jens Defries' kleines Ego zu kränken. Bölling, der der Versuchung nicht widerstanden hatte, Defries in der *Allwetterfleisch*-Kantine lächerlich zu machen. Der sich wahrscheinlich noch über ihn lustig gemacht hatte, wie er da vor seinem Fleischteller hockte, kreidebleich, und sich übergab. *Ich werde euch alle kriegen.* Und was war mit Fricke? Er war einer der alten *Taufkumpane.* Defries konnte ihn als Kind kennengelernt haben. Etwas war damals vorgefallen, dem Defries seine Fleischphobie verdankte. Etwas, in das der *Biotop*-Chef möglicherweise verwickelt gewesen war. Das war er: der Mörder mit Ordnungssinn und handwerklichem Geschick, der sich exakt so verhalten hatte, wie seine Therapeutin es vorausgesagt hatte: Den eigenen Wagen im Venner Moor zu versenken, war seine spektakuläre Art gewesen, sich unsichtbar zu machen, um für seine Umwelt wieder interessant zu werden …

»Henk?«, drang Kittels Stimme an mein Ohr. »Henk! Bist du noch dran?«

34

Widerstrebend verließ ich Lauras verführerisch duftendes Bett, zog mich an und radelte direkt zur Papenburger Straße.

Malin war aber nicht zu Hause, sondern weilte auf einer Fachtagung in Zürich, dafür öffnete mir Professor Haberland. Ein Geruch nach Keksen und Kaffee schlug mir entgegen.

»Ach, der Herr Detektiv«, begrüßte mich der Theologe etwas irritiert. »Wollten Sie mich nicht informieren, wenn sich Neues im Fall Jens Defries ergibt?«

»Genau deswegen bin ich hier. Um Sie zu warnen.«

Haberland legte den Kopf schief. »Mich zu warnen? Wovor denn?«

»Malin ist der Ansicht, dass Herr Defries kein Stein des Anstoßes ist, so wie Sie, Herr Professor, glaubten, sondern eher ein gewöhnlicher Kieselstein. Ein Irrtum mit fatalen Folgen.«

Mein Gegenüber schmunzelte. »Nun ja, Malin hat in einigen Dingen recht drastische Auffassungen …«

»Drei Menschen sind tot, darunter jene Frau, mit der zusammen Sie das Projekt Defries alias Jan van Leiden der Neuere ausgebrütet haben. Übrigens wäre es durchaus möglich, dass auch Sie auf seiner Liste stehen.«

»Jens ist wie ein Sohn für mich, das sagte ich Ihnen bereits. Und ich kann einfach nicht glauben, dass er jemanden umgebracht hat. Sie müssen sich irren.«

Der Nachhall seiner Worte im Treppenhaus veranlasste den Professor, mich mit einer Geste hineinzubitten, aber als ich vortrat, blockierte er den Eingang gleich wieder. »Ich habe heute meine Doktoranden da, und deshalb ist meine Zeit ziemlich knapp …«

»Noch eine Frage, Professor: Was erhofften Sie sich davon, dass Jens den Wiedertäufer spielt? Wollten Sie es Ihren piefigen Theologenkollegen an der Uni mal so richtig zeigen?«

»Also ich sehe nicht recht«, meinte Haberland zerknirscht und sah auf seine Uhr, »ob es wirklich Sinn macht, Ihnen den Denkansatz der Experimentaltheologie darzulegen, noch dazu hier zwischen Tür und Angel.«

»Und ich sehe nicht, ob Sie sich klarmachen, was Sie geleistet haben, Haberland. Ihre Verdienste um die Theologie dürften ja wohl in etwa denen entsprechen, die sich Doktor Frankenstein um die Medizin erworben hat. Man kann Ihnen gratulieren: Sie haben ein Monster geschaffen.«

Noch während ich die Treppe hinunterlief, holte ich mein Handy hervor und wählte die Nummer der Kripo. Es dauerte nur wenige Sekunden, bis ich Hauptkommissarin Schweikert in der Leitung hatte.

»Sie hatten recht, so wie immer«, sagte ich. »Jan van Leiden ist unser Hauptverdächtiger. Ich bin davon überzeugt, dass er Heiner Fricke, Antje Nebel und den windigen Bölling umgebracht hat.«

»Bevor Sie weitersprechen, Herr Voss, mache ich Sie fairerweise darauf aufmerksam, dass ich im Dienst bin und insofern für Aprilscherze nicht besonders viel Verständnis aufbringe.«

»Leider ist es kein Scherz. Wie mir seine Therapeutin erklärte, leidet Defries an dem Wahn, ein Niemand zu sein und von niemandem beachtet zu werden. Deshalb hat er seinen Tod vorgetäuscht und will sich jetzt an allen rächen, die sein Selbstbild angekratzt haben. Antje Nebel ließ ihn abblitzen, als er bei ihr landen wollte, und Bölling bohrte genüsslich in seinem wunden Punkt.«

»Seinem wunden Punkt?«

»Offenbar kann er den Anblick von Fleisch nicht ertragen.«

»Dann wäre da aber noch ein Dritter.«

»Welche Rolle Fricke in seiner Vergangenheit spielt, werde ich noch herausfinden.«

Frau Schweikerts Begeisterung für meine Theorie hielt sich in Grenzen. »Danke für den Hinweis, Herr Voss, aber ich habe jetzt herauszufinden, wo Herr Castrop steckt. Von ihm fehlt jede Spur.«

»Vielleicht fand er keinen Gefallen daran, sich mit der Kripo über seine krummen Geschäfte zu unterhalten.«

»Trotzdem ist da etwas seltsam. Der Mann schien nämlich durchaus kooperationsbereit.«

»Wollen Sie damit andeuten, dass er sich nicht freiwillig verdrückt hat? Wer sollte ein Interesse an seinem Verschwinden haben?«

»Jemand, der noch weniger Gefallen daran findet, sich mit der Kripo zu unterhalten, weil er in der Sache mit drinsteckt.«

»Etwa der Hohepriester?«

»Wer ist denn jetzt das schon wieder?«

Ich steckte das Handy ein und trat hinaus auf die Papenburger Straße. Der Wind hatte aufgefrischt und vertrieb die Wolken vom Himmel. Ein Schwarm Möwen kehrte von einem Ausflug an den Kanal zurück. Die Möwen kreischten. Es klang nach Küste und nach Urlaub.

Und dann kam mir plötzlich eine Idee, wo ich Castrop finden konnte.

36

Der Dortmund-Ems-Kanal war eine Wasserstraße für Binnenschiffer, die östlich an der Stadt vorbeiführte und die Grenze zwischen dicht besiedeltem Gebiet und weitläufigem Stadtrand aus Kleingärten, Sportplätzen und Grünflächen markierte. An vorsommerlichen Samstagnachmittagen wie diesem war er ein schmaler, schlauchförmiger Teich, an dessen Rändern Frachtkähne aus Hamburg und den Niederlanden festgemacht hatten und in dem Enten und Schwäne planschten. Er war außerdem Schauplatz diverser Freizeitaktivitäten: Schlanke Paddelboote durchpflügten das dunkelgrüne Nass, und an beiden Ufern wälzte sich eine endlose Karawane von Joggern, Spaziergängern, Radfahrern und Nordic Walkern entlang.

Nicht ohne Neid hatte Haberland erwähnt, dass der Boss von *Allwetterfleisch* eine Jacht besaß, die in Mauritz vor Anker lag. Der Sportboothafen war eine kleine dellenförmige Verbreiterung des Kanals nördlich der Warendorfer Straße, auf der stadtzugewandten Seite. Drei Motorjachten lagen hier, die restlichen Plätze waren frei.

Zwei der Boote waren nichts Besonderes, die üblichen schwimmenden Wohnzimmer, die sich ältere vermögende Herrschaften von ihrem Ersparten zulegen. Das dritte war eine protzige Motorjacht mit viel Weiß und Chrom und allem Schnickschnack. *Meatball* stand in verschnörkelter Schrift auf beiden Seiten des Bugs. Die Tagelage klickerte in der leichten Brise. Es war friedlich, und kein Mensch war in der Nähe. Kurzerhand schlich ich mich an die Jacht heran, zog mich über die silbern funkelnde Reling und kletterte an Bord.

Offenbar war niemand zu Hause. Kittel und Kim Armbruster waren nirgends zu entdecken. Zwei Taue lagen aufgerollt auf dem frisch geschrubbten Deck, ein Rettungsboot hing in seiner Halterung. Eine rote Badehose und ein braunes Strandlaken flatterten an einer Wäscheleine.

Ein knarrendes Geräusch hinter mir ließ mich herumfahren. Bevor meine Augen etwas wahrnehmen konnten, knallte etwas Hartes gegen meinen Kopf.

Alles wurde schwarz.

Ich kam nur langsam wieder zu mir. Zuerst hörte ich das Kreischen der Möwen. Und dann erschien mir der Fall, dem ich nachging, in einem völlig anderen Licht. Es schien ganz so, als wäre der Schlag auf den Kopf nötig gewesen, um mich dazu zu bringen, die Dinge nicht immer auf die gleiche Weise zu betrachten. Die Stimmen, die ich hörte, noch bevor ich die Augen aufschlug, trugen außerdem das ihre dazu bei.

»Was sollen wir denn mit ihm machen, Chef?«, fragte ein Mann, der sich neben mir befinden musste.

»Woher soll ich das wissen?« Castrops Stimme. »Warum musstest du ihm auch gleich eins mit dem Paddel überziehen.«

»Sie haben gesagt, ich soll die Augen offen halten.«

»Das habe ich. Von Erschlagen war allerdings nicht die Rede.«

Ich blinzelte und sah ein Muskelpaket mit Goldkettchen auf der behaarten Brust, das breitbeinig über mir stand und ein Paddel in der Hand hielt.

»Vielleicht sollten wir Steine an ihn binden und ihn ins Wasser werfen«, schlug der Kerl vor. »Dann ist es schwer, ihn zu finden, verstehen Sie? Weil er zu schwer ist, um wieder aufzutauchen.«

»Wie dämlich bist du eigentlich?«, fuhr Castrop ihn an. Er stand etwas weiter weg, drüben am Steuer. »Das hier ist kein drittklassiger Mafiafilm.«

»Klar, Chef, das weiß ich doch.«

»Hör auf, mich Chef zu nennen.«

Ich schlug die Augen auf und versuchte mich aufzusetzen. Meine Handgelenke waren an die Reling gefesselt.

»Herr Voss.« Castrop hatte bemerkt, dass ich wieder bei Bewusstsein war. »Warum haben Sie Ihren Besuch nicht angekündigt?«

»Geben Sie auf, Castrop«, forderte ich ihn auf. »Die Kripo hat Sie doch längst im Visier.«

Sein Mann fürs Grobe versetzte mir einen Tritt.

Castrop startete den Motor und legte den Rückwärtsgang ein. Wir verließen den Liegeplatz und tuckerten gemütlich südwestwärts, Richtung Warendorfer Straße. »Die werden nicht mehr finden als Sie«, sagte er achselzuckend. »Fleischware in Tiefkühltruhen, völlig einwandfrei und gemäß aller gesetzlichen Vorgaben gelagert. Halten Sie mich für einen Amateur? Die Welt ist nicht so simpel, wie der Enthüllungsjournalismus es gern hätte.«

»Wollen Sie etwa bestreiten, dass Sie Ihren Bruder mit Gammelware beliefert haben, der sie in seinem Restaurant als hochwertiges Bioprodukt an die Gäste verfüttert hat?«

»Wir haben ein ganz anderes Problem, Herr Voss. Sie haben Ihre Schnüffelnase zu tief in fremde Angelegenheiten gesteckt. Und mein Mitarbeiter neigt nun einmal zu gewissen Überreaktionen.«

»Was ist mit seinem Vorschlag mit den Steinen?«, spottete ich. »Der klingt doch gar nicht so übel.«

»Glauben Sie denn allen Ernstes, es gehe hier um ein paar lausige Tonnen vergammeltes Fleisch? Haben Sie eine Ahnung, von wie vielen Millionen Euro wir hier sprechen?«

»Wir sprechen außerdem von Mord, Herr Castrop.«

»Mord?«

»Heiner Fricke, Ihr eigener Bruder. Er hat Ihren Müll gekauft. Aber dann wollte er nicht mehr. Für ihn waren es vielleicht ein paar Tonnen zu viel, aber für Sie standen etliche Millionen Euro auf dem Spiel. Und Bölling, der Schnüffler: Er hat sich in Ihren Betrieb eingeschlichen und wurde zu neugierig. Warum haben Sie ihn nicht in Ihrem Kühlhaus eingesperrt, so wie Sie es mit mir taten?«

Die Brücke *Zum Guten Hirten* kam in Sicht. Kinder, die mit ihren Eltern am Ufer picknickten, winkten uns zu. Castrop winkte leutselig zurück. Rechter Hand tauchte das Ostbad auf, gleich dahinter überquerten Radfahrer auf der Manfred-von-Richthofen-Straße den Kanal.

Castrop, spöttisch grinsend, sah aus wie ein harmloser Freizeitkapitän.

»Natürlich haben Sie das nicht persönlich in die Hand genommen«, sagte ich. »Für solche unangenehmen Aufgaben haben Sie Ihre qualifizierten Mitarbeiter. Ich frage mich nur, wie Sie es geschafft haben, Jens Defries dazu zu bringen, nach Ihrer Pfeife zu tanzen.«

»Defries?« Der Fleischmann schüttelte den Kopf. »Da

verwechseln Sie schon wieder etwas. Der Junge ist schließlich Götz' Sprössling und nicht meiner.«

»Was sagen Sie da? Wallenstein ist sein Vater? Dann wäre ja Laura Brück seine Schwester.«

Wir unterquerten die Von-Richthofen-Straße. Als wir fast durch waren, bemerkte ich aus den Augenwinkeln zwei Gestalten, die sich an Seilen von der Brücke herabließen und versuchten, nach SEK-Manier auf der *Meatball* zu landen. Kittel und Kim Armbruster.

Kittel schaffte es nicht ganz, er seilte sich zu ungeschickt ab, und als er losließ, verpasste er das Boot und plumpste ins Wasser.

Kim jedoch kam genau richtig herunter und verlor keine Sekunde. Castrop hatte sie noch gar nicht bemerkt, denn er holte gerade Luft, um mir irgendetwas zu antworten. Sein Mitarbeiter mit dem Goldkettchen reagierte zwar umgehend, aber Kim setzte ihn mit wenigen gezielten Schlägen außer Gefecht. Der Kerl taumelte und stürzte, ohne einen Laut von sich zu geben, in den Kanal.

»Alle Achtung!«, staunte ich. »Lernt man so was auch in Emsdetten?«

»Mogadischu«, antwortete sie. »Spezialtraining zur Piratenabwehr.«

Castrop war so beeindruckt, dass er erst gar keinen Versuch zur Gegenwehr unternahm. Allerdings fing er sich erstaunlich schnell. »Und was kommt jetzt?«, erkundigte er sich spöttisch. »Wollen Sie mich auf einer einsamen Insel aussetzen oder was?«

Kim stieß ihn zur Seite, übernahm das Steuer und rammte den Gashebel bis zum Anschlag. Das Boot machte einen Sprung nach vorn. Gischt spritzte auf. Als wir unter der Wolbecker Straße wendeten, holten die picknickenden Eltern ihre Kinder vom Ufer weg. Ein entgegenkommender Sportpaddler kenterte bei dem Versuch, uns auszuweichen.

»Hi, Henk.« Kittel grinste, als er an Bord kletterte. »Du bist ja doch noch gekommen.«

»Es hat sich auch gelohnt«, antwortete ich. »Ich denke, die Morde können jetzt aufgeklärt werden.«

»Castrop ist aber nicht der Täter«, meinte Kittel.

»Natürlich nicht, aber er ist der Auftraggeber.«

»Negativ.« Mein Expartner schüttelte den Kopf. »Der Kerl hat keinen umgebracht. Nicht weil er ein Menschenfreund ist, sondern weil sich mit faulem Fleisch mehr Geld machen lässt.«

»Und wer ist der Täter?«

»Eine junge Dame namens Laura Brück.«

»Laura!« Mein Auflachen klang ziemlich schrill. »So einen Schwachsinn habe ich selten gehört.«

Kim warf mir einen langen, wissenden Blick zu. »Dann warst du also auch schon in ihrem Bett, was? Hätte ich mir denken können, Henki, dass sie dich auch umdreht.«

»Umdreht? Wovon redest du, zum Teufel?«

»Wir haben nur ein wenig über sie recherchiert«, sagte Kittel. »Konnten dabei allerdings von den Aufzeichnungen des verblichenen Herrn Bölling einigermaßen profitieren.«

»Frau Brück hat dir die tränenreiche Geschichte von ihrem bösen Daddy erzählt, stimmt's?«, fragte Kim. »Der sie nie verstanden und stattdessen nur seine Karriere verfolgt hat. Ich sag dir was, Henki: Diese Frau spielt das Rührstück der unverstandenen Tochter, dass man vom theatralischen Standpunkt seine Freude daran haben könnte. Dabei ist sie in Wirklichkeit eine restlos verbohrte Tieraktivistin.«

»Jetzt macht mal einen Punkt«, widersprach ich ärgerlich. »Die Tatsache, dass Frau Brück sich auf zugegeben naive Art und Weise der Sache der Tiere verschrieben hat, bedeutet noch lange nicht, dass sie deswegen –«

»Frau Brück«, unterbrach mich Miss Armbruster resolut, »erpresste Fricke mit dem Totenfinger. Dass ein zweiter Finger im *Grünen Winkel* auftauchte, war ein Versehen.«

»Ich dagegen bin der Auffassung, dass es genau umgekehrt war. Der Finger im *Biotop* –«

»Wusstest du, dass diese Person in ihrer Schulzeit einen Jungen halb totgeprügelt hat, weil der einer Biene die Flügel ausgerissen hatte?«, mischte sich Kittel ein. »Laura ist eine fanatische und gewaltbereite Tierschützerin. Mit ihrer harmlos-naiven Masche hat sie nicht nur ihren Daddy im Wursthallenstreit vor ihren Karren gespannt, sondern auch Bölling. Fricke tanzte ebenfalls nach ihrer Pfeife, aber dann wollte er nicht mehr auf sein Billigfleisch verzichten. Frau Nebel kam ihr auf die Schliche und wurde beseitigt.«

Inzwischen waren wir nach rechts in den Stadthafen eingebogen. Die Kneipen auf dem Hafenweg waren proppenvoll, und in den Fensterscheiben der Detektei *Kittel, Voss & Armbruster* spiegelte sich die Nachmittagssonne.

Das Boot schien zu ahnen, dass dieser Kanalarm eine Sackgasse war. Es verlangsamte und ging auf halbe Kraft. Der Motor lief unruhig, stockte und stotterte. Dann ging er aus.

Die *Meatball* schaukelte friedlich auf dem Wasser. »Sprit ist alle«, kommentierte Castrop schadenfroh. »Tja, das wär's dann ja wohl gewesen.« Er zückte sein Handy und begann, eine Nummer zu tippen, aber Kim nahm ihm das Ding aus der Hand und schleuderte es ohne zu zögern ins Wasser.

»Sind Sie vollkommen übergeschnappt, oder was?«, protestierte der Dicke aufgebracht, während die Amerikanerin binnen weniger Sekunden das Sprechfunkgerät untauglich machte. Wahrscheinlich hatte sie auch einen Terrorismus-Grundkurs in Saudi-Arabien absolviert.

»Das ist Sachbeschädigung, dafür mache ich Sie schadensersatzpflichtig. – Heh!«, wandte er sich an Kittel. »Halten Sie die Tussi gefälligst davon ab, James Bond zu spielen!«

»Sie weiß schon, was sie tut«, meinte Kittel. »Miss Armbruster ist Antiterrorexpertin.«

Kim entriegelte die Halterung für das Beiboot und ließ es

ins Wasser, wo es aufgeregt neben der Jacht auf den Wellen hüpfte.

»Kommst du mit, Henk?«, lud mich Kittel ein. »Wir könnten drüben am Kai ein Bier trinken. Was hältst du davon?«

»Sie können mich doch nicht einfach hier zurücklassen!«, beklagte sich Ulf Castrop. »Ich bin Nichtschwimmer!«

»Machen Sie's gut, Castrop«, sagte ich. »Wir werden der Kripo Ihren Standort durchgeben.«

Kim und Kittel warteten schon im Rettungsboot.

Castrop packte mich am Arm. »Die haben recht«, sagte er. »Mit den Morden habe ich nichts zu tun. Sie haben den Falschen geschnappt.«

»Kennen Sie das Cui-bono-Prinzip, Castrop? Sie sind derjenige, der davon profitiert, was Fricke angeht, nicht Laura.«

»Ist es in dieser Gesellschaft neuerdings verboten, von etwas zu profitieren?«

Ich begann, die Aluminiumleiter hinabzusteigen.

»Wenn schon, dann holen Sie sich den Richtigen.«

»Wer wäre das denn?«, erkundigte ich mich.

»Na, wer schon? Götz.«

»Götz Wallenstein?«

»Über alles ist er immer haushoch erhaben, dieser Scheißhohepriester. Und auch jetzt tut er so, als habe er mit all dem nichts zu tun. Lässt andere die Suppe auslöffeln.«

Ich kletterte wieder hinauf. »Erzählen Sie von der Suppe.«

»Ich habe Ihnen doch gesagt, dass er eines Tages angekrochen kommen würde. Und das tat er dann auch. Schulden ohne Ende und keine Chance, sie zurückzuzahlen. Wie denn auch? Bei dem mageren Umsatz, den seine feinen Luxusrestaurants machten. Gutes Essen hat seinen Preis. Schon klar, hab ich ihm gesagt. Aber die oberen Zehntausend taugen nicht zur Massenkundschaft. Er wollte nicht auf mich hören. Und dann saß der gute Mann von Münster in der Klemme.«

»Verstehe. Sie machten ihm ein Angebot, das er nicht ablehnen konnte. Sanierten ihm seinen Laden mit den Einnahmen aus Ihren Gammelfleisch-Deals. Dafür bekamen Sie von ihm hochwertige Ware und räumten die Biosiegel ab.«

»Dieser Pharisäer lebt von der Kohle, vor der er sich öffentlich ekelt. Die Leute seien es leid, sich von dem zu ernähren, was die großen Fleischfabriken ihnen vorsetzen. Wenn ich das schon höre. Dass die Leute das wirklich leid sind, davor hat der Kerl die meiste Angst.«

»Kommst du jetzt, Henk?«, drängelte Kittel.

»Ich danke Ihnen für das Gespräch«, sagte ich und lächelte dem Wurstfabrikanten schadenfroh zu. »Und jetzt entschuldigen Sie mich.«

Aus dem Bier am Kai wurde doch nichts. Kittel und Kim beharrten auf ihrer abstrusen Theorie, derzufolge Laura eine fanatische Mörderin war, und taten so sehr von sich und ihrem kriminalistischen Können überzeugt, dass mir trotz der gelungenen Aktion auf dem Boot die Aussicht, mit ihnen künftig zusammenzuarbeiten, absurd erschien. Also bestieg ich mein Fahrrad und rief auf dem Weg nach Hause den Hohepriester an.

»Bei Wallenstein?«

»Sind Sie das, Schadewaldt? Hier ist Henk Voss. Wo steckt Ihr Chef?«

»Er ist nicht mein Chef. Uns verbindet eine Freundschaft auf Augenhöhe.«

»Genau deshalb rufe ich an. Wegen einer Freundschaft. Ulf Castrop, der Name sagt Ihnen wahrscheinlich etwas.«

»Castrop«, wiederholte Schadewaldt. »Unter Freundschaft würde ich etwas anderes verstehen. Ich kann mir nicht vorstellen, dass er und Herr Wallenstein noch irgendetwas gemeinsam haben.«

»Sie würden sich wundern. Können Sie mir sagen, warum Herr Castrop seinen Exfreund als Hohepriester bezeichnet?«

»Ich habe nicht die geringste Idee. Neid, nehme ich an, die ein Blender, der Wein predigt und Wasser trinkt, auf jemanden empfindet, der wahre Größe verkörpert.«

»Wann kann ich den guten Götz sprechen?«

»Ich glaube nicht, dass es ihm heute passt. Sicherlich haben Sie in der Zeitung gelesen, dass ihm heute Abend das *Grüne Band für Nachhaltigkeit und umweltverträglichen Lebensstil* der Stadt Münster verliehen wird. Sie können sich wohl denken, dass er sich vorher noch sammeln will.«

»Gut«, sagte ich. »Dann bin ich gleich bei Ihnen.«

37

Es dauerte lange, um in die Davert zu gelangen. Nicht nur, weil der Weg weit war. Das sommerliche Wetter hatte fast jeden Einwohner dieser Stadt mitsamt seinem Zweirad auf die Straße gelockt, was zu feiertagsbedingten Staus geführt hatte. Auf dem Kanalseitenweg, nördlich von Hiltrup, war es zu einem schweren Auffahrunfall gekommen, hervorgerufen durch einen Sportradler, der gestoppt hatte, um seine Schnürsenkel zu binden. Mindestens zehn Rentner aus Nordhorn auf Leihfahrrädern waren in die Kollision verwickelt, aber auch eine Familie mit Kinderanhänger, die auf der falschen Seite entgegengekommen war, und zwei Studentinnen, deren Rücktrittbremsen versagt hatten. Aufgrund des dichten Verkehrsaufkommens und des durch Schaulustige verursachten Staus auf der anderen Kanalseite brauchten Polizei und Rettungskräfte lange, um zum Unfallort vorzudringen. Die Fahrradlawine reichte bis zum Hafen. Also nahm ich die Hammer Straße.

Wie bei meinem ersten Besuch wimmelte die *Casa Verde*

von Schweine fütternden Wochenendtouristen. An Bäumen, Hütten und Stallungen pappten Plakate, die Wallenstein mit seinem schiefen Pfeifenrauchergrinsen anlässlich der Verleihung des Umweltpreises huldigten.

Ein weiteres Mal bewunderte ich die enormen Ausmaße seines Eigenheims. Wenn es einen idealen Ort gab, an dem man sich sammeln konnte, dann wohl hier. Dennoch schien der Hausherr wieder einmal ausgeflogen zu sein. Erst nach mehrmaligem Klingeln verstummte drinnen ein Staubsauger. Kurz darauf öffnete Schadewaldt in fleckigen Jeans und einem kleinkarierten Hemd, dessen Ärmel aufgekrempelt waren.

»Ich hatte Ihnen doch gesagt, dass es heute nicht passt.«

Dieses Mal war ich schneller als er und zwängte mich hinein, bevor er die Haustür schließen konnte.

»Sagen Sie mir einfach, wann Sie Ihren Herrn und Gönner zurückerwarten, damit er seinen Preis entgegennehmen kann.«

»Die Feier findet doch nicht hier statt, sondern im *Grünen Winkel.* Der Oberbürgermeister überreicht die Medaille und der Theologieprofessor Siegbert Haberland hält die Laudatio.«

»Wozu dann der Hausputz?«

»An einem Tag wie diesem kann es nicht schaden, wenn für Ordnung gesorgt ist«, belehrte mich der gute Geist des Hauses. »Abgesehen davon werden so manche Freunde und Weggefährten ihre Aufwartung machen. Und die Presse.«

»Klar«, sagte ich. »Die darf natürlich nicht fehlen.«

»Wenn Sie mich also jetzt entschuldigen«, drängte Schadewaldt und wies mit dem Saugstutzen in Richtung Haustür. »Sie sehen ja, ich habe zu tun.«

Auf dem Weg dorthin bog ich ab und warf einen kurzen Blick ins Gästeklo, knipste das Licht an und bewunderte die verspiegelte Decke.

»Dort habe ich schon sauber gemacht«, kam es vorwurfsvoll von Schadewaldt. »Würden Sie so freundlich sein, mir doppelte Arbeit zu ersparen.«

»Noch eine Frage: Vorhin, als wir telefonierten, haben Sie etwas verwechselt, nicht wahr?«

Schadewaldt, dessen Fuß den Staubsauger einschalten wollte, zögerte. »Was denn verwechselt?«

»Sie sagten, Castrop sei einer, der Wein predige und Wasser trinke.«

»Na und?«

»Die Redensart lautet umgekehrt: Wasser bedeutet Verzicht, Wein Luxus. Verzicht predigen und Luxus genießen.«

Der gute Geist überlegte einen Moment. »Nicht unbedingt«, wandte er ein. »Castrop betätigt sich in der Fleischbranche. Wein bedeutet hochwertiges Fleisch und Wasser Billigwurst. Er preist gute Ware an und verhökert minderwertige. So macht es einen Sinn.«

»Genauso wie bei Fricke, nicht wahr?«

Schadewaldts Fuß zog sich nun ganz vom Schalter des Staubsaugers zurück. »Bei wem?«

»Heiner Fricke. *Vergebt mir, ich bin ein falscher Prophet, der Wein predigt und Wasser trinkt.* Das waren angeblich seine letzten Worte, hinterlassen in einem Abschiedsbrief.«

»Auch Herr Fricke war in gewisser Weise in der Fleischbranche tätig.«

»Da haben Sie natürlich recht. In der Tat, so macht es Sinn.«

Schadewaldt hielt den Saugstutzen wie eine Waffe auf mich gerichtet.

»Also dann«, sagte ich und deutete auf das Gästeklo. »Da sollten Sie aber noch mal sauber machen. Die Schaben krabbeln ja die Wände entlang.«

»Schaben!?«

Ich grinste breit. »War nur ein Scherz, Schadewaldt. Alles ist blitzblank und in bester Ordnung. Wir sehen uns sicher auf der Preisverleihung.« Ich zog die Tür hinter mir zu und zählte bis zehn.

Drinnen wurde die Tür des Gästeklos geöffnet. Das Licht ging an. Schadewaldt ging auf Nummer sicher und putzte ein zweites Mal.

Und ich klingelte noch einmal.

Er kam und öffnete.

»Sie können nicht anders, hab ich recht?«, fragte ich.

»Wovon reden Sie?«

»Vom Gästeklo. Obwohl ich Sie verarscht habe, müssen Sie einfach noch mal putzen. Die Erwähnung der Schaben genügte schon.«

»Was wollen Sie überhaupt?«

»Deshalb haben Sie bei Herrn Fricke das Wasser aufgewischt, nachdem Sie seinen Abschiedsbrief geschrieben hatten. Bei Frau Nebel kehrten Sie die Glasscherben zusammen und Herrn Bölling reparierten Sie posthum sogar das Licht im Bad.«

Schadewaldt lehnte den Wischmopp an die Wand. Er lächelte zum ersten Mal. »Jetzt glauben Sie wohl, Sie haben mich, was, Herr Voss?«

»Warum haben Sie die drei umgebracht? Hatten sie etwas über Ihren Freund und Gönner herausgefunden, das sonst niemand erfahren durfte?«

»Herausgefunden.« Schadewaldt schüttelte den Kopf. »Fricke wollte um jeden Preis Herrn Wallensteins Ruf ruinieren. Bölling verlangte Geld dafür, dass er darauf verzichtete. Finden Sie, dass man so etwas durchgehen lassen kann? Nach allem, was Herr Wallenstein geleistet hat?«

»Was ist mit Frau Nebel? Sie war auf der Suche nach Defries und wollte auf eigene Faust Detektiv spielen. Worauf ist sie gestoßen?«

»Genug gefragt.« Schadewaldt bückte sich, griff hinter den Putzeimer und hielt plötzlich einen Revolver auf mich gerichtet. Ein zweites Mal quälte er sich ein Lächeln ab. »Ich denke, wir beide werden jetzt zusammen die berühmte Spazierfahrt machen, was?«

38

Trotz seines Hemdes, das so kleinkariert wie seine Gesinnung war, konnte man nicht umhin zuzugeben, dass Schadewaldt einen gewissen Stil besaß. Mit seiner peniblen Art hielt er mich in Schach und ich kam nicht einen Moment auf die Idee, einen Fluchtversuch zu unternehmen. Wie immer wischte er kurz über die Sitze, bevor wir seinen Cinquecento bestiegen. Er schaffte es sogar, mit einer Hand den Wagen zu lenken, ohne auch nur eine Verkehrsregel zu übertreten, und mich gleichzeitig mit dem Revolver zu bedrohen. Ich fragte mich, ob Wallenstein sich überhaupt darüber im Klaren war, welche Spitzenkraft er für schlappe vierhundert Euro im Monat beschäftigte.

Gegen achtzehn Uhr stoppte der Kleinwagen auf dem Parkplatz des Ostbades. Kein anderes Auto, keine Menschenseele weit und breit, und dennoch stiegen wir nicht eher aus, bevor der Wagen seine endgültige Parkposition erreicht hatte.

Schadewaldt lotste mich über den menschenleeren Parkplatz und deutete mit dem Lauf seinen Revolvers auf den Eingang des Hallenbades.

»Da hinein?«, fragte ich zweifelnd. »Falls Sie es noch nicht wissen, es ist geschlossen.«

Von außen war das Bad mit Postern der Ostbad-Bürgerinitiative regelrecht tapeziert. Etwa ein halbes Jahr war es her, dass eine Bäderkommission festgestellt hatte, dass der Zustand der Kacheln in den Becken bedenklich sei, die Wasserqualität zu bemängeln und die Spülung der Toiletten nicht einwandfrei funktioniere. Eine Renovierung war als zu kostspielig befunden worden. In etwa drei Wochen sollte der Abriss beginnen.

Schadewaldt nötigte mich, durch ein Kellerfenster einzusteigen, und folgte mir auf dem Fuß. Hier unten war es stockdunkel, aber er hatte an eine Taschenlampe gedacht. Wir stiegen eine Steintreppe hinauf und gelangten durch eine Stahltür in den Schwimmbereich.

Still lag das Wasserbecken da, die Oberfläche glatt und von keiner Welle gekräuselt, mit einem rötlichen Strahl Abendsonne darauf, der durch die hohen Fenster hereinfiel.

»Am besten, Sie setzen sich dorthin.« Der Hall verlieh Schadewaldts Stimme etwas Andachtsgebietendes. Er deutete auf eine Holzbank, die früher einmal den Bademeister getragen hatte. »Damit Sie nicht auf dumme Gedanken kommen.«

»Was für Gedanken?«, fragte ich.

Schon wenige Minuten später hatte er mich mit einer Wäscheleine auf der Bank verschnürt.

»Hören Sie, Schadewaldt«, sagte ich. »Allmählich wird die Sache lächerlich.«

»Keine Sorge, Herr Voss, es ist eine reine Vorsichtsmaßnahme. So festgeknotet können Sie ja nicht schwimmen gehen, nicht wahr?«

»Schwimmen gehen?«

Er hatte inzwischen eine Art Gerätekammer geöffnet, holte einen Stromgenerator heraus und wuchtete ihn zum Planschbecken für Kleinkinder. »Der war für den Fall, dass hier der Strom ausfällt«, sagte er.

»Woher wissen Sie das bloß alles?«

Schadewaldt richtete sich auf. »Dieses Bad war früher einmal mein Arbeitsplatz«, erklärte er mit Stolz.

»Warum machen Sie sich diese Mühe, Schadewaldt? Wieso knallen Sie mich nicht einfach ab?«

Er nickte wohlwollend, während er sich mit dem Generator abmühte. »Hatte ich Ihnen nicht gesagt, dass ich eine starke kreative Seite habe, Herr Voss? Bei Fricke der Abschiedsbrief, bei Bölling die grobe Salami. Sie bekommen einen Stromschlag, das ist in der Fleischbranche eine geläufige Tötungsmethode.«

Knatternd sprang der Generator an.

»Warum tun Sie das, Schadewaldt?«, fragte ich. »Sie bringen drei Menschen um, nur damit es Ihrem Chef nicht an den Kragen geht? Das ist vergebliche Mühe, der Kerl ist doch so gut wie fällig.«

»Haben Sie schon mal von dem Prinzip *mitgefangen – mitgehangen* gehört?«

»Aber warum mussten Sie sie gleich umbringen? Fricke hat doch nur auf den Putz gehauen. Antje Nebel war auf der Suche nach Defries, und was war mit Bölling? Er wollte Wallenstein erpressen, weil er von dem Fleischdeal Wind bekommen hatte, stimmt's?«

»Fleischdeal.« Schadewaldt schüttelte abfällig den Kopf. »Darum geht es doch gar nicht.«

»Nicht?«

Ein gnädiges Lächeln. »Wissen Sie, ich habe genug Fernsehkrimis gesehen, um zu wissen, dass der Mörder in einer Situation wie dieser üblicherweise seinem Opfer seine Taten samt Motiven haarklein erklärt, sozusagen als Entschädigung dafür, dass er danach sterben muss.«

»Richtig, also worauf warten Sie noch?«

»Das ist hier kein Fernsehkrimi. Ich hoffe, Sie nehmen es mir nicht übel, dass ich mich nicht mit langatmigen Erklärungen aufhalte.« Schadewaldt machte mich von der Bank los, ließ aber Hände und Füße gefesselt. »Zeit zum Schwimmen.«

»Wie soll ich denn so schwimmen?«

»Hände und Füße brauchen Sie nicht«, beruhigte er mich. »Es ist ein Kinderbecken. Außerdem wird es ganz schnell gehen. Ein paar Sekunden, das war's.« Schadewaldt schubste mich in Richtung des Planschbeckens.

Glücklicherweise bekam der Generator gerade rechtzeitig einen Hustenanfall. Dann verstummte er.

»Einen Augenblick«, meinte Schadewaldt. Vorsichtshalber fuchtelte er mit dem Revolver, dann ging er zum Generator und malträtierte ihn mit Fußtritten. »Verdammtes Scheißding!«, fluchte er. »Schon damals habe ich gesagt, das Gerät taugt nichts. Nicht nur einmal, ich habe es hundertmal ges–«

Es geschah im nächsten Moment, nicht blitzartig, sondern fast gemächlich, wie in Zeitlupe. In der Absicht, einen besonders heftigen Fußtritt auf dem Generator zu landen, rutschte Schadewaldt aus, verlor das Gleichgewicht und fiel mit einem Platsch ins Kinderbecken. Während er im Wasser zappelte, kehrte Leben in die alte Strommaschine zurück. Alt und verbraucht war sie, aber das bedeutete nicht, dass sie keine Selbstachtung besaß und nicht auf ihre Chance gewartet hatte, sich für die Fußtritte zu rächen. Es zischte, dann knallte es. Rauch stieg über dem Babybecken auf. Noch ein letzter Knall, dann war es still. Weder der Generator noch Schadewaldt regten sich.

Niemand würde mir die Fesseln abnehmen.

39

Nach einer Weile meldete sich das Handy in meiner Hosentasche. Ich zuckte, schüttelte mich und machte die seltsamsten Verrenkungen. Endlich purzelte das Dinge heraus. Ich ging auf die Knie und betätigte mit der Nasenspitze die grüne Taste.

»Henk, wo steckst du?« Kittel. Er hörte sich sehr entspannt an.

»Im Hallenbad.«

»Bei dem Wetter? Hör zu, wir beide, Kim und ich, sitzen am Kanal und grillen. Vielleicht hast du Lust dazuzustoßen?«

»Nein danke.« Ich betrachtete den Rauch, der immer noch vom Kinderplanschbecken aufstieg. »Nach Grillen ist mir zurzeit nicht.«

»Gut, Henk, dann vielleicht später.«

»Vielleicht hast du ja Lust, bei mir vorbeizuschauen. Ich bin im Ostbad.«

»Im Ostbad? Das kann ich von hier aus sehen. Was treibst du da? Das Teil ist praktisch eine Ruine.«

»Sagen wir, ich hatte eine Verabredung zum Schwimmen. Und jetzt brauche ich jemanden, der mich wieder loseist.«

»Eine Verabredung?«

»Mit dem Mörder von Fricke, Nebel und Bölling.«

»Wallenstein? Wie kommt der denn ins Ostbad?«

Knappe zehn Minuten später war ich von meinen Fesseln befreit. Zusammen mit Kittel und seiner Angebeteten stand ich am Rand des Nichtschwimmerbeckens und blickte auf den toten Schadewaldt, der durch einen bedauerlichen Fehltritt Opfer seines eigenen heimtückischen Mordanschlags geworden war.

»Die Leute halten den Sprungturmbereich für gefährlich«, meinte Kittel. »Aber ich habe immer schon gesagt: Wenn was passiert, dann im Babybecken.«

»Was hat dich dazu gebracht, den lächerlichen Verdacht gegen Laura fallen zu lassen und dich stattdessen auf Wallenstein zu konzentrieren?«, wollte ich wissen.

»Bisher ist es nur eine Vermutung, die einen dringenden Tatverdacht begründet«, erklärte Kim.

»Castrop hat Wallensteins Biorestaurants mitfinanziert«, sagte Kittel. »Zum Ausgleich musste der ihm den Rücken freihalten. Er verschaffte dem halbseidenen Fleischfabrikanten ein lupenreines Bio-Alibi.«

»Wie habt ihr das denn erfahren?«

»Wir hatten einen Informanten, einen gewissen Rainer Zucker. Er ist Leiter der Abteilung für innovatives Fleischdesign bei *Allwetterfleisch.*« Kittel deutete auf die Leiche im Planschbecken. »Und wer ist das?«

»Einer, der Wallenstein den Rücken freigehalten hat«, antwortete ich. »Ein gewisser Schadewaldt. Er hatte zwei Jobs: guter Geist im Haus und Profikiller auf Vierhundert-Euro-Basis.«

»Fine«, meinte Kim. »Wir sollten diesem Wallenstein mal auf den Zahn fühlen.«

»Leider passt es heute schlecht«, zitierte ich den Verblichenen. »Ihm wird heute von der Stadt Münster ein grünes Band überreicht.«

Kittel grinste. »Ich würde sagen, es passt doch hervorragend.«

40

Das hatte er sich so gedacht. Kittel schien sich mit dem Protagonisten eines Thrillers zu verwechseln, in dem ein kleiner, aber unbeugsamer Cop zusammen mit einer gut aussehenden Journalistin einer schändlichen Intrige im New York Police Department auf die Spur gekommen war, die kein Geringerer als der Polizeichef persönlich angezettelt hatte.

Also platzten die beiden mitten in die Laudatio, mit der der Fiesling für seine Verdienste geehrt werden sollte, und konfrontierten ihn vor den Augen der Weltpresse mit dem belastenden Material.

Handorf war aber nicht Hollywood.

Die Organisation des Events lag in den Händen einer Firma namens *Global-Player-Event-Management* und dem WDR. Innerhalb des *Grünen Winkels* herrschte dichtes Gedränge, und wer keinen Anzug hatte, wurde erst gar nicht vorgelassen. Trotzdem war nicht zu übersehen, dass man das öffentliche Interesse an dem Event überschätzt hatte.

Im Außenbereich des Restaurants stand eine tief gestaffelte Armee weiß gedeckter Bierzeltgarnituren unter grünen Sonnenschirmen. Ungeladene Gäste wie wir waren hochwillkommen, denn die TV-Kameras wollten schließlich nicht über leere Tische schwenken.

Natürlich wurde jedes Wort nach draußen übertragen. Haberland, der Befreiungstheologe, schlug einen langen Bogen von den Zeiten, als die drei *Taufkumpane* in der Salzstraße mit Plakaten und Infomaterial Front gegen Pershing II und den NATO-Doppelbeschluss gemacht hatten, über den Kampf der Campesinos in Costa Rica bis zum Umweltgedanken, der sprichwörtlich Fleisch geworden sei im *Grünen Winkel,* welcher mittlerweile jedem in der heimlichen Umwelthauptstadt Europas ein Begriff sei.

Kittel und ich mühten uns mit dem erdig schmeckenden Biobier ab, das es dieses Mal nicht auf Kosten des Hauses gab. Kim nippte hin und wieder an einem Fitnessdrink aus Meeresmineralien und faltete ein Papierflugzeug. Bevor sie es starten konnte, nahm ich es ihr weg und entfaltete es wieder. Es war das Programm des heutigen Abends.

»Heimliche Umwelthauptstadt«, griff der Oberbürgermeister gerade Haberlands Formulierung auf. »Ich würde sagen: Wir alle tun viel dazu, dass sie gar nicht so heimlich ist, nicht wahr?« Höflicher Beifall.

»Wenn er fertig ist, kommt ein alter Weggefährte«, entnahm ich dem Blatt. »Frank-Walther Safranski. Glaubt nicht, dass ich mir den noch antun will. Wir haben doch keine Chance, an Wallenstein ranzukommen.«

»Safranski?«, horchte Kittel auf. »Der war früher bei der GAL, jetzt ist er Aktionskünstler. Ich hab ihn drüben in der Nähe der Waschräume sitzen sehen.« Er stand auf.

»Was hast du vor?«, wollte ich wissen.

»Wart's ab. Vielleicht kommen wir doch noch zum Zug.«

Kurz nachdem Kittel weg war, verdrückte sich Kim aufs Klo. Ich wartete eine Weile und ließ mein Bier schal werden. Der Bürgermeister fand kein Ende, stattdessen wollte er jetzt auch einen Bogen schlagen.

An einem der Nebentische tat sich plötzlich etwas: Eine Gruppe junger Leute zog Skimützen über und begab sich ins Innere des Restaurants, offenbar in der Absicht, dort ein Transparent zu entrollen.

Ich wollte auch hinein und schloss mich ihnen an.

Der Bürgermeister war ein Ehrenmann. Er machte seine Drohung nicht wahr und kam unerwarteterweise zum Schluss. Erleichterter Applaus brandete auf.

»Heh, was soll das?«, beschwerte sich einer der Skimützenträger. »Zisch ab, Alter. Das ist nichts für dich.«

»Stoppt die Wursthalle!«, las ich auf dem Plakat. »Das ist auch mein Kampf.«

»Quatsch, hier wird nicht gekämpft. Wir sind nur Komparsen.«

»Ihr seid gar nicht echt?«

»Wallenstein will, dass die Öffentlichkeit mitkriegt, wie tolerant er mit Kritik umgeht. Im amerikanischen Wahlkampf ist so was längst üblich.«

Was er noch sagen wollte, ging in erneutem Applaus unter. Frank-Walther Safranski, der alte Weggefährte, betrat die Bühne. Er war in eine abgewetzte Lederjacke gehüllt und trug eine Sonnenbrille. Trotzdem erinnerte er mich sehr an Kittel.

Mein Expartner hielt sich nicht lange damit auf, einen Bogen zu schlagen, sondern kam unverblümt zur Sache. Berichtete von einem Pakt, den der große Wallenstein mit dem Teufel geschlossen habe. Der Teufel habe sich mit Billigfleisch eine goldene Nase verdient und damit das Loch gefüllt, das in Wallensteins Kasse gegähnt habe.

Noch reagierte das Publikum nicht. Offenbar kannte niemand Safranski persönlich und es war schließlich allgemein bekannt, dass Aktionskünstler gern provozierten.

Damit habe sich der Teufel große Verdienste um Nachhaltigkeit und gesunde Ernährung erworben, fuhr Kittel fort, und ihm gebühre eigentlich das *Grüne Band* der Stadt Münster. Natürlich sei alles streng geheim gewesen und wäre dies auch geblieben, aber dann stünde Safranski, der Weggefährte, jetzt auch nicht hier. Jemand habe Wind von der Sache bekommen.

Unruhe breitete sich im Publikum aus. Wallenstein stand auf und machte der Regie Zeichen.

»Nieder mit der Wursthalle!«, brüllte ich. »*Allwetterfleisch* go home!«

Die Komparsen schlossen sich mir an. Ein kleiner Tumult entstand.

Kittel berichtete nun von Schadewaldt, der tot im Babybecken des ehemaligen Ostbads liege, wovon sich jeder überzeugen könne. Schadewaldt habe in Wallensteins Auftrag drei Menschen getötet, weil sie hinter sein kleines schmutziges Geheimnis gekommen seien.

Weiter kam er nicht. Wallenstein stand plötzlich neben ihm und nahm ihm das Mikro aus der Hand.

»Wursthalle, buh!«, wiederholte ich. »Yes, we can!« Aber die Scheindemonstranten mit dem Transparent hatten sich verkrümelt.

»Die Show ist zu Ende, Freundchen«, raunte mir ein Ordner zu, der fast doppelt so groß war wie ich. »Abmarsch, und hol dir dein Honorar an der Kasse ab.«

Während ich den Rückzug antrat, erwies sich auf der Rednertribüne, dass der Teufel gegen Wallenstein ein Dilettant war. Der Nachhaltigkeitsguru nahm die Grass-Pfeife aus dem schiefen Mund und bekannte leise, dass er gerührt sei. Aber auch betroffen. Betroffen und gerührt gleichermaßen.

Es war still im Saal. Kittels Auftritt war ferne Vergangenheit.

Gerade erst habe er vom Schicksal seines sogenannten Freundes Schadewaldt erfahren, den er immer für einen untadeligen Menschen gehalten habe. Ja, nach wie vor empfinde er etwas für diesen langjährigen Freund, trotz dieser schrecklichen Taten. Von denen er, Wallenstein, nichts geahnt habe. Ob sich irgendjemand im Publikum vorstellen könne, wie man sich fühle, wenn man Jahr um Jahr einen Menschen gekannt habe und dann von ihm erfahren müsse, dass er andere Menschen brutal abgeschlachtet habe? Wahrscheinlich nicht, und das verlange ja auch niemand. Er, Wallenstein, mache sich freilich Vorwürfe, nicht genug hingeschaut zu haben, nicht mitbekommen zu haben, wie jene Krankheit – er nenne es Krankheit, etwas anderes könne er sich nicht vorstellen – bei Schadewaldt ihren tragischen Verlauf genommen habe. Wenn er bedenke, dass er, hätte er es nur rechtzeitig mitbekommen, einen wie auch immer gearteten therapeutischen Weg hätte beschreiten können …

Ich sah mich ein letztes Mal um. Auch Kittel war inzwischen von Ordnungskräften entfernt worden.

Wallenstein redete und zog mit seiner Betroffenheit selbst die in seinen Bann, die wussten, dass es nichts weiter als hohles Gerede war. Dieser Mann war unschlagbar.

Handorf war eben nicht Hollywood.

41

»Scheiße, das ist ja nicht zum Aushalten!«, platzte jemand mitten in Wallensteins Betroffenheitssoße. »Dass du dich nicht in Grund und Boden schämst.«

Castrop. Irgendwie hatte er es geschafft, von der Jacht zu kommen. Jetzt stand er mitten in der Menge der Zuhörer und sah ungewohnt aus im hellbeigen Hemd. Die Schwitzflecken verrieten ihn jedoch. »So leicht kommst du nicht davon, Götz. Ich habe dir gesagt, wenn ich untergehe, dann glaubst du auch dran. Habe ich dir das gesagt oder nicht?«

Der Teufel war also doch noch gekommen, um Wallensteins Seele zu holen, und die TV-Kameras wollten sich das nicht entgehen lassen. Zwar unternahmen zwei Ordner den Versuch, den Störenfried an die Luft zu setzen, doch wie sich herausstellte, hatte Castrop den Muskelmann mit dem Goldkettchen mitgebracht. Binnen weniger Augenblicke entwickelte sich eine handfeste Schlägerei, in die auch der Mann mit der Pfeife verwickelt wurde.

Ich sah dem Treiben eine Weile zu, dann suchte ich nach Kim und Kittel, allerdings vergeblich.

»Wissen Sie, woran mich das erinnert?«, sprach mich jemand von hinten an. Ich drehte mich um: Zucker. Auch ihn schien das, was er sah, zu amüsieren. »Don Camillo und Peppone. Uralter Schinken, noch in Schwarz-Weiß, schon mal gesehen?«

»Sind Sie zufrieden?«, erkundigte ich mich.

»Ich sagte doch, dass ich gespannt auf das Watergate unseres Nachhaltigkeitspapstes sei. Wer konnte schon ahnen, dass es ein Waterloo werden würde?«

»Wallenstein hat Ihre Schwester gevögelt«, sagte ich. »Sie wollten Rache. Und jetzt hat es gleich zwei aus diesem Herrenklub erwischt.«

»Die *Taufkumpane.*« Zucker grinste böse. »Das war eine einzige Lachnummer. Selma arbeitete in Wallensteins erstem *Grünen Winkel* als Küchenhilfe. Wallenstein grapschte sie an, belästigte sie sexuell und nötigte sie, auch an dem Abend zu arbeiten, als er mit seinen Kumpels die Eröffnung seiner zweiten Filiale feierte. Als er ihr mit besoffenem Kopf zeigte, wie man Paprika schneidet, hackte er ihr zwei Finger ab.«

»Also gut, das ging auf Wallensteins Konto. Aber was werfen Sie Castrop vor?«

»Ich werfe ihm nichts vor. Castrop ist ein Idiot, er versteht lediglich was davon, Kohle zu machen. Aber er wollte immer so sein wie Götz Wallenstein.«

»Castrop hat das etwas anders dargestellt.«

»Der Kerl ist von Neid zerfressen. Damals, als es meine Schwester erwischte, hat er seinem großen Vorbild jedenfalls die Stange gehalten.«

»Götz Wallenstein hat Ihnen den Job bei Castrop besorgt. Aber trotzdem wollten Sie sich nicht damit abfinden, dass die *Taufkumpane* ungeschoren davonkamen. Sie haben lange Jahre auf Ihre Chance gewartet, nicht wahr?«

Zucker zog eine Schnute. »Bedauerlich, dass man auch dann, wenn nichts anderes geschieht, als dass die Gerechtigkeit ihren Lauf nimmt, schändliche Motive wie das Bedürfnis nach Rache unterstellen muss.«

Inzwischen hatte man den echten Safranski entdeckt, den Kittel auf dem Klo eingesperrt hatte. Lautstark bestand er darauf, seinen Beitrag nachzuholen. Währenddessen trafen Handorfer Polizeikräfte ein und mischten sich unter die Gäste des Festaktes, um die Schlägerei in den Griff zu bekommen.

Zucker wandte sich zum Gehen.

»Was wird jetzt aus *Allwetterfleisch?*«, fragte ich. »Werden Sie den Laden übernehmen?«

Zucker lächelte mild. »Ich habe seit Langem vorgesorgt und mir ein zweites Standbein geschaffen.« Er überreichte mir eine Visitenkarte. *Catering und Creative-Barbecue, R. Zucker.*

»Falls Sie mal was zum Feiern haben …«

»Noch eine Frage, Zucker: Was ist mit dem Dritten im Bunde? Wollen Sie den ebenfalls versenken?«

»Zweifellos gäbe es dafür eine ganze Reihe vernünftiger Gründe«, räumte er ein. »Allen voran seine unerträgliche Experimentaltheologie. Andererseits war er der Einzige, der sich des kleinen Jens angenommen hat. Er war wie ein Vater für ihn.«

»Was ist aus ihm geworden?«

»Das wollte ich eigentlich Sie fragen, Herr Detektiv.«

42

Viele halten die Welt für eine Gleichung und lieben es, zwei und zwei zusammenzuzählen. Ich dagegen gehöre nicht zu denen, die daran glauben, dass das Geheimnis des Daseins vier lautet. Wenn man schon eine Rechenaufgabe bemühen will, dann eine, die nicht aufgeht, so wie zehn durch drei.

Mordfälle sind ein guter Beleg für diese These. Ihre Aufklärung verläuft nämlich nie so glatt wie in den Fernsehkrimis, die einem punktgenau am Ende jeder Episode den Schuldigen präsentieren. Ein Mord wurde aufgeklärt, der Kripobeamte legt dem Täter die Hand auf den Kopf und stopft ihn in den Streifenwagen. Die Welt ist wieder in Ordnung. Zwei und zwei ist vier.

Es war eine Woche her, seit die Preisverleihung im *Grünen Winkel* im Chaos geendet hatte. Ausgerechnet an jenem Tag, an dem er am hellsten aufleuchten sollte, war Götz Wallensteins Ruhm verzischt wie eine Fackel in einem Wolkenbruch. Ihm wurde zur Last gelegt, die Morde an Heiner Fricke, Antje Nebel und Mirko Bölling in Auftrag gegeben zu haben. Schadewaldt, so hieß es, sei nur der Ausführende gewesen. Das Motiv: um jeden Preis zu verhindern, dass Wallensteins unrühmliche Rolle im Müllfleischskandal publik wurde.

Was mich anging, so glaubte ich nicht daran, dass Schadewaldt, der gute Geist mit dem Ordnungszwang, tatsächlich auf Anweisung getötet hatte. Trotzdem ergab zwei und zwei vier: Sobald bekannt wurde, dass der gesamte nachhaltige Lebensstil des großen Götz Wallenstein reiner Luxus war, der mit Gewinnen aus dem Verkauf von illegal gepanschtem Separatorenfleisch finanziert wurde, reagierten die meisten seiner Stammkunden mit einer Empörung, die nicht schlimmer ausgefallen wäre, wenn man im Keller seines Hauses Berge von Frauenleichen gefunden hätte. Zwei Nächte später fielen militante Veganer über die *Casa Verde* her und hinterließen ein Werk der Zerstörung, das sogar den Ku-Klux-Klan neidisch gemacht hätte.

Ich gab es nur ungern zu, aber der Kollaps des *Allwetterfleisch*-Imperiums war im Wesentlichen ein Verdienst der Ermittlungen des *Detektivbüros Kittel & Armbruster.* Der Absturz vollzog sich so rasant und umfassend, dass viele ihn mit der Weltfinanzkrise in Verbindung bringen wollten oder in Anlehnung daran von einer Fleischkrise sprachen. Geschürt durch die lokalen Medien machten in Münster Horrormeldungen die Runde: Hundebesitzer berichteten, ihre Lieblinge niemals wiedergesehen zu haben, nachdem sie sie in der Loddenheide von der Leine gelassen hatten, ein Kunde wollte beim Genuss eines Hähnchenragouts in einem Feinschmeckerrestaurant eine Zahnkrone verloren haben, als er ahnungslos auf den Ring seines kürzlich entflogenen Wellensittichs biss. Die Abfallwirtschaftsbetriebe Münster schalteten große Anzeigen in den Tageszeitungen, in denen sie erklärten, mit all dem nichts zu tun zu haben, womit sie allgemein in Verdacht gerieten.

Aber die Krise zog unaufhaltsam immer weitere Kreise. Nicht nur in Schleswig-Holstein und Sachsen-Anhalt wurden Fleischskandale aufgedeckt, sondern auch im benachbarten Ausland, in Tschechien, Belgien und natürlich in Großbritannien. Keiner, so hatte es den Anschein, wollte zurückstehen. Fleischskandale kamen regelrecht in Mode, und einige Regionen schienen Imagenachteile zu befürchten, wenn ihr Name nicht genannt wurde. Fleisch, so wurde bekannt, war niemals so reisefreudig gewesen wie heute. Während die Menschen den Jakobsweg hinauf- und hinabpilgerten, machte sich das Fleisch aus Osteuropa auf den langen Weg ins südliche Italien, wo es eine Verschnaufpause auf neapolitanischen Müllhalden einlegte. Dann zog es weiter an den Rhein, von wo aus es via Kölner Müllentsorgung in die Regale norddeutscher Discounter zurückkehrte. Der Verbraucher sei immer der Dumme, behaupteten Verbraucherschützer, und viele ihrer Schützlinge schienen geradezu versessen darauf, dies vor laufender Kamera unter Beweis zu stellen. Immer öfter zeigten die Nachrichten Schlachthöfe, die von der Kripo abgesperrt wurden, und Ermittler, die in Schutzanzügen und Gummihandschuhen Lebensmittel beschlagnahmten. Währenddessen debattierten Experten in den Talkshows darüber, ob Ekel ein tragfähiges Motiv sei, um Vegetarier zu werden.

Was schließlich das Aktionsbündnis gegen *Allwetterfleisch* anging, so hatte es den Sieg über den verhassten Fleischproduzenten davongetragen und den Weiterbau des wurstförmigen Gebäudes auf dem Hindenburgplatz gestoppt. Doch nachdem es seines prominenten Kopfes beraubt war, brach es auseinander und schließlich blieben nur noch einige wenige übrig, die künftig für andere Ziele kämpfen wollten wie beispielsweise ein unabhängiges Hiltrup.

An dem besagten Samstag traf ich Kim Armbruster im *Vegetarian Style,* dem neuen Trendlokal der Stadt. Es war so gegen halb acht abends, am Himmel standen hauchdünne Federwölkchen und die Vögel zwitscherten. Eigentlich war ich mit Laura verabredet, aber sie verspätete sich wieder einmal.

Mit Kim kam ich immer besser klar. Zwar traute sie so gut wie niemandem über den Weg und hatte eine irritierende Vorliebe für körpergestützte Konfliktlösungen. Dafür war sie einem aber niemals lange böse und schmollte nicht für Tage oder Wochen, so wie mein Expartner.

»Hi, ich muss dich sprechen«, sagte sie.

»Tut mir leid, Kim, ich bin verabredet. Sie muss jeden Moment kommen.«

Kim setzte sich an meinen Tisch, als hätte ich mich unverständlich ausgedrückt, und bestellte sich einen Energydrink. Der kam ziemlich plötzlich und sie trank ihn aus, ohne abzusetzen. »Kannst du morgen Abend?«, fragte sie. »Mein Daddy kommt aus den Staaten und gibt ein Barbecue, um die Einweihung meines bescheidenen Eigenheims zu feiern.«

»Klar komme ich.«

»Er wird *Allwetterfleisch* aufkaufen, sobald der juristische Kram geklärt ist.«

»Gute Idee. Für Hundefutter ist das genau der richtige Laden.«

»Keine Chance.« Kim schüttelte den Kopf. »Das bleibt eine Wurstfabrik, Henki. Die Auflagen für Hundefutter sind zu streng in den USA.«

Wie immer wirkte Kim frisch und voller Tatendrang, aber hinter ihrer duschgegelten Fassade vermeinte ich eine arme, gestresste Seele zu entdecken.

»Was ist bloß in Kittel gefahren?«, fing sie nach dem zweiten Drink an. »Er redet nicht mehr mit mir. Ich weiß nicht mal, ob ich was Falsches gesagt habe.«

»Keine Sorge«, beruhigte ich sie. »Das ist seine Art, dir zu zeigen, dass er dich mag.«

»Blödsinn, Henki. Er hat seine Sachen gepackt. Auf seinem Schreibtisch lagen Reiseprospekte von Neapel und Umgebung.«

Das war mir schon bekannt. Gestern Abend war Kittel bei mir aufgekreuzt und hatte seine Klamotten bei mir geparkt. Irgendwie hatte er auf mich einen beziehungsmüden Eindruck gemacht.

»Ich habe endlich das ideale Zimmer gefunden«, hatte er geschwärmt. »Eine Dachwohnung mit Blick aufs Meer.«

»Gratuliere, Kittel, so was kriegst du in Münster nicht so leicht.«

»Conca dei Marini«, schwärmte Kittel weiter. »Ein verschlafenes kleines Nest, eins der kleinsten in ganz Italien. Da hast du mit dem ganzen Scheiß nichts mehr am Hut.«

»Du hattest doch schon mal mit dem ganzen Scheiß nichts mehr am Hut«, erinnerte ich ihn. »Und was hat es dir gebracht?«

Es war aber nicht mit ihm zu reden gewesen.

»Man nennt das narzisstische Störung«, setzte ich Kim auseinander. »Kittel wünscht sich Nähe wie sonst nichts auf der Welt und fürchtet sie zugleich doch so sehr, dass er panisch die Flucht ergreift, sobald er sich in eine Frau verliebt.«

»Das ist mir zu hoch.« Kim schüttelte den Kopf und winkte dem Kellner. »Außerdem hat er mir was ganz anderes erzählt.«

»Und das wäre?«

»Dass ihm alles Mögliche an mir nicht passt. Ich versuche alles, spare mich für ihn auf und was macht er? Zieht einfach aus, der jämmerliche Feigling.«

»Du sparst dich auf?«

»Ein geliebter Mensch ist das größte Geschenk, das es gibt, sagt man bei uns in den Staaten. Geschenke vor Weihnachten auszupacken bringt Unglück.«

Ich wunderte mich. »Aber neulich im Büro, da habt ihr's doch praktisch auf der Fensterbank getrieben.«

»Das war vor einer Woche. Wie sagst du auf Deutsch: ein Techtelmechtel. Jetzt ist es ernst.«

Kim zahlte und ging, nachdem ich ihr versprochen hatte, noch einmal mit Kittel zu reden.

Zwei Biere später kam die Engelsgleiche. Sie trug einen atemberaubend kurzen Rock und an einem Kettchen um den

Hals eine bonbonfarbene Sonnenbrille, die in den verlockenden Tiefen ihres Ausschnitts verschwand.

»Schickes Outfit!«, lobte ich.

Wir bestellten einen Antifleisch-Salat, ein Gericht, das nicht nur vegetarisch war, sondern sich gegen den Fleischkonsum richtete. Denn es enthielt ausschließlich Zutaten, die nicht als Tierfutter infrage kamen. Leider gab es davon nicht gerade viele.

Laura berichtete, dass sie eine wissenschaftliche Karriere anstrebe. Sie habe ein Schnupperseminar bei Professor Haberland zum Thema *Götz Wallenstein – Aufstieg und Fall einer Sinnikone* besucht. »Er hat gerade sein Coming-out an der Uni.«

»Du meinst Comeback.«

Eigentlich aber wollte sie nur von mir wissen, ob es Neuigkeiten im Fall Jens Defries gab.

Nein, es gab keine.

»Als ich kürzlich bei der Kripo anrief, sagte man mir, dass man Jens möglicherweise schon gefunden habe. Jedenfalls zum Teil.«

Ich nickte. »Hauptkommissarin Schweikert hält es für möglich, dass die im *Biotop* und im *Grünen Winkel* aufgefundenen Finger von Jens Defries stammen. Aber das ist eine reine Vermutung.«

»Ich glaube nicht daran, dass er tot ist«, bekräftigte sie trotzig. »Ich weiß, dass er lebt.«

»Du weißt es?«

»Gestern Nacht habe ich von Jens geträumt. Es war dunkel und ich lief rastlos den Prinzipalmarkt entlang. Und da stand er auf einmal. Ich erkannte ihn zunächst nicht und wollte an ihm vorbeigehen. Aber da hob er die Hand, es fehlten zwei Finger, und daran erkannte ich ihn. Ich habe jetzt niemand anderen als dich, Laura, sagte er. Bitte, lass nicht zu, dass aus mir das wird, was aus Schwarzenegger geworden ist.«

»Das ist sehr ergreifend«, sagte ich.

»Also wirst du weiter nach ihm suchen?«

Laura sah mich wieder auf diese spezielle Weise an, und zum ersten Mal bemerkte ich etwas Trotziges in ihrem Blick. Vielleicht war es immer schon da gewesen und ich hatte mich nur geweigert, es wahrzunehmen. Machten wir uns gegenseitig etwas vor? Ich weigere mich zu akzeptieren, dass Jens nun mal nicht zu finden ist, schien Laura zu sagen. Dafür weigerst du dich zur Kenntnis zu nehmen, dass mit uns beiden auf Dauer nichts laufen kann.

Es war nicht nur Kittels Beziehung, die in der Klemme steckte.

»Die Wirklichkeit und dein Traum«, sagte ich, »sind verschiedene Dinge. Wie sehr wünschte ich, es wäre nicht so. Dann würde ich ein wenig rastlos auf dem Prinzipalmarkt auf und ab gehen und schon hätte ich ihn gefunden.«

Unsere Salate wurden serviert. Ich konnte nachvollziehen, weshalb Tiere sich aus dem Zeug nichts machten. »Du siehst hungrig aus«, meinte ich und schob ihr meinen Teller hin. »Bestimmt schaffst du zwei Portionen.«

Lauras Schmolllippe zuckte vor. »Weißt du, manchmal vergeht mir regelrecht der Appetit, wenn ich daran denke, wo Jens jetzt wohl ist. Und wo immer er auch ist – ich sitze hier und stopfe mich voll mit gesunden Leckereien …«

»Leckereien ist ja wohl stark übertrieben.«

»Warum kannst du nicht weitersuchen?«, beharrte Laura.

»Weil zehn durch drei nicht vier ist«, sagte ich.

43

Ich bestellte noch einige Biere. Sie waren als Ersatz für die gesunden Leckereien gedacht, später versprach ich mir von ihnen Hilfe bei meinem Bemühen, Laura von der Zwecklosigkeit des Suchens zu überzeugen, ohne dabei das dünne Bettlaken zwischen uns zu zerschneiden. Mehrmals wies ich sie auf die erfreuliche Tatsache hin, dass Jens Defries kein dreifacher Mörder war, so wie ich bis vor Kurzem noch fest angenommen hatte. Dies für sich genommen sei doch schon eine gute Nachricht, wenn sie auch bedeuten könne, dass er sein Auto nicht selbst im Moor versenkt habe und demnach auch nicht freiwillig von der Bildfläche verschwunden sei. Aber ich musste feststellen, dass Laura längst gegangen war.

Es war mittlerweile schon nach elf. Ich zahlte und schlenderte in Richtung Innenstadt. Obwohl ich den Weg genau kannte, verlief er an diesem Abend anders als sonst und führte mich nicht zum Bremer Platz, sondern auf den Prinzipalmarkt. Die Gaststätte *Stuhlmacher* hatte geschlossen, draußen auf dem Gehsteig standen festgekettete Tische und Stühle. Ich nahm trotzdem Platz und starrte den Nachtschwärmern nach, die sich so wie ich hierher verirrten.

»Kummer, Chef?«, fragte jemand.

Ich drehte mich um. Da stand ein junger Spund und prostete mir mit seiner Bierflasche zu.

»Wie kommen Sie darauf?«

Er grinste. »Mir fällt kein anderer Grund ein, um an einem schönen Samstagabend an einem Ort wie diesem zu versacken.«

Da hatte er allerdings recht. Außerdem kam mir das irgendwie bekannt vor. »Was sind Sie, ein Messias oder was?«

Der Mann schwenkte zum Abschied seine Flasche und verdrückte sich in Richtung Domplatz.

Nach ein paar Sekunden suffbedingten Dösens wachte ich plötzlich auf. »Heh!«, rief ich dem Kerl nach. »Defries, bleiben Sie stehen!« Ich lief los, überquerte den Prinzipalmarkt und rannte auf den Dom zu. Aber ich kam nicht weit. Da war ein schabendes Geräusch, ich kollidierte mit etwas Hartem und knallte auf das Kopfsteinpflaster.

Jemand hob mich auf. »Heh, Blindfisch, hast du keine Augen im Kopf?«

»Haben Sie den Mann gesehen? Dieser Typ, das ist Jan van Leiden.«

»Scheiße, Sie hat's aber ordentlich erwischt ...«

Nach Hause zurückgekehrt, landete ich schon wieder auf dem Boden, sobald ich die Wohnung betrat. Dieses Mal war Kittels Krempel, der im Flur mitten im Weg stand, daran schuld. Fluchend rappelte ich mich auf, packte seine Reisetasche, den alten Rucksack und die Pappkartons und stopfte sie in die Besenkammer neben der Küche. Einer der Pappkartons war zu alt und gebrechlich, um sich von mir tragen zu lassen. Beim Hochheben ergoss er seinen Inhalt auf den Teppich. Es war Kleinkram: Zettel mit Notizen, uralte Korrespondenz, vergilbte Fotos, Plastikbecher, Büroklammern. Ich kehrte das Zeug zusammen und füllte es in einen Müllsack. Dann holte ich eines der Teile wieder heraus. Es war ein gepolsterter Umschlag ohne Adresse, der genauso aussah wie der, den ich schon dutzendmal gesucht hatte und, wie ich ertasten konnte, ein Heft oder eine Broschüre enthielt. Jens Defries hatte ihn mir anvertraut, damals, als ich ihn zum ersten und zum letzten Mal gesehen hatte.

Ich öffnete den Umschlag und holte einen Stapel Seiten heraus. Die meisten waren voll von den verrückten Zeichnungen, die den seltsam mittelalterlichen Superman in Aktion zeigten. Einige enthielten auch Text.

Tod und Täufer – ein Comicroman von J. Defries, erster Entwurf, stand auf der ersten Seite.

Kapitel 6: Die Offenbarung

Verrat! Jan der Rächer hätte sich niemals mit dem Mutanten einlassen sollen. Rächer sind Einzelgänger so wie Zorro oder Spider-Man. Außerdem hat sich herausgestellt, dass der Mutant niemand anderer ist als der Satan persönlich.

Das hätte sich gar nicht herausgestellt, wäre er nicht zufällig auf die Idee gekommen, den vermeintlichen Freund an seiner Wirkungsstätte aufzusuchen, um ihn zu überraschen.

»Welch netter Besuch«, sagt der Mann mit den großen Ohren freundlich, wie immer lächelnd. Aber dieses Mal hat er einen weißen Kittel an, auf dem rote Spritzer sind. Blutspritzer. »Komm nur herein und fühl dich wie zu Hause.«

Jan sieht sich um. Und es dauert eine geraume Weile, bis er sich auf das, was er sieht, einen Reim machen kann. Eine triefende blutige Masse kriecht schwerfällig wie Lava ein langes Band entlang. Sie dampft und der Geruch ist ekelerregend. »Aber das da ist doch nicht etwa Wurst, oder?«, fragt Jan besorgt.

»Noch nicht, mein Guter«, antwortet der Mutant und setzt ein seltsam schiefes Lächeln auf, das obszön wie ein grelles Band zwischen seinen großen Lauschern aufgespannt ist. Er reibt sich die Hände, die in Gummihandschuhen stecken – es quietscht. »Aber schon bald wird es Wurst sein.«

»Aber wie kannst du so etwas nur tun? Ich hatte dich für einen vegetarisch gesinnten Menschen gehalten.«

»Vegetarisch gesinnt – was für ein Humbug!«, spottet der Mann in Weiß und es ist plötzlich so, als habe er sich selbst eine Maske vom Gesicht gerissen. »Wie dämlich bist du eigentlich? Wurst ist das einzige Nahrungsmittel, das diesen Planeten ernähren kann, und ich bin derjenige, dem es gegeben ist, sie zu gestalten. Skulpturen daraus zu schaffen, die man ansehen und bestaunen kann. Ja, man kann sie sogar essen …«

Jan weiß eigentlich, dass er dem Kerl diese Frechheit nicht durchgehen lassen kann. Was er sieht, ist schlimmer als das Essen in der Kantine. Es ist die Hölle selbst. Die blutgetränkte, drückende Luft nimmt ihm den Atem. Er bringt kein Wort heraus und starrt den bösen Zauberlehrling an und sein Werk, die übel riechende, schleimige Masse. Und wie in einer Vision sieht er alle Geschöpfe auf diesem Planeten in dieser Masse waten, bis zu den Knien reicht ihnen das Gebräu.

Eine Weltuntergangsvision in der Tat. Jan will sein Sendschwert zücken, aber er hat weiche Knie. Nichts wie weg, denkt er und ergreift die Flucht.

»Heh, warte!«, ruft der Blutbespritzte ihm nach. »Ich könnte dir vielleicht helfen.«

Jan aber dreht sich nicht einmal um.

»Dieser Mann, den du suchst. Ich kenne ihn. Der Mann, der deine Mama begrapscht hat. Willst du wissen, wer er ist?«

»Du lügst. Woher solltest du ihn kennen?«

»Das ist nicht die Frage, Jan. Sondern: Willst du das wirklich wissen?«

»Nein, ich will es nicht wissen«, gibt Jan zurück. Aber dann bleibt er doch stehen. »Also sag schon: Wer ist er?«

44

Münster ist die Stadt, in der europaweit die meisten Radfahrer radeln, mehr als in Düsseldorf, Wuppertal und Krefeld zusammen, aber nachgewiesenermaßen sind sie auch am schlechtesten ausgebildet. Neue Umfragen ergaben, dass über sechzig Prozent der Münsteraner Radfahrer eine Bremse für eine lästige Stechfliege halten und es ausreichend finden, ihr Fahrzeug mithilfe der Fußsohlen zum Stehen zu bringen. Ebenso viele gehen davon aus, dass Ampeln ein buntes Extra sind, an Verkehrsknotenpunkten zu Unterhaltungszwecken installiert, und über achtzig Prozent sind der Überzeugung, dass Verkehrsregeln einen illegalen Eingriff in die Privatsphäre eines Zweiradlers darstellen. In einer PISA-Studie zum Bildungsstand von Radfahrern landeten die Münsteraner weit abgeschlagen hinter denen aus Lima/Peru auf dem siebenundsechzigsten Platz. Ein Tatbestand, der den städtischen Verkehrsplanern sicher zu denken gegeben hätte, wenn diese nicht in einer anderen Studie noch viel weiter unten rangiert hätten.

Einer dieser schlecht ausgebildeten bremsenlosen Radler hatte mich gestern Nacht unsanft gestoppt, kurz bevor ich das Geheimnis von Lauras Traum hatte lüften und dafür sorgen können, dass alles zwischen uns wieder gut werden würde. Jetzt waren die Schatten der Nacht verflogen und mit ihnen jenes Phantom mit der Bierflasche, das mich auf dem Prinzipalmarkt angesprochen hatte. Und ich war auf dem Weg, mich mit einem Mann zu unterhalten, den Defries als den Mutanten bezeichnet hatte.

Rainer Zucker wohnte in Mecklenbeck, einem Stadtteil, den man nur insofern abwechslungsreich nennen konnte, als sich langweilige, eintönige Reihenhauszeilen mit Gewerbegebieten, die man als Zumutung empfinden musste, abwechselten.

Zucker wohnte am grünen Rand in einer Erdgeschosswohnung mit Panoramablick auf die Weseler-Straße.

Es war sonntags gegen zehn, als ich bei ihm klingelte. Zucker öffnete mir in einem lila Bademantel, der mit schwarzen Tierkreiszeichen bedruckt war.

»Haben Sie Brötchen mitgebracht?«, fragte er, als ich eintrat.

»Es liegt mir fern, Sie vom Frühstück abzuhalten.«

»Na, dann kommen Sie mal mit.«

Wir gingen in den Garten, der aus einem winzigen steinernen Quadrat bestand. Er verfügte über einen Gartengrill, einen Plastiktisch und zwei Stühle. Zucker nahm mir gegenüber Platz, setzte eine Sonnenbrille auf und schlug die Beine übereinander. »Was kann ich für Sie tun, Herr Voss?«

Ich reichte ihm ein Blatt Papier. Er las.

Nachwort

Schluss damit. Ich habe genug von Jan dem Rächer. Den Roman werde ich später fertigstellen.

Und was die albernen Festspiele angeht: Macht eure Show allein. Ich weiß jetzt alles. Der Wurstmischer hat mich aufgeklärt. Mein Vater ist nicht mein Vater, sondern der andere, den ich nicht leiden kann. Und jetzt weiß ich, wie dieser Mann heißt. Das ändert die Sache.

Also werde ich mich vorerst nicht weiter mit Comics abgeben.

Jan van Leiden Ende. Over and out.

»Sie wissen, von wem das ist?«

Zucker nickte. »Jens hatte sich in den Kopf gesetzt, einen Comicroman zu schreiben. Haben Sie seine Zeichnungen gesehen? Der Mann ist gar nicht übel. Ich bin fest davon überzeugt, dass er einer der Großen der Comicliteratur werden wird.«

»Eine kurze Zeit war ich davon überzeugt, dass er die Morde begangen hat.«

Mein Gegenüber schmunzelte amüsiert. »Keine Sorge, Jan der Rächer existiert nur in Jens' schräger Fantasie. Eine Figur, mit der er seine Probleme auf drastischere Weise angehen kann, als es ihm in der Wirklichkeit möglich ist.«

»Aber jetzt ist mir klar, dass er sich irrt. Er denkt nur, es wäre alles Fantasie, dabei passiert es in Wirklichkeit.«

»Ich fürchte, ich kann Ihnen nicht folgen.«

»Defries hat für Frau Nebel den Superman gespielt. Sie

wollte ihn als Aushängeschild für ihre Stadtmarketingkampagne. Und Professor Haberland benutzte ihn als Stein des Anstoßes, um seinen ungeliebten Kollegen zu zeigen, was man mit empirischer Theologie so alles anstellen kann.«

Zucker nickte. »Und jetzt sind Sie hier, um zu erfahren, wofür ich mich seiner bedient habe?«

»Fest steht, dass er Sie bewundert hat.«

»Bewundert würde ich nicht sagen. Vor allem wollte er mich wegen meiner Ohren.«

»Ihrer Ohren?«

»Du bist die ideale Comicfigur, meinte er. Die meisten Leute muss man erst karikieren, aber dich brauche ich nur abzuzeichnen. Wenn Sie das Bewunderung nennen …« Mein Gegenüber erhob sich, ging ins Haus und machte sich daran, Kaffee zu kochen. »Er ist mein Neffe, Herr Voss, und ich wollte seinem Werdegang nicht im Wege stehen. Also habe ich ihm Modell gesessen.«

»Und dabei haben Sie sich über dies und das unterhalten, nicht wahr?«

»Wie das so ist.« Mein Gastgeber wartete, bis der Kaffee durch den Filter getröpfelt war, dann füllte er uns zwei Tassen ab und kehrte an den Plastiktisch zurück. »Wollen Sie Zucker? Milch ist im Kühlschrank.«

Ich machte mich auf den Weg.

»Ich habe mich bemüht, ihm das Geheimnis der Wurst nahezubringen«, rief er hinter mir her. »Welche ungeheueren Möglichkeiten in diesem Nahrungsmittel stecken und jederzeit hineingesteckt werden können. Die Wurst, mein lieber Herr Voss, ist nicht nur eine schlichte Erfindung unter vielen wie beispielsweise das Rad, das meiner Ansicht nach gerade in dieser Stadt völlig überbewertet wird. Die Wurst und nur sie gibt der Spezies Mensch die Möglichkeit an die Hand, sich quasi selbst zu verstoffwechseln und damit auf diesem Planeten langfristig zu überleben.«

»Das sagten Sie ja bereits.«

»Aber Jens hat das falsch verstanden. Ich beschrieb ihm meine kühne Zukunftsvision vom Standpunkt des Künstlers und er bildete sich offenbar ein, dass wir gemeinsam gegen die Fleischmassenproduktion, gegen das Töten von Tieren und für den Vegetarismus als Weltreligion Plakate schwenken würden. Glaubte, dass er seiner Täuferfigur damit einen ökologischen Touch verleihen konnte. Kein Wunder, dass er grün im Gesicht wurde, als er eines Tages an meinem Arbeitsplatz auftauchte.«

»Defries sympathisierte mit dem Mann, den Sie für den Tod Ihrer Schwester verantwortlich machten. Da haben Sie ihm erzählt, was es mit dem mysteriösen Unfall seiner Mutter auf sich hatte.«

»Zugegeben, es passte mir nicht, dass ich der windige Zauberlehrling sein sollte und der Pfeifenmann Seine Heiligkeit in Person. Also machte ich ihm klar, dass Castrop und Wallenstein nur so täten, als wären sie die größten Feinde. Und dass sie in Wirklichkeit unter einer Decke steckten.«

»Wie reagierte Defries?«

»Er hielt sich die Ohren zu. Aber dann meinte er, wenn das stimme, habe er Wallenstein die längste Zeit verehrt. Er würde den Kampf eben mit seinem Vater führen oder, wenn es sein müsste, auch allein. – Aber Wallenstein ist doch dein Vater, du dämlicher Idiot, habe ich gesagt, und ich bin dein geschätzter Onkel. Zum Beweis habe ich ihm aus Selmas Tagebuch vorgelesen, das sie mir am Tage ihres Selbstmordes zugeschickt hat. Nun ja, das hat ihn dann ziemlich mitgenommen.«

»Verstehe«, nickte ich. »Jens Defries war der Torpedo, den Sie auf die *Taufkumpane* abschießen konnten, nicht wahr?«

Der Mutant schüttelte den Kopf. »Noch etwas Kaffee?«

»Was hatte er vor, nachdem er vor Ihnen die Flucht ergriffen hatte?«

Zucker deutete auf das Blatt. »Keine Ahnung. Vermutlich ist er nach Hause gegangen und hat dieses Nachwort geschrieben.« Zucker grinste ein, wie ich fand, diabolisches Grinsen. »Wenn er Ihnen über den Weg laufen sollte, würden Sie ihm dann Grüße von mir ausrichten?«

45

Kim Armbrusters bescheidenes Eigenheim erwies sich als recht großzügig geschnittenes Anwesen am äußersten Ortsrand von Angelmodde. Wer zum ersten Mal seinen Fuß darauf setzte, fühlte sich an Karl den Fünften und sein bescheidenes Reich erinnert, von dem man gesagt hatte, dass darin die Sonne niemals untergehe. Das Grundstück verfügte über zwei Swimmingpools, einen mittelgroßen Fichtenwald mit Damwildbeständen, einen künstlich aufgeschütteten Hügel mit Nistplätzen für seltene Seevögel, drei Obstgärten, einen verwaisten Kinderspielplatz und eine ausgedehnte Weide für Kamerunschafe. Die große Liegewiese, deren Zentrum ein gotisch zugespitzter Pavillon bildete, fiel zur Werse hin leicht ab. Unten am Ufer gab es einen Steg und einen überdachten Bootsliegeplatz mit einem Fahnenmast, an dem das Sternenbanner und die Flagge der Südstaaten flatterten. Die weitläufige Naturwiese bildete den grandiosen Schauplatz für Armbruster seniors Einweihungsbarbecue.

Es war ein schwülwarmer Abend, der Himmel war bedeckt und für Mitternacht waren schwere Gewitter mit ergiebigem Starkregen angesagt. An die zweihundert Gäste waren gekommen, hauptsächlich aus der Hundefutterbranche, aber auch Fleischverkäufer und einige von Kims neuen Kollegen. Man trank und scherzte laut, die Combo spielte Blues aus längst vergangenen Zeiten und über dem riesigen Grill, den R. Zuckers *Creative-Catering* managte, stand eine Rauchwolke von vesuvianischen Ausmaßen.

Kittel, der sich von Kim dazu hatte überreden lassen, beim Bewirten der Gäste zu helfen, hatte kaum Zeit für mich. Im Vorbeigehen raunte er mir zu, dass er seine Italienpläne wieder auf Eis gelegt habe. Dafür habe Kim sich im Gegenzug damit einverstanden erklärt, dass er einige Geschenke bereits vor Weihnachten auspackte.

Gegen neun kreuzte Haberland auf. Er wirkte schrill in seinem knallroten Hemd und weißen Jackett, offenbar nahm er in Kauf, für einen halbseidenen Unterweltboss gehalten zu werden, nur damit man ihm den Theologen nicht ansah. Sein rechter Arm umfasste Malin, der linke eine monströse Topfpflanze, sein Mitbringsel.

Und dann betrat Laura die Bühne des Abends. Ich bewunderte ihre engelsgleiche Erscheinung, mit der sie herausstach aus all diesen schwatzenden, Bier trinkenden und rauchenden Partygästen, die an den Stehtischen herumlungerten, den Frauen, die im Vergleich mit ihr wie aufgetakelte Fregatten wirkten in ihren rückenfreien Abendkleidern und knallroten aufgespritzten Lippen. Welten lagen zwischen deren breiten Grinsen und Lauras überirdischer Schwermut, die sie umgab wie eine Aura.

Mit einem Glas Mineralwasser in der Hand kam sie auf mich zu und bot mir ihre Wange, damit ich einen Kuss darauf hauchte. »Du hast Neuigkeiten von Jens?«

Genau genommen war das der Trick, mit dem ich sie hergelockt hatte, nachdem sie gesagt hatte, dass Feierlichkeiten dieser Art momentan für sie nicht infrage kämen. »Allerdings«, meinte ich. »Wenn auch keine guten. Mit an Sicherheit grenzender Wahrscheinlichkeit hat Defries an dem Abend, als ich ihm im *Stuhlmacher* über den Weg gelaufen bin, anschließend noch deinen Vater aufgesucht. Er wusste inzwischen von dessen krummen Deal mit Castrop und wollte ihn zur Rede stellen. Höchstwahrscheinlich traf er aber nur Schadewaldt an.« Ich sah betroffen drein. »Leider können wir uns nur zu gut denken, wie es weiterging. Schadewaldt hat nicht nur drei, sondern vier Menschen umgebracht.«

»Aber wenn das so ist, wo ist die Leiche?«

»Schadewaldt war ein seltsamer Mensch. Und er neigte dazu, Menschen auf seltsame Weise umzubringen. Vielleicht muss man erst die ganze *Casa Verde* umgraben, besonders diese zermatschte Wiese, wo sich die Hängebauchschweine herumtreiben.« Ich lächelte aufmunternd. »Wenn Jens dort irgendwo begraben ist, dann wäre das doch gar nicht so übel, oder? Er würde sich in der Nähe der Tiere sicher am wohlsten fühlen.«

Laura lächelte nicht zurück. Ihre überirdische Schwermut begann allmählich zu nerven.

»Ich glaube nicht, dass es so war«, beharrte sie trotzig. »Und Beat auch nicht.«

»Beat?«

Mit ihrem Wasserglas deutete Laura hinüber zu einem der Stehtische, wo sich ein ältlicher Typ in gestylten Jeans mit Schlag und einem Altachtundsechzigerbart über einen bis zum Rand gefüllten Grillteller hermachte. »Er wohnt in Bramsche und ist auch Detektiv«, erklärte Laura.

»Bramsche? Wo liegt das denn?«

»Eigentlich kommt er aus Güstrow. Ich habe ihn im Internet gefunden. Beat sagt, dass Jens gar nicht tot sein kann, weil er eindeutig Schwingungen von ihm empfängt.«

»Moment«, fragte ich irritiert nach. »Gerade noch hast du gesagt, er wäre Detektiv, nicht Fernmeldetechniker.«

»Beat bezieht in seine Ermittlungen auch die übersinnliche Welt mit ein.« Lauras Schmolllippe schob sich nach vorn, aber nicht zum Schmollen, sondern zum Spotten, wodurch alles Engelsgleiche an ihr verpuffte wie eine schöne Illusion. »Banaler Materialismus ist nämlich längst out.«

»Dann wünsche ich euch beiden viel Spaß beim Tischerücken«, versetzte ich bissig. »Aber das alles ändert nichts daran, dass dein Bruder tot ist.«

»Mein Bruder?« Sie machte große Augen. »Wovon redest du überhaupt?«

»Tja, das war Jens nämlich. Hat der übersinnliche Schnüffler das etwa noch nicht herausgefunden?« Sicher war es gemein, ihr die Neuigkeit so nebenbei zu stecken, aber Nettigkeiten taugten nicht dazu, jemanden zu verletzen.

Laura nahm die Nachricht auf ihre typische, unbedarfte Weise auf. »So einen Blödsinn«, meinte sie kopfschüttelnd, »habe ich selten gehört.«

Der Detektiv aus Güstrow hatte seine Klientin inzwischen bemerkt und kam mitsamt seinem Wurstteller herüber – das Thema vegetarische Weltrevolution hatte sich für Laura wohl schon erledigt.

»Hi!«, begrüßte er mich mit vollem Mund. Sein Arm langte gierig um Laura herum und tätschelte ihre Brust. »Kommst du, Schatz? Wir wollten doch noch Übungen machen.« Damit verdrückte sich das Pärchen und ich starrte ihm mit offenem Mund hinterher. Übungen machen. Das war's dann also gewesen. Ich konnte dem Ossi nicht mal böse sein. Er war nur in die Bresche gesprungen, die ich sperrangelweit offen gelassen hatte. Übersinnliche Ermittlung – warum war ich nicht darauf gekommen?

Das Fest war inzwischen in Stimmung gekommen. Die Fleischfraktion riss betrunkene Witze über Zuckers Grillkreationen, Sanne Schweikert und einige ihrer Kollegen standen am Werseufer und fütterten die Fische damit. Kurz vor zwölf bestand der Hausherr darauf, dass die Combo Evergreens zum Mitsingen spielte. *Oh When the Saints* und *This Land is Your Land.*

»Klassefrau, Henk«, lobte Kittel und stellte mir ein Bier auf den Tisch. Mit seinen Komplimenten immer den entscheidenden Tick zu spät zu sein, war auch eine Spezialität von ihm. »Echt allererste Sahne. Und ihr Cousin ist auch ganz nett.«

»Ihr Cousin?«

»Dieser Typ, mit dem sie hier ist. Er ist so was wie ein esoterischer Detektiv.«

»Ich weiß. Aber er ist nicht ihr Cousin.«

Gut gelaunt schwenkte Kittel sein Tablett. »Ich bring dir noch was zu essen, Henk. Du siehst aus, als könntest du was vertragen.«

»Sie hat überhaupt keinen Cousin!«

Ich machte mich zur nächsten Theke auf, holte mir noch ein Bier und bemerkte bei dieser Gelegenheit, dass sich das versprochene Gewitter verzogen hatte. Ein paarmal hatte es gegrollt und das war alles gewesen. Auf nichts war mehr Verlass. Kittel fand mich, drängte mir einen Pappteller mit Fleisch auf und ich mampfte, weil ich nichts anderes zu tun hatte. Und während ich so vor mich hin aß, dachte ich über Lauras Halbbruder nach. Als Kind hatten die beiden nie miteinander gespielt, sie waren überhaupt sehr unterschiedliche Geschwister. Laura hatte einen Vater gehabt, der nie für sie Zeit gehabt hatte. Und wenn sie ihm ihre Meinung sagen wollte, hatte er sie auf ihr Zimmer geschickt. Defries dagegen hatte erst kürzlich erfahren, dass der Mann, der immer auf einer Pfeife herumkaute, sein Vater war. Für ihn war nur jemand da gewesen, der sich für so etwas wie seinen Vater hielt. *Er würde den Kampf eben mit seinem Vater führen oder, wenn es sein müsste, auch allein.*

Ich war zwar betrunken, aber noch nicht so sehr, um mich nicht über meine Begriffsstutzigkeit zu ärgern. Niemand würde das Gehege der Hängebauchschweine umgraben müssen, und wenn er es doch tat, würde er nichts finden. Denn Defries war an jenem Abend nicht in der *Casa Verde* gewesen.

46

Ich nahm Bier und Grillteller und machte mich auf die Suche nach dem Professor. Er saß abseits an einem sonst leeren Tisch in der Nähe des Bootsstegs. Sein rotes Hemd leuchtete in der Nacht.

»Sie auch hier, Herr Voss?« Haberland prostete mir mit einem Glas Rotwein zu, als er mich bemerkte.

»Wo steckt Ihre Begleiterin, Herr Professor?«

»Es ist gerade mal eine Stunde her, dass sie eine sehr interessante Bekanntschaft machte. Tja, und jetzt haben sich die beiden irgendwohin verkrümelt.« Er grinste verschmitzt, was mir signalisierte, dass er schon so manches Glas geleert hatte. »Wir führen eine offene Beziehung, wissen Sie?« Haberland lehnte sich so weit zurück, dass er fast hintenüberkippte, und breitete die Arme aus. »Was für eine schöne Nacht!«

Ich nickte bestätigend, kramte mein Feuerzeug hervor und öffnete mir eine Flasche Bier. »Sie schulden mir das Ende einer Geschichte.«

»Welcher Geschichte?«

»Die von Jens Defries, der für Sie so etwas wie ein eigener Sohn ist.«

»Ich sagte Ihnen doch …«

»Sie sagten mir, dass er sich nicht mehr bei Ihnen gemeldet hätte. Und damit Schluss. Aber in Wirklichkeit ging es noch weiter, nicht wahr?«

Haberland ließ sich zurückschwingen und widmete sich seinem Glas. »Ich verstehe leider nicht ganz, worauf Sie abzielen, Herr Voss.«

»Also gut«, sagte ich, schnappte mir ein Würstchen vom Teller und tunkte es in Senf. »Dann werden Sie sicher nichts dagegen haben, wenn ich Ihnen eine Geschichte erzähle. Sie handelt von einem seltsamen Dreigestirn, das sich *die Taufkumpane* nannte. Sie hatten geschworen, einer für den anderen da zu sein bis an ihr Lebensende.«

Haberland kicherte.

»Sie haben recht«, stimmte ich ihm zu. »Das scheint auch mir etwas übertrieben. Genauer gesagt, war das Gegenteil der Fall: Die drei hatten sich zusammengetan, weil sie neidisch auf den Erfolg des anderen waren. Da haben wir Wallenstein, den charismatischen Egomanen, und Fricke, den coolen Zyniker. Die beiden konnten sich nie leiden und führten einen erbitterten Krieg gegeneinander. Der eine verkaufte Hamburger und nannte sie Ökofleisch, der andere predigte ökologischen Lebensstil, den er heimlich mit Billigwurst finanzierte. Sie wären sich bestimmt schon viel früher an die Gurgel gegangen, wären nicht Sie, Herr Professor, gewesen, der Friedensbringer und Befreiungstheologe. Ihnen kam die Rolle des Vermittlers zu.«

Haberland nickte selbstgefällig. »Sie haben zwar keinerlei Ahnung, wovon Sie reden, aber mit dem Letzteren dürften Sie vermutlich richtig liegen.«

»Warten Sie's ab, Professor«, widersprach ich. »In meiner Geschichte scheint es nur so zu sein, aber dann stellt sich heraus, dass der vermeintliche Friedensbringer der eigentliche Motor dieser Hassménage-à-trois ist.« Ich genehmigte mir ein weiteres Würstchen. Es war verschrumpelt und erinnerte mich an das Geschnetzelte mit Finger. »Das kam heraus, als Wallenstein mit einem Mädchen namens Selma herummachte und sie schwängerte. Sie, Haberland, hatten sich vielleicht selbst Hoffnungen auf sie gemacht, aber dann kam dieser Blender und schaffte es mühelos, sie Ihnen auszuspannen. Überhaupt ließ er Ihnen immer nur die zweite Geige übrig. Zum Beispiel im Kampf gegen Castrops Wursthalle.«

»Jetzt werfen Sie aber einiges durcheinander, mein Freund«, meinte der Theologe stirnrunzelnd.

»Sie nahmen sich des kleinen Jens an und formten ihn nach Ihrem Bild. Versuchten, ihm seine Künstlerflausen auszutreiben, und machten den Bedauernswerten zur Personifikation Ihrer schrägen theologischen Theorie von der Wiederkehr der Wiedertäufer. Schmiedeten ihn zu einer Waffe, mit der Sie Wallenstein endlich in seine Schranken weisen konnten. Aber dann kam etwas dazwischen: Eines Abends kreuzte Ihr selbst gemachter Messias bei Ihnen auf und teilte Ihnen mit, dass er alles hinwerfen werde.«

Der Professor für Experimentaltheologie war nicht sehr beeindruckt. Er lachte in sich hinein, trank einen Schluck und starrte in den sternenübersäten Himmel.

»Gut, gut«, sagte er nach einer Weile. »Wir beide sind hier unter uns, außerdem betrunken, nicht wahr? Also sprechen Sie mich morgen nicht mehr auf das an, was ich Ihnen heute Nacht erzählt habe. Ich werde mich daran nicht mehr erinnern.«

»Sie machen mich neugierig, Professor.«

»Ich werde Ihnen jetzt einen Mord gestehen, Herr Voss. Es ist ein perfekter Mord, den kann man ruhig gestehen, denn es gibt keine Beweise und wird niemals welche geben. Sie haben recht, Jens platzte an diesem Abend zu später Stunde herein und sagte, dass er mit dem ›ganzen Scheiß‹ nichts mehr zu tun haben wolle. Aber ich war nicht allein. Götz war auch da, weil wir über das Protestmanagement in Sachen Wursthalle sprechen wollten. Als Jens ihn sah, tickte er regelrecht aus und beschimpfte ihn. Nannte ihn scheinheilig, einen Lügner, ja einen Mörder – na ja, ich fand nicht, dass er sich im Ton vergriff, nur momentan ging es darum, wie wir an einem Strang ziehen konnten. Also versuchte ich zu schlichten und so kam es zu dem Unfall.«

»Es kam zum Unfall?«

»Jens stürzte sich auf Götz, ich versuchte, die beiden zu trennen. Er knallte mir eine, ich knallte zurück und er schlug mit dem Hinterkopf auf.«

»Verstehe«, sagte ich. »Die übliche Hinterkopfverletzung.«

»Wie auch immer«, meinte Haberland, der sich mit solchen Details nicht aufhalten wollte, »für Jens endete die kleine Auseinandersetzung bedauerlicherweise tödlich. Wir waren unserem Ziel so nahe gewesen.«

Bedauerndes Kopfschütteln. »Aber dann kam Wallenstein und setzte sich mit seinem breiten Hintern wieder allen vor die Nase, gab Interviews und fuchtelte mit seiner ekelerregenden Pfeife herum.«

»Keiner fragte Sie noch nach Ihrer Meinung. Dabei steckten Sie nicht nur theologisch gesehen diesen falschen Ernährungspropheten in die Tasche.«

»Er hat sich immer alles genommen«, stieß Haberland hervor. »Als würde es ihm gehören. Wissen Sie, warum ich das mit den Fingern gemacht habe? Weil ich dieses Saubermanngehabe nicht mehr ertragen konnte. Sie als Kriminalist werden das nicht verstehen. Mir war klar: Wenn es diesen Kerl erwischt, dann gehe ich mit ihm unter. Aber das war es mir wert.« Der Professor nickte auf die Art, wie Betrunkene nicken. »Das war es mir, verdammt noch mal, wert.«

»Sie haben mir immer noch nicht gesagt, was aus Jens Defries geworden ist, Ihrer Lichtgestalt.«

»Meiner Lichtgestalt?«, wiederholte Haberland gedehnt. Er klaute mir eine Grillwurst und fuchtelte damit vor meiner Nase herum. »Nun, das sehe ich etwas anders als Sie, Herr Voss. Und zwar genau aufgrund dessen, was sich ereignete.«

»Was ereignete sich denn?«

»Jens Defries lebte vielleicht nicht wie ein Messias und wollte auch keiner sein. Aber er starb wie einer. Und darauf kommt's doch letztlich an, meinen Sie nicht auch?«

»Wovon reden Sie überhaupt, Haberland?«

»Eigentlich kam die Idee von Götz, obwohl ich das ungern zugebe. Er hatte seit Langem gute Beziehungen zu *Allwetterfleisch.* Kannte sich in dem Laden ziemlich gut aus. Nachts kommst du da zwar nicht einfach so rein, meinte er, aber die Anlage läuft vollautomatisch. Und wenn du dich ein bisschen auskennst, kannst du dich jederzeit in die Verwertungsschlange einklinken. – Welche Verwertungsschlange?, wollte ich wissen. Also haben wir Jens' sterbliche Reste zusammengepackt, genauer gesagt, sein Faktotum, dieser …«

»Schadewaldt?«

»Genau. Der hat das übernommen.«

»Mitgefangen, mitgehangen«, nickte ich.

»Was meinen Sie?«

»Schadewaldt. Der Kerl hatte nur Angst, dass man ihm auf die Schliche kommt. Deshalb hat er die Morde begangen. – Wie ging's weiter?«

»Während Schadewaldt den Wagen im Venner Moor entsorgte, fuhren Götz und ich in die Loddenheide und er zeigte mir die Verwertungsschlange. Wissen Sie, Herr Voss, ich verstehe nicht viel davon. Aber der ganze Kram, der da aus aller Herren Länder angeliefert wird, muss erst durch verschiedene Zerkleinerungsstufen gejagt werden, damit man überhaupt was mit ihm anfangen kann, verstehen Sie?«

Ich nickte. »Sie sind also bei *Allwetterfleisch* eingestiegen.«

»Nein. Götz hatte doch einen Schlüssel.«

»Aber Sie haben sich in die Verwertungsschlange eingeklinkt?«

»Wieder nein, Herr Voss. Nicht wir. Jens.«

»Sie meinen, Sie haben die Leiche einfach in die Fleischverwertung eingeschleust?«

»Ich sagte Ihnen doch: Es war kein sinnloser Tod«, erklärte Haberland geduldig, und mir fiel es wie Schuppen von den Augen, dass er den Verstand verloren hatte. »Sondern die Krönung der Laufbahn eines Messias. So steht es schließlich geschrieben, nicht wahr? *Nehmet hin und esset alle davon, dies ist mein Leib.*«

Ich bildete mir ein, Milde in den Augen meines Gegenübers wahrzunehmen. War es eine spezielle Fähigkeit von Theologen, mild und verständnisvoll zu schauen? Was Haberland anging, so war er jedenfalls ein Könner auf diesem Gebiet.

Das Kauen hatte ich längst eingestellt.

Haberland deutete auf meinen Teller, auf dem noch drei gegrillte Würstchen lagen. »Sie essen ja gar nichts.«

Mehr Münster-Krimis ...

Screamhilds Rache
ISBN 978-3-89425-259-5
Das Monster von Münster meuchelt A-cappella-Chormitglieder.

»Güsken legt in seinem Krimi nicht nur ein mordsmäßiges Tempo vor, sondern präsentiert zudem völlig überzeichnete Figuren. Mit viel Humor erzählt er die völlig abstruse Geschichte und nimmt den Leser mit auf die Ermittlungsstreifzüge durch das nächtliche Münster.« Ruhr Nachrichten

Der Papst ist tot
ISBN 978-3-89425-288-5
Heiko Papic, der ›Papst‹ der Hörspielszene, wird zum Auftakt der Münsteraner Hörkunsttage ermordet und Guiseppe Calderoni, der König der Möbelindustrie in Westfalen, wird von der Westfälischen Antipressholzfraktion (WAZ) bedroht. Wer ermordete den Hörspiel-Papst?

»Dass etablierte Ermittler-Figuren allein eine Krimi-Serie keineswegs zum Selbstläufer machen, hat Christoph Güsken zutiefst verinnerlicht – und es einmal mehr geschafft, seinem schrägen Duo zu Höhepunkten kriminalistischer Skurrilität zu verhelfen.« Nordkurier

Faust auf Faust
ISBN 978-3-89425-298-4
Henk Voss hat seinen Detektivberuf aufgegeben und verdingt sich nun als ›Prügelknabe‹. Doch als der Ehemann der Geliebten seines Expartners Kittel umgebracht wird, holt Voss die Vergangenheit ein ...

»Ein intelligent konstruierter Krimi und großer Wurf!«
Heidelberg aktuell

grafit

… von Christoph Güsken

Dr. Jekyll und Mr Voss
ISBN 978-3-89425-336-3
Henk Voss arbeitet als Aufpasser. Schon nach der ersten Nacht bereut er, die Sache zu leicht genommen zu haben. Ein Mord geschieht und als Täter kommt eigentlich nur Voss' Klient infrage. Ein Katz-und-Maus-Spiel beginnt, bei dem auch dem Papst, der Bundeskanzlerin und dem Terroristen Jan van Leezen eine Rolle zugedacht ist.

»Christoph Güsken zählt zu den wenigen deutschsprachigen Krimiautoren mit schwarzem Humor. Er schreibt mit viel Tempo und Sinn fürs Abstruse. Seine Kriminalgroteske macht wirklich Spaß beim Lesen und auch der Plot geht wunderbar auf.«
20 Minuten (CH)

Sensenmann lacht
ISBN 978-3-89425-351-6
Erst stirbt der Erfinder der Millie-Kötter-Romane, Bestsellerautor Dankmar G. Rolling, dann sein Therapeut und schließlich eine bekannte Literaturkritikerin – und nachweislich peinigte alle in ihren letzten Minuten unkontrolliertes Lachen. Welches Voss aber gründlich vergeht …

»Rund um durchaus zum Nachdenken anregende Sätze wie ›Es ist bewiesen, dass immer weniger Menschen lesen, während die Zahl derer, die schreiben, ständig zunimmt‹ rankt sich eine Geschichte, die ebenso skurril und absurd wie unterhaltsam und spannend ist. Einfach zum Totlachen.«
Wiener Zeitung

grafit

Noch mehr Verbrechen in Münster:

Wer den Münsteraner Privatdetektiv ... nur samstagabends im Fernsehen verfolgt, kennt nicht den wahren Wilsberg. ... Seine Fälle sind eine willkommene Abwechslung, verglichen mit der klassischen Krimikost: Grundstücksspekulationen, Waffengeschäfte eines Mittelständlers, Eifersüchteleien unter Universitätsdozenten, Tierversuche bei einem Biotech-Start-up oder miese Intrigen im Bundestagswahlkampf ... Gepflegte Unterhaltung für einen Nachmittag am Strand ...
Handelsblatt

Und die Toten läßt man ruhen
Der erste Wilsberg-Krimi
Vom ZDF verfilmt
ISBN 978-3-89425-006-5

In alter Freundschaft
Der zweite Wilsberg-Krimi
Vom ZDF verfilmt
ISBN 978-3-89425-020-1

Gottesgemüse
Der dritte Wilsberg-Krimi
ISBN 978-3-89425-026-3

Kein Fall für Wilsberg
Der vierte Wilsberg-Krimi
ISBN 978-3-89425-039-3

Wilsberg und die Wiedertäufer
Der fünfte Wilsberg-Krimi
Vom ZDF verfilmt
ISBN 978-3-89425-047-8

Schuß und Gegenschuß
Der sechste Wilsberg-Krimi
ISBN 978-3-89425-051-5

Bären und Bullen
Der siebte Wilsberg-Krimi
ISBN 978-3-89425-065-2

Das Kappenstein-Projekt
Der achte Wilsberg-Krimi
Vom ZDF verfilmt
ISBN 978-3-89425-073-7

grafit

die Wilsberg-Krimis von Jürgen Kehrer

Das Schapdetten-Virus
Der neunte Wilsberg-Krimi
ISBN 978-3-89425-205-2

Irgendwo da draußen
Der zehnte Wilsberg-Krimi
ISBN 978-3-89425-208-3

Der Minister und das Mädchen
Der elfte Wilsberg-Krimi
Vom ZDF verfilmt
ISBN 978-3-89425-216-8

Wilsberg und die Schloss-Vandalen
Der zwölfte Wilsberg-Krimi
ISBN 978-3-89425-237-3

Wilsberg isst vietnamesisch
Der dreizehnte Wilsberg-Krimi
Vom ZDF verfilmt
ISBN 978-3-89425-262-5

Wilsberg und der tote Professor
Der vierzehnte Wilsberg-Krimi
Vom ZDF verfilmt
ISBN 978-3-89425-272-4

Wilsberg und die Malerin
Der fünfzehnte Wilsberg-Krimi
ISBN 978-3-89425-280-9

Petra Würth und Jürgen Kehrer
Blutmond – Wilsberg trifft Pia Petry
Der sechzehnte Wilsberg-Krimi
ISBN 978-3-89425-311-0

Wilsberg und die dritte Generation
Der siebzehnte Wilsberg-Krimi
ISBN 978-3-89425-327-1

Petra Würth und Jürgen Kehrer
Todeszauber - Wilsberg trifft Pia Petry
Der achtzehnte Wilsberg-Krimi
ISBN 978-3-89425-344-8